書魚記

【漫談中國志怪小說．野史與其他】

儲勁松　著

書魚記：漫談中國志怪小說・野史與其他

第三卷　清語

第四卷　青絲

第一卷

説幽

幽冥之戀

幽婚，源於魏晉南北朝志怪小說，原指人與鬼結婚，後延伸為所有非人間婚配。東晉干寶估計是幽婚一詞的發明者，至少也是最早使用者之一。《搜神記》卷十六有一篇《盧充幽婚》，編織的就是范陽人盧充與崔少府之亡女婚姻生子的故事。魏晉以降，尤其是魏晉至隋，志怪小說浩如煙海，而此文是描摹幽婚情狀的源頭作品之一。

《搜神記》事涉幽婚的作品，另有《談生妻鬼》、《駙馬都尉》、《紫玉與韓重》、《董永與織女》、《弦超與神女》、《河伯婿》、《蔣山廟戲婚》諸篇，大多語言乾癟，情節簡單，無甚趣味，與後世蒲松齡的同題之作無法相媲美，略可賞玩者，《盧充幽婚》、《談生妻鬼》而已。與《搜神記》同期的志怪小說，如葛洪的《神仙傳》，託名曹丕的《列異傳》，託名陶淵明的《後搜神記》，孔約的《孔氏志怪》，祖台之的《志怪》，多集有幽婚故事，也大都不算出彩。

魏晉之後，最有影響力的志怪小說，當推南宋洪邁的《夷堅志》，清紀曉嵐的《閱微草堂筆記》、蒲松齡的《聊齋志異》和宣鼎的《夜雨秋燈錄》。而狀寫幽婚之妙手，蒲松齡無疑是古今第一人。

很顯然，聊齋先生不僅精於此道，還樂於此道。《聊齋志異》近五百篇，其中以幽婚為主題的作品，就有七十餘篇，篇數佔據七分之一。我還注意到，男女情事，聊齋先生尤愛之。為何？先生搜神談鬼，他事均筆墨簡約，唯有談到男女情事尤其是幽冥之戀，則才情奔騰，如江河浩浩沛沛。就篇幅而言，幽婚故事也至少占到全書的四分之一。

苦夏晝永，每日溫習《聊齋》以殺暑。讀到佳處，常有瑟瑟陰風襲來，草木鳥獸均有異相，令人倍感肉冷骨涼，炎炎毒日，已不能侵我矣。翻檢數遭，粗略梳理，聊齋先生筆下的幽婚，我以為大致可以分為五種類型：人與神幽婚，人與鬼幽婚，人與狐幽婚，人與妖幽婚，鬼與鬼幽婚（只《晚霞》一篇，無甚特色，以下略過不提）。書中另有《阿霞》、《雲翠仙》、《房文淑》數篇，其中的女主人公不知是天上神仙還是地下鬼怪，但自然也逃不脫這些路數。志怪小說裡，天地之間，可以興風作浪的，不外乎人、鬼、神、狐、妖五種元素，前四種指向分明，而樹精藤怪、花妖木魅、鳥化石變、鼠竄狼奔之流，品類眾多，不好一一歸置，於是一呼嚨劃類於妖。

蒲松齡少惠而命蹇，身懷奇才而終生不遇，是科舉制度典型的受戕者。先生設帳課徒之餘，唯事寫作以自娛，尤其愛好談鬼論狐，且成專門之家、大方之家，名隨文流，彪炳青史。人生得失，鬼神先知，而人難測也！先生在《聊齋自志》中說自己：「才非干寶，雅愛搜神；情類黃州，喜人談鬼。」科場偃蹇，窮困潦倒中，他「妄續幽冥之錄」，終成《聊齋志異》這本「孤憤之書」。《自志》最末，先生又自問道：「知我者，其在青林黑塞間乎？」先生其實不是裝神弄鬼，謊話連篇，而是在神鬼狐怪中，寄託自己人生未競的理想，尋覓自己人生未遇的知音，書寫自己人生難解的孤憤之情哪！

曹雪芹借賈寶玉之口說：「女人是水做的骨肉，男人是泥做的骨肉。」其實，這不僅是曹雪芹的心聲，也是數千年來有識鬚眉的集體心語，即使他們有的並沒有說出來。自《搜神記》到《聊齋志異》，幽婚故事中唱頭牌的神、鬼、狐、妖，清一色是女性，且大多容華絕代、品性高潔、助人為樂。《聊齋》中，哪怕是「吸人精血」以求復生的女鬼、採補男精以求修練的女狐，也為心上人身體健康考慮，或十日一復來，或五日一親近，必以不傷情郎身體為要。有的，還為心上人忍辱負重，遭受重重磨難，甚至獻出了自己的生命，九死而猶未悔。

這與紀曉嵐筆下的鬼狐大為迥異。紀曉嵐曾在《閱微草堂筆記》中說：「故女鬼恒欲與人狎，攝其精也。男鬼不能攝人精，則殺人而吸其生氣。均猶狐之採補耳。」《聊齋》中的神女、鬼女、狐女、妖女，實是真、善、美的極致化身，是純潔深沉愛情的殉道者，是千秋萬代人的楷模。

曹雪芹作《紅樓》，是為閨閣女子立傳，蒲松齡作《聊齋》，也是為幽冥立碑——

《呂無病》中，洛陽公子孫麒果真為其心愛的鬼妻立碑：「鬼妻呂無病之墓」。「花面逢迎，世情如鬼。」（《聊齋・羅剎海市》）紅塵熙攘，利來利往，凡世人間，實是多有不如鬼世者！

暑月燠熱，漫漶光陰實難打發，且暫把塵世紛擾拋棄了，攀援聊齋先生那一管如椽巨筆，游走於幽暗青林陰涼黑塞之間，與天上仙、地下妖、墓中鬼、林間狐這些美麗而善良的另類女性，談一場轟轟烈烈的幽冥之戀。

人神幽婚

神，在中國是「理想人」的化身，也就是說，神其實是想像中的完美無缺、無可指摘、無所不能的完人。外國則不盡然，奧林匹斯山上的古希臘眾神，就具有人的一切缺陷，暴躁、衝動、好鬥、戀色、亂倫、猜忌、貪婪、小心眼，唯一與人不同的，只是其非凡人所有的廣大神通。相貌俊美，品格高尚，法力無邊，長生不老，普渡眾生，這些大致可以概括中國神仙的普遍特點。

女神思凡，下嫁塵男，此類故事，估計自從遠古的毛猴子從樹上下到地上，學會了拿石頭當武器和工具，就有了相關的杜撰與敷衍。那所有文明的源頭——無中生有的創世紀神話，也莫不與性息息相關。

人神幽婚，最早見於典籍的，應是《搜神記》中的《弦超與神女》和《董永與織女》。魏代濟北郡（地名，今濟南長清區以南）從事掾（官名）弦超，與天上玉女成公知瓊相知相戀結為夫婦的故事，一直沉寂於古籍，以至湮沒無聞，經過歷代文人墨客添油加醋反覆演繹，從而廣為人知的，是「牛郎織女」。今人所熟知的牛郎織女故事，與初本《董永與織女》差異甚大；初本簡扼而生硬，讀來如嚼乾草如吻糙石，並不過癮，但留下了可供想像任意馳騁和再次增刪創作的豐富空間。事實上，志怪小說在其發軔之時，大都乾巴無味，僅有故事梗概而已，到了後來，尤其是到了蒲松齡等人的手上，才真正有血有肉活色生香起來。

《聊齋》中的人神幽婚故事，計有十餘則。上乘的有《翩翩》、《雲蘿公主》、《青娥》、《錦瑟》、《織成》等篇，餘下的，無論是藝術性還是思想性，在《聊齋》如雲傑構佳作中，都只能算作庸品乃至次品。

人神幽婚，人多處於劣勢，或者說處於從屬、被掌控、被選擇、有時也被拋棄的地位，就如封建時代女性在社會和家庭中的地位一般。讓男人在女神仙面前「奴化」，由此也可見聊齋先生尊崇女性之一斑。

《翩翩》裡面，呵葉成餅、裁雲當衣的仙女翩翩，拯救了染上廣瘡（梅毒）且一身俗骨的浪蕩公子，為其治好了難言之隱，且以身相許，然而只要「輕薄兒（翩翩語）」心內稍生邪念，便予以懲罰，使之不敢輕舉妄動。《羅剎海市》裡的馬驥，被龍君看中選作女婿，拜為駙馬都尉，夫妻二人倒也恩愛，但三年後，馬驥身在仙鄉思念父母，龍女不願與他同歸故里膝前盡孝，並言「塵緣盡矣」，道了一聲珍重，從此分道揚鑣。《青娥》中的霍桓，得到道士贈送的一把具有魔力的小鋤頭，鑽穴挖牆，歷盡磨難終於娶得仙女青娥為妻，不料八載後，青娥拋棄他隱入山林，得虧他有那把神奇的小鋤頭，經過山林老叟的指點，霍桓在絕壁懸崖中把青娥挖了出來，姻緣才得以繼續。《仙人島》裡，自負「中原才子」的王勉（其實是老晃著的半桶水），在向地仙芳雲求婚過程中，自恃才高八斗，搖頭晃腦，吟詩作詞，以賣弄才華，不想，卻被芳雲、綠雲二姐妹逐字月旦，大加嘲笑，以至「神氣沮喪，徒有汗淫」。

《聊齋》中人神幽婚故事，大多類此，結局也多如牛郎織女。娶得仙妻，的確不知是幾輩子修來的天大福分，然而餐風飲露的道骨仙風，也的確不是凡人輕易消受得起的。當然也有例外，比如神女導引丈夫成仙共赴蓬萊，或者神女為情而死大長男兒志氣。《神女》中，南嶽都理司之女，一個絕色女神仙，對丈夫米生情真意切。她不僅賢事姑嫜，善待僕婢，因自己不能生育，還為米生買來美妾（如《浮生六記》沈三白妻芸娘為夫物色麗媵故事）。後來，米生得病亡故，神女竟然為之殉情，與之並葬。神仙也會死，而且死於殉情，這也算得上是志怪中的志怪，傳奇中的傳奇。聊齋先生真是天生的小說家，其超常豐富的想像力，與那說「人死為鬼，鬼死為聻」（只不知神死為何？）的前人有得一比。

我曾經在一篇《鬼比神有趣》的小文裡說過，中國的神仙大多是一個面孔，高高在上，持平公允，慈眉善目，真則真矣，美則美矣，善則善矣，卻如隨處可見的南海觀世音塑像一般，缺乏生氣、活力和情趣。神，正也，正義也，正氣也，正兒八經也！聊齋先生寫狐如狐，錄鬼像鬼，畫妖似妖，寫神是神；不過，因神之「正」，先生寫人神幽婚故事，明顯帶著虔誠之心，遠不如寫人鬼、人妖、人狐幽婚故事鋪放得開，無論情節、語言、動作都遜色許多，哪怕是寫房闈之內夫婦恩愛情狀，也多粗枝大葉，欲言又止，意興寥寥；但較之魏晉時代同類故事，也已是婀娜豐贍不少了。

人鬼幽婚

人鬼幽婚，是志怪小說的慣用題材，但蒲松齡將其發揮到了極致。《聊齋》裡，此類幽婚故事有近二十則，藉此，聊齋先生塑造了一大批慧麗婉妙、溫柔可人的女鬼形象：巧娘、連瑣、連城、章阿端、伍秋月、阮小謝、喬秋容、梅女、愛奴、湘裙、溫姬、薛慰娘、聶小倩、呂無病（「微黑多麻」也美）……這些女鬼，無論哪一個，都是世所罕有的「解語花、可愛人」，無不令人為之怦然心動。若是現實中真有這樣的女鬼出現，恐怕男人都會像故事中的男主角一樣，心搖神蕩，失魂落魄，不能自持吧。

《小謝》一篇，我以為是聊齋先生人鬼幽婚故事中的精品力作。文章以生動傳神的細節，狀寫了阮小謝和喬秋容這兩位鬼中姝麗。故事中的男主角陶三望，是一個「夙倜儻，好狎妓」，並且持堅定的無鬼論的書生。他借居別人屋舍下，兩位女鬼同時愛上了他（由此也可佐證男人狎妓在古代並不算劣跡），前來百般示好，或是故意偷走他的書，或是趁其睡中輕輕捋其鬍鬚拍其臉頰，或者用紙條搔其鼻孔，但陶三望不為所動。小謝和秋容於是改變追求策略，爭著為其打理家居生活，淘米燒飯，灑掃庭除，奉侍左右，精心照料其起居，終於將陶三望感動，得到他的青眼。但陶三望仍不肯與她們鳳凰於飛，生怕「陰冥之氣，中人必死」，只是教她們讀書寫詩、習字學畫。這一段，聊齋先生將兩位女鬼的聰明、淘氣、嬌羞、爭媚、吃醋、要強諸般情狀，寫得靈動欲飛，宛在眼前。後來，陶三望因譏切時事得罪權貴，被拘入獄，愁餓絕望中，小謝和秋容潛入監獄，端水送飯，溫情相慰。秋容在送飯歸途中，還被城隍黑判官掠去逼著作小妾……故事一波三折，結局堪稱完美，陶三望倚紅偎翠，紅袖添香，享盡人間歡樂。連「鬼狐史」蒲松齡本人都豔羡陶生，慨歎道：「絕世佳人，求一而難之，何遽得兩哉！」

聊齋先生不愧是寫情場香軟景致的高手，只觀《小謝》一文，今日專寫情愛故事以賺取少女貴婦眼淚的三流小說家和編劇，就當羞死。《聊齋》中人鬼幽婚故事寫得婉妙動人的，還有很多，像《梅女》、《聶小倩》、《愛奴》、《湘裙》、《蓮香》、《連城》等等，均文詞清婉、氣脈充盈、故事曼妙，並且繾綣恩愛無一雷同，閨房之樂各臻其妙。聊齋先生亦情種乎？亦情場老手乎？不然，何以寫得如此逼真細緻！

蒲松齡寫小說，不拘套路，常有新奇創意。比如道士，在志怪小說中，充當的都是「狐鬼剋星」的冷酷角色，但在《小謝》中的那個道士，卻一反棒打鴛鴦的反面形象，當聽說了小謝和秋容的事蹟後，贊道「此鬼大好，不擬負他」，而且還出手相助，幫小謝和秋容托生，成就了陶、阮、喬這一人二鬼的三角形大好姻緣。

《嘉平公子》也頗值得一說。幽婚故事中的男主角，一般是「美風標、善屬文」的多情才子，自古佳人配才子，一個是閬苑仙葩，一個是美玉無瑕，如此完美的婚戀故事，才對普羅大眾的胃口。蒲松齡筆下的大多幽戀，也合此道，但《嘉平公子》例外。這個嘉平公子，風儀秀美，卻肚皮空空無一點墨水，是個油頭粉面的草包。女鬼溫姬慕其外表風流，以為必然內裡蘊藉，於是巴巴地雨夜前來，自薦枕席，甘願奉獻終身。歡愛裡，溫姬聽得窗外雨聲，吟詩「淒風冷雨滿江城」讓公子續對，不想公子連她的詩句的意思都弄不明白，使得佳人清興頓消。後來有一天，嘉平公子寫了一個帖子來訓誡奴僕，其中錯謬百出，把「椒」訛成「菽」，「姜」訛成「江」，「可恨」訛成「可浪」。溫姬見之，在帖子後面批道：「何事『可浪』？『花菽生江』。有婿如此，不如為娼！」寫罷別過公子，說自己深悔以貌取人，以至落為天下笑柄，說完就消失了。我每讀此篇，把玩「有婿如此，不如為娼」一句，總不免捧腹。

《韓詩外傳》說：「人死曰鬼，鬼者歸也。」鬼比人低級，就如同神比人高級。《聊齋》裡，與人神幽婚神女占主位男人為從屬不同的是，人鬼幽婚，鬼女多是「紅拂夜奔」，是祈求男人憐愛的形象。她們或托言自己是新遷而來的鄰家女子，或是勾欄中人，或是走親串戚的過客，或是家門不幸流落荒郊，見得俊俏瀟灑的讀書郎，於是穿牆越野，主動搭訕，投懷送抱，從而成就一段陽間與陰世的奇特姻緣。品《聊齋》，深知蒲松齡尤愛狐，其次是鬼。人鬼幽婚中，女鬼多是楚楚可憐的嫻婉佳麗，她們的出現，是讓男人來疼的。所幸，那些男人，也多是些忠實敦厚的護花使者，也不至辱沒了多情佳人。但也有愛得過分誤傷鬼妻的，如《愛奴》篇，河間徐生為風致韻絕的鬼妻構築精舍，與其共享幸福生活，不料有一天徐生喝醉了，忘記妻子「不食不息，不見生人」，誤向妻強行灌酒，致佳人化夭亡為聻，悔恨無及。

中國人原沒有宗教信仰，但信神信鬼。魯迅先生在《中國小說史略》裡也說：「中國本信巫，秦漢以來，神仙之說盛行，漢末又大暢巫風，而鬼道愈熾。」信神，敬也，祈求護佑；信鬼，畏也，祈求免災。都功利得很，與信仰的本義差之毫釐、失之千里。

民間流傳著無數關於神和鬼的故事，總體而言之，是尊神而貶鬼。鬼在民間的聲譽極壞，流傳下來的鬼故事，大多聽來陰森可怕、頭髮豎起、怖而欲奔。《搜神記》、《夷堅志》、《閱微草堂筆記》裡，鬼影憧憧，多是厲鬼、惡鬼、壞鬼。蒲松齡筆下的鬼，卻多是純良，尤其是女鬼，不僅色貌傾城傾國，而且性格溫婉和順，是舊時代良家女子的典範。

《畫皮》裡，翠面鋸齒，人面獸身，裂腹掏心殘害情郎性命的獰鬼，在《聊齋》中並不多見。不像紀曉嵐，此公雖然鬼話連篇，卻並不喜歡鬼，甚至極端排斥和憎惡。他其實也不喜歡狐。

人狐幽婚

蒲松齡一生最得意的作品是《聊齋》，《聊齋》寫得最好的故事是人狐幽婚，《嬌娜》、《嬰寧》、《胡四姐》、《蓮香》、《巧娘》、《狐諧》、《狐夢》、《小翠》這幾篇，則是人狐幽婚諸極品故事中的仙品。《聊齋》我讀過多遍，每每讀及《嬌娜》等篇，我都要在心裡暗暗地讚歎：「聊齋先生啊，你是當之無愧的短篇小說聖手！」世所公認，寫閨閣女子千般情狀，《紅樓夢》是典範，而聊齋先生筆下人狐幽婚故事中，玲瓏剔透的百色小兒女情態，我以為甚至連曹雪芹先生也略遜一籌——

《嬰寧》寫嬰寧之癡：王子服上元節遇拈花麗人嬰寧，後來巴巴地尋上門去，拿出袖中珍藏多日的麗人所遺梅花以示相思。嬰寧問：「存之何意？」王子服說：「以示相愛不忘也！」嬰寧卻以為他是為花而來，驚訝地說，這等區區小事，好辦得很，等你走時，叫老奴折一大捆送給你就是了。王子服百般解釋，說想娶其為妻，並說夫妻之愛與平常親愛不同，「夜共枕席耳」。嬰寧低頭思索良久，冒出一句：「我不慣與生人睡。」還當著王子服的面對母親說：「大哥欲與我共寢。」癡憨之語，讀之令人撲嗤。

《狐夢》寫狐家眾姐妹筵席中親密言笑：二娘子戲弄嫁與豐肥多須的畢怡庵為妻的三妹，笑問她：「妹子已破瓜矣，新郎頗如意否？」三妹用扇子打她的背，向她翻白眼。兩人接著鬥嘴，說起童年時事，一個說你合該嫁矮人國的小王子，一個說你合該嫁個滿面鬍鬚的多髭郎，「刺破小吻，今果然矣！」追打戲鬧，嬌嗔憨跳之狀，叫人莞爾。十一二歲豔媚入骨的小妹的出場，以及幾位狐女用荷蓋、襪子盛酒戲弄畢怡庵的場面，也都調皮可愛，叫人過目不忘。

還有《嬌娜》中嬌娜用金釧和紅丸為孔雪笠治病，《蓮香》中狐女蓮香與鬼女李氏爭風吃醋，《巧娘》中狐女三娘與鬼女巧娘圍繞傅廉「天閹」話題的言語行狀，《狐諧》中東方朔一般詼諧聰慧的狐女與朋友打嘴官司，《小翠》中小翠的頑劣促狹……這些小女子的體貌形態、言行舉止、內心活動，都被聊齋先生寫得出神入化，如蝶在手，振翅欲飛，堪稱妙絕。

《聊齋》涉及人狐幽婚故事的篇章有二十餘則（有的一篇還雜有人狐、人鬼兩種幽婚，如《巧娘》、《嫦娥》等），蒲松齡把筆墨和才情，毫不吝嗇地潑向狐女，精心塑造了一大批各具特色的狐女形象：出污泥而不染的鴉頭，深謀遠慮的辛十四娘，聰慧滑稽的諧狐，機智頑強的蓮香，天真純潔的嬰寧，知恩圖報的小翠，才華橫溢的鳳仙，重情重義的小梅，事見未萌的毛狐……可謂狐女如雲，狐狐不同，每一位都足以讓人心蕩神馳。《紅樓》裡有金陵十二釵正副冊，《聊齋》裡的狐女其實也完全可以予以冊封，以彰顯後世。當然，聊齋先生也未曾虧待她們，不少狐女在他筆下最終修成正果，位列仙班。

《聊齋》幽婚故事數十篇，同題作文，可謂不易，蒲松齡的寫作，貴在別出機杼。僅以人狐幽婚而言，《聊齋》中不但近二十位有名有姓的狐女，各有各的風貌，各有各的神韻，並且故事情節也絕不雷同。

同是狐女助夫脫困，《張鴻漸》裡，舜華力助因反對貪官暴政而四處流亡的正直知識份子張鴻漸，結局是好人好報。而《武孝廉》中，狐女救武孝廉石某於病困之中，並出金助其當上官員，石某發達後卻嫌棄狐女年老色衰，禁其進門，後來還趁狐女酒醉，準備殺她，的確是「虺蝮之行、豺狼之心」，終遭惡報，咳血而死，讓人想起宋元南戲《張協狀元》故事。

同是寫情情愛愛你儂我儂，《聊齋》寫男女之愛，也寫同性之戀，寫異性之間的精神之戀。《封三娘》就寫了人與狐的同性戀，范十一娘與狐女封三娘大相愛悅，「偕歸同榻，快與傾懷」，後來兩位同嫁孟生。《嬌娜》不僅寫嬌妻松娘，也寫豔友嬌娜，孔雪笠擁嬌妻，攜紅顏知己，棋酒談宴如一家。蒲松齡寫到此處，連自己都被感動，說：「余於孔生，不羨其得豔妻，而羨其得膩友也。觀其容可以忘饑，聽其聲可以解頤。」

並說，人生能得到這樣才貌雙全的異性良友，經常在一起吃酒談笑，遠遠勝過床笫之間的顛鸞倒鳳。順便說一句，蒲松齡寫人妖幽婚的《香玉》裡，異性之間的友誼寫得更為參差搖曳。

狐本祥瑞，上古之時，塗山氏、純狐氏、有蘇氏這些部落均以狐為圖騰。先秦兩漢，狐與龍、麒麟、鳳凰並列，被尊為「四瑞」。漢以後，狐的地位急遽下降，名聲大壞，成為著名淫獸，至今仍不得平反。因政治高壓，晉人談狐，如同縱酒談玄，一時蔚為風尚。唐代社會風氣開放，「狐仙文化」更是蓬勃發展。唐張鷟《朝野僉載》就說：「（唐）百姓多事狐神，房中祭祀以乞恩，飲食與人間同之，事者非一主。時有彥曰：無狐媚，不成村。」狐原本沒什麼神通，但到了魏晉南北朝，狐在志怪小說家筆下，一天天變得神通靈異起來，以狐為題材進行創作因之有了更為廣闊的空間，幾乎所有的志怪筆記類小說，都有狐的故事。狐，美麗、纖巧、聰慧、狡黠，用來比喻美麗嬌媚的女子，實在是極為恰當的。所謂「狐狸精」，固然是罵人的話，但實際上也可以看作帶有妒忌心的讚賞，畢竟，不是所有的女人都配貼這一標籤的。

如果刻意要把在《聊齋》中興風作浪的五元素排個座次，我想其等級序列應當是：神、人、狐、鬼、妖。狐，民間俗稱「狐仙、大仙」，其地位低於神和人，又略高於鬼和妖。東晉郭璞《玄中記》即云：「狐五十歲，能變化為婦人，百歲為美女，為神巫，能知千里外事。善蠱魅，使人迷惑失智。千歲即與天通，為天狐。」狐者，媚也，介於神之莊與鬼之冷之間，自然是志怪小說家最為青睞的創作對象。蒲松齡這個落拓書生，更是尤其鍾情於狐，並在她們身上使出渾身解數，發揮其令人歎為觀止的豐富想像力，創作出諸多既華美璀燦又富於深致的篇章。

觀人狐幽婚，可知聊齋先生在狐身上寄託遙深。甚至我以為，先生是以狐自喻的：書中的狐，其實就是蒲松齡的化身。

人妖幽婚

蒲松齡是編織故事的超級好手，不僅善於描寫繾綣情場以及二八小女子儀態，而且極擅長寫人狀物；這在《聊齋》人妖幽婚故事中，最易領會。

他寫蜂窩：「疊閣重樓，萬椽相接，曲折而行，覺萬戶千門，迥非人世。」寫蜂房：「洞房溫情，窮極芳膩。」寫蜂聲：「鉦鼓不鳴，音聲幽細。」（均見《蓮花公主》）寫蜂妖：「羅襦既解，腰細殆不盈掬。」（《綠衣女》）寫荷妖：「紗帔一襲，遙聞薌澤；展視領衿，猶存餘膩。」寫荷妖生子：「自乃以刀剖臍下，取子出（蓮子）。」（均見《荷花三娘子》）寫鸚鵡妖：「鶻睛熒熒，其貌獰醜。」（《阿英》）

再如他寫蠹魚（書蟲子）美人：「肌膚瑩澈，粉玉無其白。」寫絲帛幻化的奴婢：「公子適嗽，誤墮婢衣；婢隨唾而倒，碎碗流炙。」（《均見素秋》）寫牡丹花妖：「宮妝豔絕，異香竟體，指膚軟膩，使人骨節欲酥。去後，衾枕皆染異香。」（《葛巾》）寫書妖：「美人忽折腰起，坐卷上微笑。」（《書癡》）寫白鱀豚妖：「湖水既罄，久待不至。女遂病，日夜喘急。」（《白秋練》）

三言兩語，貌似不經意的簡筆點染，描述對象隨之纖毫畢現，呼之欲出。聊齋先生下筆，果真有鬼神在暗中殷勤相助乎？

《聊齋》中關於人妖幽婚的篇章，計有《香玉》、《黎氏》、《綠衣女》、《荷花三娘子》、《阿英》、《素秋》、《阿纖》、《五通》、《葛巾》、《黃英》、《書癡》、《青蛙神》、《白秋練》、《竹青》、《蓮花公主》等十數篇。其中的妖，有獐子、揚子鱷、白鱀豚、鸜鵒、烏鴉、青蛙、老鼠、蜂子、狼、馬、豬，有荷花、菊花、牡丹花，還有書、書蟲，可謂琳琅滿目，五花八門。

蒲松齡筆下的妖，大致相當於西人所說的「精靈」，是善的妖精，這與通常所說的凶神亞煞的妖怪不同。除了《黎氏》中噬夫三子逃走的黎氏（狼）、《五通》中淫人妻女的四郎（馬）不配「精靈」之稱，是地道的邪惡妖怪之外，其他的都是好妖精。

與說狐畫鬼的搖曳多姿相比，聊齋先生的人妖幽婚故事，總體而言略顯單薄，《黎氏》篇更是落入窠臼無甚建樹，但《阿纖》、《書癡》、《白秋練》、《青蛙神》、《荷花三娘子》這幾篇頗有味道，《書癡》則是其中的代表性作品。

「彭城郎玉柱，其先世官居至太守，居官廉，得俸不治生產，積書盈屋。至玉柱，尤癡；無物不鬻，惟父藏書，一卷不忍置。」（與蒲松齡家世相仿）《書癡》開篇，三言兩拍中，書癡二代郎玉柱的癡形癡相即躍入眼簾。這個郎玉柱，不是一般的書癡，不單指望書中出米粟、出金屋、出車馬，而且年二十有餘，不求婚配，「冀卷中麗人自至」。癡有癡報，「宛然絕代之姝」的書妖顏如玉，真的從書卷間亭亭而下，與之結為伉儷。

郎玉柱對書之癡，近於傻，只知死讀書。書妖顏如玉則深知「人有用，書有用」的道理，身為書妖，卻責令郎玉柱「戒書」，教其下棋、遊戲、巫卜、喝酒、賭博、交遊，終成倜儻之名。書癡其實不知書，書妖才是真正懂書人。

倜儻之後的郎玉柱，仍然癡得可笑。有一天夜裡，他問愛妻：「凡人男女同居則生子；今與卿久居，何不然也？」經顏如玉點化，他初通性事，樂極，逢人就說：「我不意夫婦之樂，有不可言傳者。」哈哈，哈哈，哈哈哈……

「富家不用買良田，樹中自有千鍾粟。安居不用架高堂，書中自有黃金屋。出門莫恨無人隨，書中車馬多如簇。娶妻莫恨無良媒，書中自有顏如玉。男兒欲遂平生志，六經勤向窗前讀。」作為一位帝王，宋真宗趙恒不值一提，但他的這篇《勸學文》卻深刻影響著古往今來無數讀書人。郎玉柱自然是癡得過分，然而世間近乎其癡者，不知幾千幾百萬矣！蒲松齡對書之癡，對《勸學文》之膜拜，其實並不亞於郎玉柱。「生平喜攤書，垂老如昔狂。日中就南牖，日斜就西窗。」「故舊凋零誰與語？漫開濁鏡論千秋。枕上數行眠欲墜，燈前一卷倦方休。老惟此物堪消悶，餘更無聊借解愁。興亡似看盤伶戲，懶傲乘車馬少遊。」他晚年的這兩首《寂坐》、《讀書》，正是其對書癡若似癲的生動寫照。

聊齋先生十九歲應童子試，縣、府、道連考三個第一，受到大文章家施閏章的獎譽，「名藉藉諸生間」（乾隆版《淄川縣誌》卷六《人物志》），可謂是少年得志。然而此後時運乖舛，累試不弟，做了半個世紀的秀才（最低級別的功名），直到七十一歲才安慰性質地補了個貢生，也可謂是背到家了。先生自云，《聊齋》乃「孤憤之書」，書寫的就是自己一生懷才不遇的無比憤懣、悲愴、悽惶之情。

先生對科舉制度既愛且恨，愛恨交加。《聊齋》中有許多作品的男主角是書生，他們中，有科場春風得意，收穫權勢、金錢、華居、美女風光無限者，也有如自己一般屢試屢落，望科場欲哭無淚甚至命喪黃泉者。他的愛是真愛，直到魂歸青林黑塞，對功名仍是癡心不死，與愛財如命的嚴監生有得一比；他的恨也是真恨，借助小說，他對科舉制度大加痛斥、潑罵、撻伐，《素秋》裡的書蟲公子就是他的影子。歸根結底，大才子蒲松齡，是一個可悲的科場失意人。

青林黑塞，幽婚是幻；擾攘人間，功名是虛；神鬼妖狐，似幻實真！自況耳，寄託耳，辛酸淚，幾人懂？誰人知？《聊齋志異》，滿紙鬼狐，一冊神怪，貌似荒唐，事實上恰如魯迅先生在《中國小說史略》中所言：「（巫、神、鬼、教徒）凡此皆張惶鬼神，稱道靈異，故自晉迄隋，特多鬼神志怪之書。其書有出於文人者，有出於教徒者。文人之作，雖非如釋道二家，意在自神其教，然亦非有意為小說，蓋當時以為幽明雖殊途，而人鬼乃皆實有，故其敘述異事，與記載人間常事，自視固無誠妄之別矣。」

「知我者，其在青林黑塞間乎？！」聊齋聊齋，寫時字字帶血，讀時句句是淚！作者癡，讀者亦癡，且舉清酒一樽，捧《聊齋》一卷，以酹先生在天之靈！

第二卷

野狐

子不語

《論語・述而》裡有一句話：「子不語怪、力、亂、神。」後世有很多人因此認為，儒家文化的老祖宗孔子是不信鬼神的。清隨園老人袁枚還據此將他的一部述奇志怪的文集，命名為《子不語》，大有「孔子不語，我偏要語」的叛逆意味。後來，他發現元代的「說部」，也就是小說、軼聞中，已經有了這個書名，才改為《新齊諧》。

孔子雖然閒談中，語不及怪力亂神，可是他整理《詩經》、《尚書》、《儀禮》、《樂經》、《周易》、《春秋》六經，卻對神仙鬼怪之事多有採擷，如：《春秋》記杜伯之鬼執紅弓紅箭射殺周宣王；鳥身之神句芒晝訪秦穆公，賜其陽壽十九年兼國家蕃昌子孫茂盛；莊子儀之鬼持紅色短杖擊殺燕簡公；厲神附身廟祝杖斃觀辜；齊莊君臣子王里國與中里徼爭訟，鬼神加以明斷……等等諸事。由此看來，孔子似乎又是相信有鬼神存在的。否則，他為何不像編纂詩三百一般，持朱筆一管，大加刪削之？

孔子創立儒家文化兩千五百年來，因其合乎統治階層的立場和利益，為歷代統治者所推崇。漢武帝採納董仲舒「罷黜百家，獨尊儒術」的建議後，儒家文化更是契入中國文化的腑臟，成為唯一核心。縱觀漢以來歷朝歷代搜神志怪之書，其作者多為儒家文化的代表者，即文人士大夫，他們莫不敬神信鬼。志怪小說中的主要人物，除部分是山野漁樵、市井草民、販夫走卒、官府小吏外，大多也是王侯將相、郡守縣令、科場書生這些儒家文化的中堅分子。漢以前志怪小說不多，也大略如此。

再有，孔子的著述和正式言論，也多涉及鬼神之事。《論語・先進》記載：季路問事鬼神，孔子說：「未能事人，焉能事鬼？」《論語・雍也》裡，孔子說：「務民之義，敬鬼神而遠之，可謂知矣。」《論語・八佾》說：「祭如在，祭神如神在。子曰：吾不與祭，如不祭。」這些似乎更加確鑿地證明，孔子確實相信鬼神。

這樣疑問就大了：孔子關於鬼神的言論和態度，為何如此相抵牾？他老人家到底相不相信鬼神呢？也許他的「敬鬼神而遠之」一語，無意中暴露了他的矛盾立場。

南宋趙與時在《賓退錄》卷第八中說：「子不語怪力亂神，非置而弗問也。聖人設教垂世，不肯以神怪之事詒諸話言，然書於《春秋》、於《易》、於《詩》、於《書》皆有之，而左氏內外傳尤多，遂以為誣誕浮誇則不可。」

明嘉靖二十五年正月，田汝成在為洪邁後代洪子美編刻的《夷堅志》所作序言中，這樣說道：「或謂神怪之事，孔子不語，而勒之琬琰，不亦謬乎其用心乎！然則不語者，非不語也，不雅語以駭人也。苟殃可以懲凶人，祥可以悤起士，則雖神且怪，又何廢於語焉！」

以上兩則，均見於中華書局版洪邁《夷堅志》之《諸家序跋》。

趙與時、田汝成二人，對「子不語怪力亂神」詳加闡釋，大意是：孔子不是不相信鬼神，相反，他還把鬼神之事刻到典籍中，他只是不願意在閒談中說神道鬼罷了。

讀孔、尊孔，往往是誤讀、誤尊。譬如，有人說孔子不好色，又有人說，既不好色，為何又有「子見南子」的典故？連他的學生子路都不能揣摩清楚老師的真實心理，兩千多年之後，我們又怎麼能真正弄懂孔子這麼複雜的人？

孔子到底信不信鬼神呢？可能是信的，還極有可能是原本不信，可又不得不信的。

周作人晚歲有一篇文章《無鬼論》，或許可以作為孔子不得不信的注腳。周作人說：在中國講「神滅論」，人們還可以容忍，成問題的乃是「無鬼論」；因為這不是宗教上的，乃是倫理上的問題了。說「無鬼」便是不認祖宗有靈，要牽涉到非孝上去了。

知堂老人此語一針見血，極富卓見；儒家以孝治天下，怎麼能自打嘴巴，否認祖先之靈、也就是鬼的存在呢！

怪力亂神

儒家文化相信鬼的存在，正如周作人點明的，自有其背景和根源。鬼神一連，信鬼自然也就敬神，沒有神，鬼就無法無天了。儒家文化的代表性人物之一的韓愈，就對天地鬼神充滿敬意，對民間崇奉的岳神、水神祭拜如儀。還專門寫過一篇《原鬼》，文章最末闡說道：「有鬼，有物（神仙）。」

儒家以外的人士又如何呢？不少也是鬼神論的衛護者。墨家學說的創立者墨子，著有一篇洋洋灑灑數千言的《明鬼》，極力證明鬼的存在。結語又云：「今天下之王公大人、士君子，中實將欲求興天下之利，除天下之害，當若鬼神之有也，將不可不尊明也，聖王之道也。」將敬事鬼神，上升到「聖王之道」的高度。

歷代述異志怪筆記，對蔑視鬼神者的下場的記載也很多。《幽明錄》載：「阮瞻亦著《無鬼論》。俄而鬼見而瞻死。」《語林》載：「宋岱為青州刺史，著《無鬼論》，甚精，莫能屈。後有書生詣岱，談論次及《無鬼論》，書生乃拂衣而去，曰：君絕我輩血食二十餘年，以君有青牛髯奴，所以未得相困。今奴已死，可得相制矣。言終而去。明日岱亡。」《搜神記》之《黑衣白祫鬼》所記也與這兩則相似。

這些文字，告誡世人要尊神敬鬼，否則將會大禍臨頭。

中國以「怪力亂神」為主要題材的志怪小說，發端於上古的《齊諧》和《山海經》。《齊諧》雖早已散佚不可見，但莊子在《逍遙遊》中說，「齊諧者，志怪也。」說明這是一部志怪書。先秦的《山海經》據傳原書二十二篇，今存十八篇，除記述古代的地理、歷史、宗教、醫藥、民俗、民族、動物、植物、礦產，也記錄了神話、巫術和其他一些奇奇怪怪的事件。

魏晉南北朝以降，志怪小說大行其道。其中的代表性作品，有東晉人干寶的《搜神記》、王嘉的《拾遺記》，南朝梁人吳均的《續齊諧記》，南朝宋人劉敬叔的《異苑》，唐人段成式的《酉陽雜俎》，五代宋初人徐鉉的《稽神錄》，北宋人張師正的《括異志》、錢希白的《洞微志》，南宋人洪邁的《夷堅志》，明末清初人蒲松齡的《聊齋志異》，清人紀曉嵐的《閱微草堂筆記》、袁枚的《子不語》，等等。

這些作品，雖然偶爾有些篇章，透露了無神論思想，如《夷堅乙志》卷十九《韓氏放鬼》說本無鬼而「疑心生暗鬼」，《夷堅丙志》卷十三《蔡州禳災》說官民誤把學生當鬼，但大體而言，都是有鬼論的堅定持有者。

如果說志怪小說專好神鬼不足採信，那麼皇家編纂的正式典籍，總能說明問題吧。明成祖朱棣纂修《永樂大典》，對《夷堅志》等志怪書中的精華篇章照錄不誤。宋太宗修《太平御覽》，設「神鬼部、妖異部」；編《太平廣記》，收六朝志怪、唐代傳奇，如涉鬼、神、龍、狐、蟲的《李章武傳》、《離魂記》、《柳毅傳》、《任氏傳》、《南柯太守傳》。清乾隆纂《四庫全書》，其子部，收錄相宅相墓、占卜、命書相書、陰陽五行、異聞。

歷代官修史書，那些所謂記載確切的信史，也無一不及神鬼妖異、圖讖祥瑞。如《三國志・魏書二・文帝紀第二》載太史丞許芝勸曹丕禪代天下的表奏，其中這樣寫道：「觀漢前後之大災，今茲之符瑞，察圖讖之期運，揆河洛之所甄，未若今大魏之最美也。夫得歲星者，道始興。昔武王伐殷，歲在鶉火，有周之分野也。高祖入秦，五星聚東井，有漢之分野也。今茲歲星在大梁，有魏之分野也。而天之瑞應，並集來臻，四方歸附，繈負而至，兆民欣戴，咸樂嘉慶。」連「史學雙璧」，《史記》和《資治通鑒》，也是如此。

民間巷議裡談，於鬼神故事更是津津樂道，傳之千代。

魯迅在《中國小說史略》裡這樣評論：「中國本信巫，秦漢以來，神仙之說盛行，漢末又大暢巫風，而鬼道愈熾；會小乘佛教亦入中土，漸見流傳。凡此皆張惶鬼神，稱道靈異，故自晉迄隋，特多鬼神志怪之書。其書有出於文人者，有出於教徒者。文人之作，雖非如釋道二家，意在自神其教，然亦非有意為小說，蓋當時以為幽明雖殊途，而人鬼乃皆實有，故其敘述異事，與記載人間常事，自視固無誠妄之別矣。」可謂一語中的。

所謂「怪力亂神」，怪異、勇力、叛亂、鬼神之事也。勇力、叛亂，官民所不欲見，於怪異、鬼神則每每好之。何也？怪異可以娛平淡之人生，鬼神可藉以平不平之事。其實有阿Q精神在焉。

蒲松齡在《聊齋志異》卷四《羅剎海市》中說：「花面逢迎，世情如鬼。」我以為，聊齋先生算是客氣的了，世情實有遠不如鬼世者。世間確有那麼些小人、惡人、奸人、鳥人，在生時禍國殃民而又享長壽榮華，死去時安然入土且墳山豪華如宮室；若有鬼神在，定罰其在地獄經油炸、銅烙、蛇咬、刀劈、斧砍，永世不能投生，即使投生，也是蟲豸之流。而忠誠信篤的好人，往往生時困頓，死時草席裹屍，終世不得好報；於是把希望寄託於來世，指望閻羅王公正廉明，助其來生富貴顯達。

怪力亂神，尤其是怪和神，數千年來，其傳說源源相繼從不斷絕，其因由當在於：鬼世，神世，雖偶有作奸犯科、貪污腐敗、弄權作術者，然而大體上，比人間公平公正多了。「人生在世不稱意，明朝訴諸冥府裡」，寄託而已。

閻王記得

我是希望有鬼的；因為有鬼，才有鬼中之鬼閻王，有府中之府冥府，有獄中之獄地獄，有判官中的判官鬼判。志怪筆記裡，閻王英明偉大，他領導下的冥府，雖然沒有高掛「明鏡高懸、光明正大、執法為民」一類大言炎炎的牌匾，辦公執法卻比人間許多懸掛著牌匾的衙門，要乾淨、廉明、公正多了。

歷代志怪作品，對冥府斷案均有或詳或略的描述，尤以《夷堅志》為多。志怪筆記中的閻王，鐵面無私，卻又有情（斷非私情），與人世包拯、海瑞這些官場清流人物同屬一個譜系，是掌權執法者的典範。《西遊記》裡，孫悟空大鬧閻王殿，嚇得閻羅王鑽桌子底，乃至呼來鬼吏，自個兒把名字從生死簿中一筆勾銷掉，純粹是吳承恩的一家之言，是志怪這種非主流文學作品中的非主流。

洪邁在《夷堅志》裡說，地府有「十王」，其職位並不是永久壟斷的，也不是世襲，而是六十年一換。每過一個甲子，前一任閻王按律遜位，由玉皇大帝重新精心挑選任命新一任閻王，其選拔標準是：在陽世裡德才兼備並且有身分有地位的正派君子。至於原來的閻王哪裡去了，沒有交待，估計是成了上仙。

《夷堅丙志》卷一《閻羅王》記載：有個名叫林衡的地方官員，曾經做過秀州太守，一生「以剛猛疾惡自任」。八十多歲時，被朝廷辟為敷文閣學士。但言官說他的學士職位不當得，於是被罷免回鄉；林衡一回到家就病倒了，病入膏肓之際，看見鬼吏抱著一摞文書過來，文書的結尾寫著「閻羅林衡」四個大字，並請林衡在後面花名劃押。迴光返照裡，林衡才對家裡人說：「二十年以前，我就曾在夢中看見自己被任命為閻王一職的文件，一直秘不敢言，今天看來是躲不過去了。」不久，林衡去世，死的那天晚上，秀州精嚴寺裡的十幾個僧人，同時夢見一齊走出南門迎接閻羅王，鬼車上坐的，正是林衡。

《夷堅志》記述閻王更替的篇章遠不止這一篇，如《夷堅丙志》卷七《周莊仲》裡的周莊仲，死之前二十年就已被定為下一任閻羅王。記載鬼判職位更迭的也有很多。鬼判由閻王任命，也不止一個，而且名目不少，如都案判官、南嶽判官、忠孝節義判官、瘟部判官之類，其選用標準也是世間的方正賢良，如《夷堅支甲》卷六《趙岳州》中的趙善舉，因為聰明正直，死後被擢為陰官。閻王是冥府之王，鬼判則是陰司法庭庭長，這些大鬼掌握著人以及鬼的生死命運。他們的優良品德，則保證了冥府遠勝於人間官府的清正廉明、斷案如神。

冥府裡有專門記錄凡人在世時一切所作所為的檔案，由專職的孔目官掌管。人在陽世裡積下的德，造下的業，檔案文書都記得清清楚楚，毫釐不爽。德與業，冥府有時也用秤來稱量（《夷堅志再補・郭權入冥》）；人死後，被拘到陰間的第一件事，就是接受審判。充當法庭庭長的，有時是閻王本人，有時是鬼判。檔案一翻，立即宣判。善行多的，讓其快速投胎到富庶良善人家享福祿壽，甚至有延其陽壽打發其重返人間的；罪惡昭彰的，則罰其在地獄裡，遭受火燒，油煎，炮烙，斧砍，鋸解，推入血池，之後打入地獄最下層，住黑屋，做苦役，來生投胎為豬狗蟲蛇，以至長留地獄永遠不得超生。

志怪筆記中，因果報應，毫無差遲。《夷堅志補》卷二十五《李宗言馬》這篇頗有代表性：有個人曾做過蜀地小邑的地方行政長官，為官時為了一己私利，一味貪鄙暴虐。在生時他逃過了法律的制裁，死後到了冥府，不料閻王記得，被罰投生為馬，供人騎乘，稍有閃腳，就被鞭笞棒打。《夷堅丙志》卷十九《濰州豬》載：有個不孝子，死後被判投生為豬。豬長肥被宰刮毛後，人們發現豬皮上，有「三世不孝父母」六個指頭大小的字，係用紅筆寫的。這些是惡有惡報。

善也必有善報。《夷堅甲志》卷十三《鄭升之入冥》云：衢州人鄭升之，宋徽宗宣和年間，為樞密院醫官。在生時，曾救了兩名因為得罪上司將被處死的小卒，又曾經把藥施捨給窮人；到了陰曹地府，不用他開口，鬼判就歷數他在陽間的功德。末了判曰：「特與展年放還。」也就是增其陽壽，放還人間。《夷堅甲志》卷六《俞一郎放生》條，記市井小民俞一郎，因專好放生，以及裝塑神佛像，本來壽數只有六十三，病危中被牛頭阿旁帶進冥府，鬼判為其增壽二紀，也就是二十四年。

冥府不僅記人的大事，還記細枝末節。同是《鄭升之入冥》，鄭升之雖然被赦還陽，但因他素日好飲酒，常常把酒淋到了餐桌上，積起來有數斗之多，從冥府返回的路上，鬼吏強迫他飲一甕臭不可聞的穢水，數量恰是數斗。人間有冤死且冤不得伸者，冥府必替其伸冤報仇。《夷堅乙志》卷十九《賈成之》記：賈成之被人謀殺，死後訴於陰府，三五天之內，仇家就一個不少地被勾到了地獄。

《夷堅志》以及其他同類小說，記載的冥府「公生明，廉生威」的故事，可車載斗量。作者的用意，自是宣揚果報，教人行善。從勸世意義上說，這類鬼故事的教化作用，甚至遠遠超越了法律。冥府裡當然也有鬼吏循私的，比如索賄的（索取楮鏹，也就是紙錢），求飲食的（志怪小說都說，冥府上至閻王下至小鬼都長期挨餓，也即「均苦饑」），走後門的（閻王、判官或鬼卒善待來到地府的親戚），但為數稀少，決非常例，並且索取的不過是幾刀黃表紙、幾碗飯菜之類。偶爾也有抓錯人的，不過驗明身分後，立即釋放送還。

冥府的公廉，大略如此，人間的衙門、法庭、監獄以及官員吏卒，恐怕是遠遠不及的。人間的官場腐敗，自古難消；人間的奇特冤案，累見書報；人間的曲直是非，常有混淆；人間的善行惡舉，往往並不果報。鑒此，我希望有人發明一種電腦程式，把所有的法律條文全部錄入。法官斷案，只需照實輸入案情，即可自動宣判結果。這樣就不會出現有人偷了一條項鏈被判十年，而有人殺人卻蹲幾天號子就大搖大擺出來這類比志怪更誕妄的事。但別人都說，這種程式是不可能發明出來的，即使有這種程式，也不能用於量刑。

所以我是但願有鬼的。

野狐不野

官修正史之外，有稗官野史。野史之外，有宮娥憶舊、街談巷說、漁樵閒話。而志怪筆記，與許連憶舊、巷談、閒話也算不上，只能算是野狐禪。但野狐不野。明人馮夢龍《古今譚概・顏甲部序》有一句話極精妙：「餘嘗勸人觀優，從此中討一個乾淨面孔。古來筆乘，孰非戲本？只少一幅響鑼鼓耳。」馮氏說正史就是上好的唱戲本子，化而言之，《夷堅志》等志怪筆記本身就是戲本子，與筆乘其實只隔著薄薄的一層綠窗紗，只在於人會不會讀。

讀到《夷堅志補》卷十四《避兵咒》，洪邁說：「姑蘇人盧彥仁，有一天夜裡夢見一個男人，向他傳授了九個字的『避兵咒』，咒語是『唵阿游阿嗟利野婆訶』。幾年過後，中原大亂，胡馬飲江，姑蘇受到的禍害最為嚴重，盧氏的親戚和鄉鄰差不多死光了，唯獨盧彥仁一家老小包括粗僕蠢婢，因為整日整夜地念避兵咒，沒有一個死傷的。」讀到這裡，不禁作如是想：若「避兵咒」果真如此靈驗，則慈禧不會「西狩」，李煜不會飲鴆，宋徽欽二帝不會被俘，女真仍在東北打著呼哨放馬，今日之世仍是原初的混沌之世。

又讀到《夷堅志補》卷六，《王蘭玉童》裡說：「一個叫王蘭的商人，做生意賺了很多錢，但生性多疑，錢都換成金珠帶在身上。有一天他去城裡遊玩，路上住在一家野店裡，不想晚上得急病死了。店主夫婦兩個把他的屍體埋到了山溝裡，然後私吞了他隨身攜帶的金珠，買田置地，家境從此豐饒。不想王蘭死後，到陰曹地府告了店主夫婦一狀，並請求冥府判官讓他轉世為兩個人，一個男身，一個女身，到人間去報冤。後來，王蘭的男身投胎到店主家做了他們的兒子，放蕩輕薄，家產被他敗盡。女身則投胎到附近農家，記得自己前世的事，最終成功復仇。」志怪筆記裡，經常有類似投胎為子，以報前世恩仇的故事，但是人死後投胎轉世為一男一女兩個人，僅見於此，算得上志怪中的志怪。

《夷堅志》全本三十二編四百二十卷，凡四五千篇（今涵芬樓本僅存其半），所記多如此類，神奇無理，荒怪不情，無由研詰。以至當時就有人當面譏諷洪邁：「以三十年之久，勞動心口耳目，瑣瑣從事於神奇荒怪，索墨費紙，殆半太史公之書。曼澶支離，連犿叢釀，聖人所不語，揚子雲所不讀。有是書不能為益毫毛，無是書於世何所欠？」事見《夷堅丁志序》。

《夷堅志》當真如識者所言的於人無益、於世無補嗎？

自《山海經》、《齊諧》以下，志怪筆記小說源流相繼至今不斷，其中扛鼎之作的操刀者，如干寶、張齊賢、張師正、張君房、錢希白、段成式、洪邁、蒲松齡、紀昀、袁枚，無一不是當時俊彥。即如洪邁，生於世家，天資聰慧，博極群書，《史記法語》、《經子法語》、《南朝史精語》、《夷堅志》、《容齋隨筆》諸著作影響深遠。官也做得好，曆進敷文閣直學士、翰林學士、煥章閣學士、龍圖閣學士、端明殿學士，卒贈光祿大夫，謚文敏。如此傑出人才，用三十年時間著一部志怪，孜孜於幽明之事，矻矻於掇怪錄奇，難道真的是閒得發慌？非也，實有深意存焉。

洪邁在三十一篇自序中，陸續自明心跡。乙志序云：「逮干寶之《搜神》，奇章公之《玄怪》，谷神子之《博異》，《河東》之記，《宣室》之志，《稽神》之錄，皆不能無寓言於其間。」讀《夷堅》和其他志怪，深感洪邁所言極是。所謂志怪，其實就是寓言，披著件荒怪的外衣，說的卻往往是人間至理，大有喻世、勸世、警世、醒世、鏡鑒的功用。吳承恩在談《西遊記》創作的緣起時，也說：「雖然吾書名為志怪，蓋不專明鬼，實記人間變異，亦微有鑒戒寓焉。」

《夷堅丁志序》裡，洪邁反駁譏諷者，並以太史公自比，這並非是他自我吹噓（干寶也以「良史之才」寫《搜神記》）。《夷堅志》除追神述異、說狐道鬼外，對宋人的風尚習俗、遺文軼事、詩詞歌賦、中醫方藥等等，也多有實錄，其中有不少可資採信。

例如一些民間偏方：治腳氣方、治酒毒方、治鉛毒方、治蕈毒方、治鼻衄方，都實有科學依據。

《夷堅志》面世後，上至士大夫，下至庶民，無不爭相傳閱；自宋迄今，翻刻彙編者不計其數，眾多名流為之作序寫跋，多有美譽之詞。宋代著名詩人陸游在《題夷堅志後》詩中推重此書：「豈惟堪史補，端足擅文豪。」清人沈屺瞻評曰：「第觀其書，混漾恣縱，瑰奇絕特，可喜可愕，可信可徵，有足以擴耳目聞見之所不及，而供學士文人之搜尋摭拾者，又寧可與稗官野乘同日語哉！」尤以清嘉慶、道光間名臣阮對的評價最有代表性：「書中神怪荒誕之事居其大半，然而遺文軼事可資考鏡者，亦往往雜出於其間。」

後世對《夷堅志》的推崇，多側重於神奇荒誕之外的風習、遺文、詩詞以及方藥。我則以為，洪邁說鬼道神的數千篇章，同樣是萬般世象的真實反映，只不過是借鬼神述事而已。所謂的天庭、鬼域、道觀、神廟、妖巢、狐穴，其實就是現世人間；所謂的神仙、獰鬼、騷狐、樹精、水怪，其實就是現世中人。洪邁以及諸多志怪方家，也是在寫史，只是用了另一種「春秋筆法」。讀《夷堅志》，固然可當荒誕故事娛目取樂，但如若僅止於此，則是迂腐無救的可憐書魚。

人世三分鬼

幼時我有三怕，都與鬼有關。一怕走夜路，身後沙沙響，疑是鬼跟我走；二怕過墳山，磷火淒淒，以為是鬼開會；三怕鄰家老媪講鬼故事，無頭鬼、吊死鬼、無常鬼、吸血鬼、水鬼、山鬼、倀鬼，鬼鬼可怖。家在大別山林中，人煙稀少，草木陰森，墳墓多如夏夜星辰。有一年春我在屋側小山上挖竹筍，掘出一個殘破的黃白骷髏，嚇個半死，發高燒說胡話；鄰家老媪點著紡錘腳，來作法驅鬼：菜刀在床頭左砍右劈，謂之「砍鬼路」；三根竹筷瀝水靠近站立於碗中央，謂之「招魂」；口中嘰哩咕嚕，謂之「念咒」。一刻鐘後，燒竟然漸漸退掉，出一身汗後困乏睡去，翌日病症全無。

年少時，祖父還在。每到陰曆七月七，也就是所謂的鬼節，祖父白天領著家族的所有男丁祭祀祖先的墳塋，晚上，在院子裡的黃泥地上用羊角叉畫一串圓圈，然後在裡面燒紙錢以及黃裱紙剪成的紙衣紙褲（鄉人稱為「估衣」）。那些圓圈，每一個都代表一位祖先，燒去的「估衣」和楮鏹，是指定給這位祖先用的。圓圈之外，又劃一個大大的圓，燒些衣服和錢給那些沒有後人的孤魂野鬼。香火起時，祖父總會對我說，快去拿一隻篩子一隻蒲籃，坐在蒲籃裡，頭頂著篩子，就能看見鬼。祖父說了很多年，我卻沒有試過，怕。祖父還說：「火焰高的人看不見鬼，只有火焰低的人看得見。」他說的「火焰」，估計是指人的陽氣。

那時我是相信有鬼的，它們就住在墳墓裡。

後來上學，語文課本上有《魯迅踢鬼》一文，經老師循循善誘，腦中之鬼被洗一空，從此不再信鬼；成年後讀蕭紅《回憶魯迅先生》，也記魯迅踢鬼事，不知那篇課文是不是根據蕭紅回憶改編的？明白些事理後，深知魯迅說鬼，說的其實並不是鬼，而是「鬼人」。

再後來迷上志怪筆記，聽先賢鬼話連篇，鬼事累牘，且篇篇有出處，事事有見證，於是又漸漸疑心起來：世上到底有沒有鬼呢？

先秦以降，歷代志怪筆記都說，鬼可以看見人，而人看不見鬼。身入冥府見到閻王陰官、牛頭阿旁這些大鬼小鬼的，都是被鬼抓錯了又放回來的人，少數是冥府故意捉將了去，讓他親眼見識了地獄諸般酷虐刑罰之後，又放回人間的，目的是令其告誡世人，善惡果報，芝麻綠豆大的壞事都做不得，否則死後到了冥府，樁樁件件都要清算的；《夷堅志》裡，類似的記載尤其數不勝數。

一般人自然見不到鬼，除非是鬼故意讓人看見，但世上卻有能見鬼乃至剋鬼的非凡人。《搜神記》卷二《夏侯弘見鬼》，說夏侯弘能夠看見鬼，還可以與鬼對話，同卷《壽光侯劾鬼》，說漢時壽光侯能劾治百鬼眾魅，為漢章帝劉炟親眼所見；這些，是人能見鬼的較早記錄，故事也算是血肉豐滿。《夷堅支甲》卷四《包氏僕》一條，說鄱陽包氏的僕人程三，因為吞了白頭烏鴉的兩隻眼睛，從此視力一天比一天好，能看見鬼物。程三曾在包家的廚房裡，看見一隻拖著長舌頭的吊死鬼，他拿起棍子就打，把鬼打得真正是「鬼哭狼嚎」。縱觀歷代傳存至今的志怪筆記，大體而言，無論是故事的精彩程度，還是寓意的深刻程度，都是後世超越前世，到了宋人洪邁的《夷堅志》，說人遇見鬼的事，更加耐讀耐嚼；到了清人蒲松齡的《聊齋志異》，則達到了登峰化境。

《夷堅志》說人能見鬼的故事數量眾多，我以為，其中有三條頗具代表性，也是志怪筆記中相類故事中的翹楚。一是《夷堅丙志》卷九《李吉爊雞》，一是《夷堅丁志》卷四《王立爊鴨》，一是《夷堅支丁》卷三《阮公明》。這三個故事十分相似，說的都是人鬼雜居於世間，但又可以相互參照和補充。

《李吉爊雞》說，宋朝有個叫範寅賓的官員，從長沙調到臨安（今杭州）做官，有一天在酒樓吃飯，遇到以前的僕人李吉。李吉本來已經死了好些年了，現在卻在臨安以賣爊雞為生。驚詫之餘，範寅賓問道：「你既然死了，成了鬼，怎麼又出現在這裡？」

李吉說：「主人啊，你看看這酒樓上坐著喝酒的，還有在街市上來來往往的，有很多都和我一樣是鬼呢！我們這些鬼與人雜處，做生意，替人做工，從沒害過人。並且，不止臨安城如此，其他地方也是人鬼雜居。」李吉還告訴範寅賓，在範家當了二十年僕人的趙婆也是鬼，同時送給範寅賓兩塊小石頭，讓他回家試探趙婆。範寅賓回家一試，趙婆當即變了臉色，哧地一聲，發出撕布一樣的聲音，不見了，果然是鬼。

《王立爊鴨》的情節與《李吉爊雞》大致不差，只是裡面的鬼王立說得更清晰一些：「現在的臨安城裡，如果把人分成十份，那麼就有三成是我們鬼輩。」王立進一步說，鬼或者是官員，或者是僧尼，或者是商販，或者是妓女，反正三百六十行，行行都有鬼與人雜居。還說，鬼白天好過，晚上無處棲身，多是在肉案下面睡覺，常常被狗追咬。

另一篇《阮公明》教人識別人與鬼。文中的鬼阮公明說，都城裡鬼非常多，晝伏夜出，每天到了黃昏，係著黃肚兜，低著頭走路的就是鬼。還說鬼住在枯井中。

洪邁著《夷堅志》，費三十年之功，創製輯錄筆記四五千條，為古今志怪第一人。此書初初讀來，貌似是有聞必錄，不加抉擇，細細研磨，就會發現甄選自有其一套標準，純粹為志怪而述奇的篇章並不多。聽高士琴音，不在音符，而在琴外。即如《李吉爊雞》、《王立爊鴨》和《阮公明》三篇，洪邁不厭其煩，一而再地說「人世三分鬼」，睿智如他，難道真是說鬼與人雜居嗎？他說的其實是：人世裡的人，有十分之三其實是鬼；人世間披著人皮的鬼，是比陰曹地府裡的鬼，更獰惡、陰險、奸詐、殘暴一百倍的。

胡馬飲江

南朝謝朓有一首《入朝曲》盛讚江南，首句說：「江南佳麗地，金陵帝王州。」從前讀，覺得極好，現在讀，卻發現後一句大有問題：縱觀歷史，豐饒秀美的江南，從來都不是帝王應該待的地方，這裡只適合吃喝玩樂遊手好閒做富家翁。從東吳、東晉，到南朝的宋、齊、梁、陳，到南宋，再到民國，那些偏安江左，以南京、紹興和杭州為都城、行都或行在的王朝，不是苟延殘喘，就是氣數已盡。有氣象的王朝，莫不是把首都建在中原、北方或西北，以直接對抗北方遊牧民族的抄掠和侵襲。

有宋一代，國祚綿延三百餘年，在中國歷史上，是長命王朝之一。然而自從西元一一二七年慘遭靖康之變，徽、欽二帝被虜，北宋滅亡；建炎南渡之後，宋朝就只剩下了半壁江山，內憂外患，已是強弩之末。南宋偏安江南的一百五十餘年裡，女真、蒙古的鐵蹄相繼紛至遝來，國勢傾蕩，民不聊生，最終江山易主。宋史的後半部，其實是一部哀鴻遍野的亡國史。歷史一再地證明：偏安是不可能安的。

披覽《夷堅志》，事涉金兵入侵的篇章散見其間，數量多達百條，而且材料豐盈，細節詳實，是官修《宋史》之外珍貴的史料遺珠。志中此類史料，大致可以分為四種類型。

一類是金兵南範，軍民抵抗。《夷堅支甲》卷二《丹州石鏡鼓》記載，宋高宗趙構紹興年間，丹州郡（今陝西宜川東北）被金兵佔領，當地百姓紛紛聚眾起義英勇抗虜，有個叫曹布子的人被當地百姓推為領袖，據延安稱王，但不到兩年時間，他和部眾就被金兵全部殺害。同卷《黑風大王》，記紹興年間，金軍一支軍隊的頭目黑風大王，率兵數萬人，準備攻打梁州和益州，在汾陰一個叫後土祠的廟宇內落腳，弄得廟宇內外腥膻不堪，糞便橫流。同卷《宿遷諸尹》，記宿遷一個姓尹的人，在亂世中聚集族黨起兵抗金，劫了女真龍虎大酋的大本營，獲得金人祖宗畫像以及宮闈物件等諸多戰利品。《夷堅支庚》卷七《村民殺胡騎》連寫三事，說金虜鐵騎犯江西時，當地郡縣村民奮身殺敵，並記載，金兵入侵，鐵騎在大路上來回穿梭往返，日夜不絕，讓人搞不清其兵數多少。

一類是生靈塗炭，餓殍遍野。《夷堅支甲》卷九《梁小二》載，金熙宗皇統年間，解州（今山西運城市鹽湖區）大饑荒，瘟疫流行，道路上全是流民。同卷《張咼義僕》說，楚州（今江蘇淮安市楚州區）人張咼，家裡本來很富裕，但壯年時遭遇金兵入侵，骨肉散落，淪為乞丐。《夷堅志補》卷十四《避兵咒》說，金兵進犯，中原大亂，胡馬飲江，姑蘇遭受的禍害特別嚴重；卷九《饑民食子》記，兵革亂離之時，有人換子烹食，甚至有人把自己的兒子殺了充饑。《夷堅支丁》卷九《淮陰張生妻》，記金主完顏亮領兵南下，淮陰民眾亂紛紛逃往京口避難，金兵在淮陰城裡霸佔民女，搶掠貨財，無惡不作。《夷堅甲志》卷五《宗本遇異人》，說靖康之變中，金兵壓境如蝗而來，城市村落被焚燒無餘，其慘狀，隔著故紙，也不忍多看。

一類是兵連禍結，內部騷亂。大凡天下大亂，外族入侵之時，內部盜匪必然作亂，呈呼應之勢。《夷堅支乙》卷五《張花項》說，建炎、紹興之交，國遭外侮，江湖多盜，張花項、戚方尤其兇殘。張花項攻破池州，掠去婦女無數，官兵來剿匪，張花項把八百名婦女的雙腳砍掉；戚方在宣城廣德，把當地官吏殺得一個不留。《夷堅三志》辛卷第四《巴陵血光》，載建炎四年五月，金兵寇亂時，鐘相、孔彥舟、曹火星、劉超、彭筠等人各自擁兵數萬人，乘機塗毒生靈，巴陵（今湖南岳陽）一城百姓，差不多被殺光。

一類是外族入侵，異端迭現。《夷堅丁志》卷七《南京龜蛇》和《朱勝私印》兩條，一條記北虜南犯南京（今河南商丘），有一隻大如車輪、高達三尺、九條尾巴、龜甲黃得像蜜蠟的巨型烏龜，出現在商丘城中；又說在商丘城內的雷萬春廟裡，發現一條大赤蛇盤踞在香爐中。另一條記，虜寇攻打商丘，宋朝將士在夜間修築防禦工事時，看見有一塊地面光亮四射，後來在那裡挖出一個銅製的方印。《巴陵血光》記載，金兵入侵，內亂叢生時，巴陵上空出現血光；當然，所謂的異端，只不過是假託之言，多不可信。

還有一類，是傀儡政權的滑稽表演。如《夷堅丁志》卷九《陝西劉生》和卷七《秉國大夫》，記偽齊劉豫、偽楚張邦昌時的事；讓人想起日寇入侵時的偽滿州國。

趙匡胤建立宋朝後，吸取唐末以來藩鎮割據、宦官亂政的教訓，重文輕武，經濟、文化、教育、科技得到長足發展，政治也很開明，整個宋代，沒有嚴重的宦官亂政和地方割據，兵變、民亂的次數與規模也相對較少，士大夫也極少有被殺頭的，除了不得不殺的張邦昌。但要命的是軍事積弱，這是導致宋朝衰敗亡國的重要內因之一。

南遷之前，金國兩次攻宋，結果是徽欽二帝、宗室、貴戚、男丁、童女一萬四千人被俘；南渡之後，金人一路南撲，因為南宋軍民頑強抵抗，加上南方氣候潮濕河道縱橫，先後被韓世忠、岳飛、虞允文等名將打敗，從此再也不敢渡江。渡江之後的南宋，有一個相對的穩定時期，在孝宗趙昚手上，甚至有中興氣象。但不久，屢屢昏君當國，奸臣當道，國運很快衰頹；末期，因理宗趙昀報仇心切，聯蒙擊金（與其祖徽宗趙佶聯金攻遼故事非常相似），終至國祚他移，蒙古浩浩蕩蕩入主中原。

《夷堅志》說的胡馬飲江，都是金兵南犯，而無蒙古入侵，原因在於洪邁死在金朝滅亡、蒙古進犯之前。洪邁記載金兵南下，用的都是曲筆和側筆，因而所記之事零星散落，沒有哪一篇是完整而直接的，並且我注意到，洪邁的文字從不涉及宋朝內部的昏庸腐敗、君臣爭鬥以及權臣之間的相互侵軋。分析其中的緣由，一來應當是被志怪筆記這一文體限制，二來洪邁可能也有為本朝諱的用意。然而零星文字間，已經足見洪邁深沉的痛和切齒的恨。他的《容齋隨筆》也有相關記載，如卷十說，紹興末年，胡馬飲江，不久虜首完顏亮被虞允文在採石磯（今安徽馬鞍山境內）打敗，既而金兵內部動亂，完顏亮被殺，金兵退回東北，高宗下詔加封馬當、採石、金山三座龍王廟。

陸遊評價《夷堅志》說：「豈惟堪史補，端足擅文豪。」與諸家志怪筆記最大的迥異之處是，洪邁《夷堅志》記錄的多是宋本朝的事，即使是鬼鬼怪怪虛誕荒幻的故事裡，也有很多內容是宋朝社會的真實反映。《夷堅志》裡的「夷堅」二字，取自《列子・湯問》裡的「（《山海經》）為大禹行而見之，伯益知而名之，夷堅聞而志之」。洪邁以夷堅自喻，書名本身的意思是沒有親見其事而記錄下來，也就是「耳食」。雖然是耳食，而且是志怪，但洪邁寫此書自有其深刻用意。元人陳櫟《勤有堂隨錄》說，洪邁是借此「以演史筆」，可謂知言。

蛋的縫

是蛋都有縫。禽獸的蛋不用說，蛋殼上必有氣孔用於呼吸，否則短時間內蛋就會變質發臭；即使是石蛋、鐵蛋、金蛋，在自然形成和冶煉過程中，由於空氣的進入，內部或表面也必然會留下一些氣眼。所以嚴格說來，「蒼蠅不叮無縫的蛋」這一俗語是不成立的，抑或可以這樣說：「是蛋就有蒼蠅叮。」

人必有死穴，正如蛋必有縫。

話說南宋政和年間，福州有個叫羅儔的官員，為人極是正直清廉，並且精明過人，屬下沒有敢在他面前耍奸使詐的。羅儔酷愛讀書，勤於學問，每有會意處，眉飛色舞，仰天長嘯，如果遇到不解的難題，則抓頭搔耳，躊躇無措。時間一長，奸滑的手下掌握了他的習性，總是乘其長嘯時，把公文抱來請他批閱。因為這個時候，羅儔正心曠神怡，小吏哪怕有點小差遲，耍點小滑頭，甚至包藏些隱惡與私心，也會寬宏大量，不去計較；相反，如果正在搔首苦悶時，即使是有小小的欺騙，羅儔也會痛加責罰。事見洪邁《夷堅志・甲志》卷六《猾吏為奸》。以羅儔的讀書解事，明察秋毫，尚且有縫可鑽，其他愚昧者、昏聵者、貪鄙者、淺陋者、酷虐者，更不消說。

少年時讀武俠小說，最羨慕武林豪傑練就了一身金鐘罩鐵布衫奇功，刀槍不入，油鹽不進，水火不侵，馳騁江湖，立於不敗之地；但饒是如此，金鐘罩鐵布衫也有致命的死穴，那就是襠下那點兒東西，輕輕一踢，不單武功全廢，而且會搭上性命。

又讀過一則民間故事，大意是：古時有一位學子從私塾畢業，臨行先生問他：「社會上險惡得很，不容易混，徒兒初出校門，不知道帶了些什麼東西打開局面？」學生說：「我帶了一千頂高帽子，逢人就送上一頂。」先生說：「你老師我最討厭高帽子了。」學生趕快接嘴道：「吾師一貫虛懷若谷，求真務實，從來不戴高帽子。」先生拈著山羊鬍子，滿意地點了點頭，虛榮心得到了極大地滿足；學生私下大喜，哈哈，高帽子果然人人愛戴。

由以上數事可知，世間從來沒有無縫的人，而人的命門，可能是自己的弱點、癖好、喜惡，也很有可能是自己的長處、優勢。

千古一帝秦始皇統一中國後，廣求神仙方術，妄想長生不老，被徐福騙得臉沒處擱不算，最終還是因為信鬼神迷術士，殞命在第五次巡遊的路上。三國楊修聰明博學，可是聰明反被聰明誤，變成了主公肚子裡的一條蛔蟲，遭曹操妒恨，誤了卿卿性命。《夷堅志補》卷四《麻家鸚鵡》裡，鸚鵡被困籠中三年，不得脫身返回自然，十分憂愁，於是向僧人壽普求救。壽普說：「誰教你會說話呢！」鸜鵒頓時覺悟，從此不發一言，幾個月後，主人嫌它不說人話，打開籠子將其放飛，得到了它所嚮往的自由。雖是寓言，卻有至理在。

至於世間貪腐者因貪身敗名裂，財多者因財被強盜索命，嗜賭者因賭家破人亡，有才者恃才放曠，有貌者紅顏薄命，好名者為名所誤，求官者為官所累，好色者做了風流鬼，淹死的大多是會游泳的；這樣的故事，朝朝代代，月月日日，都在前仆後繼地演繹。直到老掉死掉，也鮮有人明白是蛋都有縫、是人都有穴的道理；即使明白，那縫仍然還是縫。

縫曰：「嘿嘿，其奈我何？」

天雨錢

《夷堅志・支景》卷裡有一篇《大錢村》，記載南宋孝宗趙昚乾道年間（西元一一六五年至一一七三年）天上落錢的事。話說有一天，浙江湖州城週邊十八裡處的大錢村，一個叫朱七的農民正在田裡耕作，突然間天空佈滿陰霾，有一個像竹葦編的大席子的青色怪物從天空中飛過，接著席子落錢如雨。朱七趕忙去撿，一共拾得七百多枚。作者洪邁懷疑，那大席子就是傳說中的錢龍。《夷堅志》所記四五千事，大半奇談無根，但也有近十分之一二是時事實錄，即如大錢村下錢雨，當是史實。

稽查古書，天雨錢，古今正史野乘均多有記載。《史記》卷十五《六國年表》記載，周顯王元年四月到八月，秦國首都櫟陽，天上落金子。《宋史・五行志四》，說宋高宗紹興二年七月，不僅天落錢，水井中也有錢湧出，只是錢已經完全銹蝕，手一碰就成了沙土。《明史・五行志三》，載明憲宗成化十三年六月，首都順天府即今天的北京天上落錢雨；宋人徐鉉《稽神錄》、明萬曆年間《福州府志》、宋人梁克家《三山志》、明代《江南通志》等等古籍，都有關於天雨錢的記載。

天落錢雨，其實很好解釋，龍捲風把地下埋有古錢的古墓什麼的捲到空中，然後落下便是。近世也有不少類似天雨錢的事，屢屢見諸報章。所以並不稀奇。

稀奇的是魚口吐錢。洪邁在《夷堅丙志》卷十一《吞舟魚》裡說，有個以捕魚為生的程姓老翁，在小溪裡網獲一條吞舟魚，隨及化作一塊魚形大卵石，吐錢無數，老翁的妻子和女兒用簸箕去接，旋接旋滿。後來，還是程翁怕召致大禍，禮天祈禱，卵石才消失。

更稀奇的是青蚨還錢。青蚨，在古代借指銅錢，原是傳說中南方的一種蟲子，形貌如同蟬蝶，只是比它們稍微大一些。青蚨還錢首見於西漢劉安《淮南子》，文章中說，把母青蚨的血塗到八十一文銅錢上，再把子青蚨的血塗到八十一文錢上，無論是用母錢，還是用子錢，到集市上買東西，錢都能夠自動飛回來。但如果子母錢一同用掉，錢就回不來了。干寶《搜神記》也復述此事。

所謂「塵世熙攘、利來利往」，人喜財貨，古今莫有不同。我幼時常夢見撿錢：某年月日清早去上學，路上撒滿了錢，都是分幣，一分、二分、五分不等，我一路走一路撿，嘴都笑破了。當時有一首歌《我在馬路邊撿到一分錢》正流行，我確實算不得高尚，即使是在夢裡，也未曾把撿到的錢交給警察叔叔。當年，二分錢能買一隻富強粉白胖饅頭，農家子弟如我，富強粉如同傳奇，家裡只有粗糙的小麥粉，哪肯把到嘴的白饅頭拱手送人呢。後來讀《淮南子》、《搜神記》、《夷堅志》，固然羡慕天雨錢正好在場，也期望在河裡拾得一隻吐錢魚，然而更幻想養幾隻青蚨，錢去錢來，永遠也用不完。

少時又曾戲言：「天落暴雨，落冰雹，落雪花大如席，都不可怕。可怕的是天上落錢。一則，錢會把人頭砸破，得去醫院縫針；二則，即使運氣好，頭不被砸破，搶錢也會把頭打破。」戲言耳，比《夷堅志》更荒誕無稽。青蚨是傳說，永不可得，天雨錢正好在場的事，說不定還是有的。我在此發願，如果有一天撿到天錢，先邀朋輩浮一大白，餘下的錢統統存到銀行，用其利息蓋一座「青蚨城」，廣廈千萬間，大庇天下寒士俱歡顏，讓那些一意謀利罪不可赦的炒房團，困死、窮死、餓死、氣死。

五通

五通，名為神，實則為妖。有人說五通是鬼，其實大謬不然，鬼是人死所化，妖係木石禽獸之精。魑魅魍魎之事，雖皆虛枉荒怪，然而既然我正襟危坐，在這裡述妖狀鬼，則妖鬼之別，不能不辨。

舊時民間多淫祠，今日差不多也已經全面死灰復燃了。所謂淫祠，也就是不在祀典的祠廟，所祀祠尊奉的，不是正神，而是邪門妖怪。江南之地，素來淫祠眾多，而且所供奉的「神」奇奇怪怪，其中就有五通神。《夷堅丁志》卷十九《江南木客》說：「（五通）變幻妖惑，大抵與北方狐魅相似。」《聊齋志異》卷十《五通》說：「南有五通，猶北之有狐也。」洪邁與蒲松齡，一宋人一清人，在世時間相差五百餘年，前後記述卻相似如此，足見民間五通神淫祠存在之恒久和普遍。

何謂五通神？《夷堅志》說，浙東、浙西以及江東人曰「五通」，江西、閩中人曰「木下三郎」，又曰「木客」，一足者曰「獨腳五通」，河中曰「五郎君」，揚州曰「五顯公」，名稱雖然不同，其實指的都是五通；其本相，或為猿猴，或為龍，或為蝦蟆。《聊齋志異》說，五通原是金龍大王家的奴隸，本相為豬、馬、水怪之流。今人牧惠在注疏《聊齋》時說，五通又稱五聖，是中國南方農村中供奉的神道；本是兄弟五人，唐末已有香火，廟號五通，宋徽宗賜廟額曰「靈順」。宋代由侯加封至王，因封號第一字為「顯」，故又稱「五顯公」。在傳說中，五通是凶神淫神；還有人說，五通指唐時柳州之鬼，是朱元璋祭奠戰亡者（以五人為一伍），是元明時期騷擾江南燒殺姦淫的倭寇，後兩說明顯不通。

關於五通，可謂是眾說紛遝，莫知答案。不過這也很好理解，五通本來就是傳說中的妖怪，既然沒有人真正見識過，有多種形象也就不足為怪了。西方的鬼神與中國的鬼神，其形象就迥然不同，這不僅因為國域之別，更因為觀念的巨大分野。洪邁和蒲松齡著志怪筆記，雖然篇篇都有故事來源，詳注故事發生在某時某地，洪邁還一一注明據某某人說云云，其實都不過是小說家言，大多當不得真的。其他人說五通，同樣也不過是以訛傳訛。我寫《夷堅志》箚記，卻是非信不可的，否則何以立足？所謂憑虛蹈空，文字建立於小說家言之上，本質確實是無稽之談，可是正如洪邁著《夷堅志》有喻世之意，蒲松齡寫《聊齋志異》係孤憤之書，我窮雲霧之根，究神鬼之底，自然也有自己不足為外人道的道理在。

古今關於五通神的記述，層出不窮，而又莫衷一是，有三點卻基本是一以貫之的：一是兇殘，二是好色，三是惠人小利。因為這三點，江南民間對五通神是又敬又畏，態度含糊，遠不像祀呂洞賓、岳飛、關羽這些正神虔誠。而五通，對此也顯然是了然於胸的。《江南木客》說，五通「或能使人乍富，故小人好迎致奉事，以祈無妄之福。若微忤其意，則又移奪而之他。」《夷堅支甲》卷一《五郎君》說，五通迷惑鄭氏女，送其一滿屋子的金銀財寶和綾羅綢緞，當地主官對其無可奈何，連府治、樓觀、草場，都讓五通一把火燒得精光，最後只好違心地「許以祀神」，五通才算罷了。《夷堅支癸》卷三《獨腳五通》，記載獨腳五通讓人暴富，條件是得到奢侈的供奉，以及婦女供其淫樂，一旦忤逆其意，就讓錢財自動飛走。

五通有小術，受到民間貪鄙者或無知者的尊崇，因而也有鬼怪冒用其名來做壞事的。《夷堅支戊》卷六《胡十承務》就記錄了一條：有五個在淮河行兇作惡的人，被官府梟斬，做了鬼仍不安生，自稱是「五通正神」，來到揚州人胡十家裡作祟弄怪，吃好喝好不算，還要求胡十為其建廟宇，享受民眾祭祀，一家不勝其擾。後來，這些假五通被高僧識破真相並驅除。

五通有時也愛捉弄人。《夷堅志補》卷七《豐樂樓》記載，臨安（今杭州）人沈一，以開酒店為生，有一天遇到五個風度翩翩的貴公子，帶著一大群美姬麗妾來喝酒。

沈一貪鄙而狡黠，心知他們是五通神，於是向他們祈求錢財；不料五通略施法術，把沈一家的銀酒器偷了出來，用布囊包裹著送給沈一。沈一千恩萬謝，背起來就往家跑，跑著跑著，擔心有人路上打劫，就把銀酒器全部踩扁。一到家就眉飛色舞地跟老婆說：「快快拿秤來，我今天發橫財嘍！」打開布囊，夫妻倆頓時傻了眼。事情傳為笑談，沈一好長時間不敢出門。

五通靠能讓人暴富的小技，在江南擁有了普遍的市場。它們能變幻為風標秀美的帥哥，以送人財物為媒介，志在淫人妻女。關於好色這一點，洪邁和蒲松齡均記錄甚詳。蒲松齡筆下的五通，看見人家有美女，就長驅直入，逢人也不躲避，一把將美女攔腰抱起，如舉嬰兒，放到床上，美女的衣裙自然脫落，於是肆意施以姦淫。蒲松齡特別注明一點，那就是五通那話兒「偉岸而不可堪，（美女）迷惘中呻楚欲絕」，以至讓美女「血液流離，昏不知人」，三四天後才能平復。洪邁說五通「尤喜淫」，「陽道壯偉，婦女遭之者，率厭苦不堪，羸悴無色，精神奄然。」又連舉十餘個實例，歷數五通神的淫猥和殘暴。還反覆著意闡明，五通「遺精如墨水，多感孕成胎」，令婦女生下奇醜兒、斗大肉塊、長毛豬、蛤蟆、猴子、蛇之類的怪物。

五通的殘暴，輕的，像狐妖一樣向人家屋裡亂扔砂子，用石頭砸人，弄風迷人眼，點火燒人屋，把人牛馬糞扔到人家的鍋碗裡；重的，則是取人性命。天生萬物，相生相剋，五通屬「小神」，比之高級的神自然可以制裁，即是民間，也有膽力俱全的人可以懲治他們。《聊齋》有《五通》二則，一則中，會稽即今紹興有一個剛猛善射的萬姓壯漢，是五通的剋星，五通為患的地方，都請他去除妖。一則中，金龍大王之女，指使其婢女把五通那話兒一刀給切了。哪裡出了問題，就在哪裡解決，每每讀到此處，深服蒲松齡運筆之神，閹五通比殺五通要叫人酣暢痛快多了。

寫到這裡，突發奇想：當年宋徽宗禮敬五通，並且還專門賜以廟額，其內心真正的動機，是不是正因為五通陽道壯偉呢？以趙佶之荒淫，我的這種揣測，也不至於毫無道理吧。存疑，以俟夫有春宮癖者考究之。

黃白術

連月浸淫於《夷堅志》，他書多積塵。反覆咀嚼，深以為此書不僅是志怪筆記之集大成者，而且是一部小說版的百科全書。雖然其敘事多涉怪異，一眼即知不可信，然而正如官方新聞，細讀深究，就會發現稗官並不真稗，野史並不真野，即使是說神畫鬼，也可從中窺測出宋代的某些社會風習和現實。如黃白術。

黃白術是煉丹術的一個重要分支，起於戰國燕齊間江湖術士方技，盛於兩漢，極盛於唐，余緒延於宋，之後泯滅不傳，直到近代升級為專門之科學——冶金學和合金學。其術，是以藥物點化銅、鐵、錫、鉛這些賤金屬，使之成為「藥金、藥銀」，即合金。

早期的黃白術所用「點化藥」，是雄黃、雌黃、砒黃這「三黃」，係含砷的硫化物。後來，有以水銀、朱砂、草藥等物為藥的。《夷堅志補》卷十三《鳳翔開元僧》條，記兩個老和尚把製「藥金」奇方傳給蘇東坡的事，所用的藥就是朱砂，可以把成分不足的淡金化為精金。同卷《蔡司空遇道人》條，則記用藥點鐵成銀，再點成金。只是文中並未記錄那道人用的藥，到底是何種妙藥；荒怪之事本如無根雲霧，自是無須窮究的。

黃白術中，「點化藥」是最重要的原料，冶煉是最重要的工藝。《夷堅志補》卷十三《復州王道人》詳細記錄了黃白術之技：「世之燒煉藥金者，必仗水銀，先結砂子，爐火伏養，積月累歲，然後能成。既真方難值，又坐靡日月。其摻製之法，以鐵銚磁盞盛水銀，頓微火上，投刀圭藥末，頃刻即成，固為神妙。然非伏火硫黃朱砂之屬，與神仙大丹，亦不能辨。」《鳳翔開元僧》也抄錄一方：「每淡金一兩，隨其分數，如不足一分，輒以丹砂一錢，益雜諸藥，入幹鍋中煆鎔，即傾出金砂，俱不耗，但其色深淺斑斑相雜，當再烹之，須色勻乃止。」

黃白術並不是誰都可以學到的，學到了如果用於為非作歹，也必遭天譴。《鳳翔開元僧》中的陳希亮，就因大肆造藥金買住宅，指上生癰而死。

《夷堅志》旨在志怪，其中又有不少可稱為「怪中之怪」者。譬如這黃白術，高明中的高明，神乎其技，無須丹藥，也無須冶煉，只須水中釣金。《復州王道人》中的王道人，就是用一個紅色的布囊作誘餌，在河裡像釣魚一樣釣黃金的。文中說，王道人來到河邊，把布囊扔到水裡，不消片刻拉上來，布囊上就沾滿了金光閃閃的碎金屑。水中釣金，確實是不可信中尤其不可信的，可是王道士說「有水處必有金在」，卻是有些道理的，特別是金礦附近的河流中，必然有金屑；只惜不可釣，淘又太費勁。

另有高明術士能讓井水變成金子，見《夷堅支庚》卷八《煉銀道人》。那位道士實際上是神仙，端一杯井水放到他面前，他呵一氣，那井水就變成了汞，然後放到煉丹爐裡，加入一些點化藥物鎔煉，那汞又神奇地凝結成為了白金。

義大利有諺語云：「當黃金開口時，其他一切都變得安靜。」黃金因其極其稀有，是金融界真正的主人，是最終的貨幣。「藥金」和「藥銀」自然不是真金白銀，因其擾亂金融秩序，自戰國至宋，官府一般視為洪水猛獸，如西漢景帝時和北宋初，造「藥金」者均棄市。但某些時代，朝庭不僅加以承認，而且還用於賞賜、賑貧，民間也用來行賄、借貸、買賣，王莽、趙恒、趙昚這些帝王還視之如珍寶，一些大臣、文士、鍛工也和黃白術士一樣，學習或精通煆鎔術。

在化學、冶金學、合金學尚在初萌的古代，無論是帝王貴冑還是坊間庶民，見到「藥金」和「藥銀」，大約就像《百年孤獨》裡未開化的馬貢多鎮的子民見到墨爾基阿德斯帶來的吸鐵石一樣，驚奇寶愛。煉丹術並不是「長生不老藥」或者「騙術」的代名詞，實際上是近代化學的先驅。黃白術士則是最早的冶金學家和合金學家，不單不是騙子，而且是很偉大的。

蠱術

「福建諸州大抵皆有蠱，而福之古田、長溪為最。其種有四：一曰蛇蠱，二曰金蠶蠱，三曰蜈蚣蠱，四曰蝦蟆蠱，皆能變化，隱見不常。」《夷堅志補》卷二十三《黃谷蠱毒》記宋時福建蠱術甚詳。在同卷，接連還有《林巡檢》、《解蠱毒咒方》兩條記蠱事；此書另外還有一些涉蠱的篇章，散見它卷，讀來叫人皮冷肉收。

蠱，舊時寫作「蠱」，意為「皿中三蟲」，是個會意字，字形演示的是傳說中的製蠱術：將蛇、蜂、鼠、毛蟲、蜘蛛、癩蛤蟆、蜈蚣、蠍子、蜥蜴等百種毒物，放在一隻封閉的器皿中，讓其相互厮殺蠶食，最後存活的那只聚百毒於一身的東西就是蠱。放蠱於人體內，中者必死，且死狀慘烈。又傳說，蠱始自苗族婦女，其腹中有蠱的謂之「草鬼婆」，常放蠱害人。「草鬼婆」的標識是：眼睛紅得像朱砂，肚腹部和臂背上都有紅綠青黃的條紋。

傳說而已，並無真憑實據，就如同流傳久遠的湘西「趕屍」，後來被證明是巫師的騙術，蠱事實上是人體內的寄生蟲，今定義為「蠱毒結聚，氣血耗傷，絡脈瘀塞所致的脹滿、積塊的疾病。」很常見。但古人不明就理，談蠱色變，因巫術的嫁接利用，蠱又成為厭勝和詛咒之術，更加恐怖而荒誕。歷代正史野乘，遠至春秋戰國，近至明清民國，對蠱術均多有記載，醫藥典籍照錄不誤，志怪筆記對此更是津津樂道。連李時珍也在《本草》中記下一些製蠱、治蠱之法，其中一些有科學道理，另一些則純粹是鬼語絮絮。

古代文獻中，蠱的種類遠遠不止洪邁所說的區區數種（《夷堅志》其他筆記中還記有水蠱等等），而是千奇百怪，除福建諸州四蠱外，還有篾片蠱、泥鰍蠱、疳蠱、癲蠱、石頭蠱、腫蠱、犬蠱、貓鬼蠱、蠍蠱、飛蠱、蛙蠱、螞蟻蠱、毛蟲蠱、麻雀蠱、烏龜蠱等等，數不勝數，估計所有的東西都可以用來施蠱；翻檢零散記錄蠱術的書籍，幾乎可以輯成厚厚一部蠱術大全，所記大同小異，多不如洪邁講述的精彩。

洪邁對製蠱、取蠱、施蠱、治蠱這一整套的蠱術，敘說得非常周詳，並且也更加聳人聽聞。《黃谷蠱毒》中說：製蠱人把雌雄二蠱放到一盆水中，讓其交配，用針眼取出浮在水面上的毒液，然後於當天把毒液拌到飯菜藥餌當中，等待親鄰或者過路客來訪，熱情招待，客人在毫無防範中就被下了蠱，如果當天實在沒有一個人上門，就把蠱下到家裡某個人身上；可見施蠱者的蛇蠍心腸，是比蠱本身還要陰鷙百倍的。

中蠱的症狀，洪邁描述道：「藥初入腹，若無所覺。積久則蠱生，藉人氣血以活。益久則滋長，乃食五臟，曉夕痛楚不可忍，惟啜百沸湯，可暫息須臾。甚則叫呼宛轉，爬刮床席。臨絕之日，眼耳鼻口湧出蠱數百，形狀如一。」又說，中蠱者死後，仍然被祟附身，不能托生，而且像虎倀一樣，被驅使著放蠱害人。

《黃谷蠱毒》又記載了淳熙二年古田人林紹先的母親被人放蠱的一個實例。官府在放蠱人家中，搜出銀珂鎖子、五色線、環玟、小木棋子、縫衣針等等作案工具。銀珂鎖子上有蠱，放蠱人把它丟在路上，撿到的人以為白白地拾到了銀子，歡喜不勝，萬萬沒想到蠱祟就此纏身。五色線用來養蠱，因為蠱喜歡吃五色錦，但錦價格昂貴不易得，就用五色線來替代。環玟、小木棋子是用來占卜的，縫衣針是用來施蠱的。那個給林母下蠱的「草鬼婆」，兩包針共五十根，已經用了十一根，也就是說她已經殺了十一個人；她最後受到官府的嚴懲，被砍了頭。順便說一句，自周朝有蠱祟開始，歷代官府對蠱術都是嚴加打壓的，《夷堅志》對此也不時講述。

蠱本是蟲或者細菌，原是有的。施蠱就是傳播病毒，也確有可能。但蠱術是巫術，原是蒙人的。

如同神剋鬼，蠱術也自有相應的驗蠱、解蠱的方法。干寶《搜神記》卷十二《蘘荷根攻蠱》說，把蘘荷的根鋪在床席下麵，能夠治療蠱毒。其事簡約，遠不如洪邁說的精彩。

《黃谷蠱毒》記：煮一枚雞蛋，用一根銀釵叉著含在嘴裡，過一頓飯工夫拿出來看，如果雞蛋和銀釵都變黑，就是中蠱了。解毒的方子是：用五倍子二兩，硫磺末一錢，甘草三寸，一半炮出火毒，一半生，丁香、麝香各十文，輕粉三文，糯米二十粒，共八味，放到小沙瓶子中用七十度水煎熟，然後讓中蠱者平正仰臥，把頭墊高，喝下藥物。不久，中蠱者就覺得肚子裡翻江倒海，吐出魚鰾一樣的惡物；接著喝一盞茶，再吃點白粥，十天後，另服兩三丸解毒丸，就可平復如初。此篇所記的驗蠱法、治蠱方，估計是很有些醫學道理在裡面的，算不得虛妄。

《林巡檢》一篇，說中蠱者生吃了一條蛇（原係金蠶之精），解除了體內的金蠶蠱，雖然故事本身離奇，但以毒攻毒，在原理上也不算胡說。《解蠱毒咒方》一條後半截也記治蠱藥方，與《黃谷蠱毒》所記大不相同：「用豆豉七顆，巴豆去皮兩粒，入百草霜，一處研細，滴水圓如菉豆大，以茅香吞下七圓。」又記解金蠶蠱的方子：「才覺中毒，先含白礬，味甘而不澀，次嚼黑豆，不腥者是已。但取石榴根皮，煎汁飲之，即吐出活蟲。無不立愈。」後半截則神神叨叨，荒怪不堪。說有高僧有解蠱神咒，能治蠱毒，會念咒的蠱不會上身，即使附身也會安然無恙。其咒語云：「姑蘇啄，磨耶啄，吾知蠱毒生四角，父是穹隆窮，母是舍耶女，眷屬百千萬，吾今悉知汝，摩訶！」

天頭地尾

一、《夷堅》中鬼狐多獰惡，《聊齋》中鬼狐多良善。蒲松齡是科場第一失意人，一生幽憤潦倒，故托鬼狐以自況；洪邁生於官宦世家，自己官也做得好，故以正道自居，自然視鬼狐妖怪為孽障。《聊齋》對落魄書生寄予大同情，《夷堅》視所有農民起義為作亂；身世不同，道亦迥異。

二、仙府鬼域狐媚妖孽之事，能說會道者代代有之，若論藝術成就第一，莫過於蒲松齡，但就數量及龐雜程度而言，則無疑要推洪邁。蒲松齡汲取前代方家之智慧，傳承數千年典籍之精髓，加以充盈拓展，使志怪小說達到了前無古人後無來者的巔峰狀態。無論是從時間節點上，還是在藝術造詣上，洪邁則都處在這一文學體裁的中間地帶，可視為最重要的傳承人。

三、《夷堅志》主角是神鬼狐怪，但書中寫得最好的是人，鬼怪次之，狐又次之，釋道則多不堪讀。洪邁偏又好講神仙僧侶事，計其篇數，約占全書的五分之一。讀幾條尚可勉強對付，及至後來遇到，恨不得直接翻過去。方外神仙，佛門子弟，均應有超塵逸世姿態，以普渡眾生為己任，寬厚仁慈，心地良善，然而《夷堅志》中的神仙和僧侶，大多貪婪、勢利、利己、假慈悲、小心眼、仗勢欺人、睚眥必報。如支景卷四《清塘石佛》，一個人供一尊石佛，非常虔誠，有一天他兒子誤把佛像放在鳥籠下面，致使鳥糞滴到了佛身上，被佛起訴到了天上，有神仙降臨打了他二十大棍子，打得他皮開肉綻。這佛哪裡敬得，稍不如意，就加害於人！志中記佛道事，多與之相類。在書眉，我曾多次批道：「《夷堅志》論仙說佛，有酒肉氣、市儈氣、虛誕氣、惡霸氣，全是投機故事，讀來枯槁庸常，了無意趣，令人厭倦。」清袁枚在《子不語》裡說：「世有妖僧惡道，借鬼神為口實，誘人修齋打醮，傾家者不下千萬。」（見卷一《酆都知縣》）隨園老人說得透徹。

四、《夷堅志》中，寫呂洞賓現身塵世的條目眾多，由此可以推知，呂洞賓在宋時黎民百姓眼裡，是一個倍受尊崇的神仙。餘下的宋元八仙，漢鐘離偶有出現，但遠不如呂仙神乎其技。書中多次寫到蘇軾和岳飛，寫到元祐黨禁、岳飛遇害，言辭之中，足見民間對二者深懷敬意與好感。

五、鄭州晚報編輯陳澤來先生曾辟有「八段錦」副刊，一直不明其意。讀《夷堅志》乙志卷九《八段錦》一文，方知八段錦為宋時流行之氣功，所謂「長生安樂之術」。人生有涯而知也無涯，書讀得越多，越懂得自己的淺薄。

六、古南嶽之爭，由來已久。主要爭論者是安徽的潛山縣和霍山縣，雙方各自引經據典，羅列證據，爭說古南嶽在其縣治，至今仍無定論。《夷堅志》支庚卷二有一篇《天柱雉兒行》，似可作為研究古南嶽，至少可以作為研究天柱山的參考史料。《天柱雉兒行》是為一只有佛性的野雞所唱的讚歌，主要內容是一首長詩《雉兒行》。文首有這樣的字句：「舒州皖公山天柱寺。」詩中也承載了其他一些關於天柱山的資訊：「當年江上揚風舲，淮山望極排空青。今登天柱賞潛皖，元是吾家翡翠屏……此山開闢至唐初，乾元中作金仙居。彭門大師曰崇惠，裁基創始成茅廬。」《雉兒行》作者名叫利書記，洪邁說不知道他是何時人，按《全宋詩》收此詩，可知利書記為宋人，洪邁所說的，意思是不知道他的具體存世年代。據詩句「元是吾家翡翠屏」推測，利書記當為潛山人或者潛山附近人。詩為七言古風，洋洋九十句，只說天柱山宋時叫皖公山，山中有天柱寺，不提古南嶽字樣，若天柱山為古南嶽，作者應當沒有理由不提。

七、身為皖人，對省會合肥的歷史卻不甚了了。《夷堅志》丙志卷四存一首珍貴的《廬州詩》，為宋人張晉彥（張祁）作品。詩中有句云：「平湖阻城南，長淮帶城西。壯哉金鬥勢，吳人建合肥。」由此可知，合肥為吳人所建，南宋時城市很是壯偉。文中還提到合肥的酈瓊之難，即金國將領酈瓊曾在合肥為寇，殺軍民無算。又由支癸卷三《聞人氏事鬥》可知，合肥至少在宋代，還是一個很偏遠的地方，而且是發配犯人之地，文中有句云「黥配合肥」。《夷堅志》雖是滿嘴跑火車的荒怪故事大本營，但披沙瀝金，書中其實藏有諸多為正史不載的珍貴資料。

八、《夷堅志》丙志卷十八《契丹誦詩》，說有個契丹小孩，把詩句「鳥宿池邊樹，僧敲月下門」用俗語念成「月明裡和尚門子打，水底裡樹上老鴉坐」，以便於記憶，聞者失笑。憶及少時初學英文，雞腸子似的字母叫人頭疼，有人發明或舶來「中文拼音式記憶法」，如念thank you very much為「三塊肉餵你媽吃！」念Monica為「摸你卡！」（按，卡，念去聲，在吾鄉方言中，代表胯，有情色意味），形象易記，學子都樂於採用。

九、志怪筆記志在述異，所記事大多荒腔走板，但荒誕也是有尺度的，也就是說，在人所能接受的程度之內。《夷堅志》載故事四五千則，大多合乎說鬼道神的尺度，但也有不少可稱為「怪中之怪、異中之異」的。如丁志卷二《潮州孕婦》，說有個孕婦一次產下數百個手指頭大小、五官畢具的嬰兒；丙志卷二《長道漁翁》，說蚯蚓報復釣魚的老翁，爬滿他全身，啃食他的血肉，遠遠望去，就像披著一件蓑衣；丁志卷十二《吉撝之妻》，說活人休掉早已死去的妻子；支景卷六《道州侏儒》，說侏儒是獼猴與婦人交合所生；支戊卷六《太歲堂》，說有一條蛇，細如竹筷，然而長得怕人，斬作數百段，裝入籮筐整整有十九擔；支庚卷六《潘統制妾》，說一個孕婦，懷孕一百二十天，然後產下一男孩，三個月後再產一男，過四個月後又產一男……凡此種種，連洪邁本人也錯愕慨歎不已。

十、如第九條所言，志怪亦有「怪理」，所述所論，當合乎「荒誕的常理」。洪邁偶有議論不合「怪理」處，如《夷堅志》支景卷四《呂氏綠毛龜》，記一戶姓呂的人家用盆養了一隻發毛龜，平時餵食時，用小竹棍輕輕擊打水面，綠毛龜就出來吃東西，形成了習慣；有一天，他家的小孩子作戲法，用棍子擊水，待烏龜浮出水面後，把它撈了起來，第二天才放回水裡。此後六、七天，綠毛龜就不再吃東西，餓死了。其實不過是受了驚嚇，或者是被小孩戲弄致病。但洪邁就此大發議論道：「此一介蟲之微，慍於失信，寧不食而死，異哉！」上升到了儒家「信」的高度，太過了。

十一、古人誤把性器官當作腎，如宋人。《夷堅志》支乙卷四《人遇奇禍》，說一條狗咬住一個男人的陰囊，「食一腎」，又有人在野地里拉屎，被豬吃掉了兩腎。清人也如此，袁枚《子不語》卷六《義犬附魂》、卷十四《大胞人》等篇可見。

十二、《夷堅志》支景卷二《牙兒魚》裡，洪邁說湖北應山縣大龜山一座寺廟的池子裡，有一種魚名叫「牙兒魚」，有四隻腳，能爬上樹，像嬰孩一樣咿嚘叫喚。洪邁所記「牙兒魚」，是大鯢，也就是娃娃魚無疑，吾鄉大別山溪流中常見，兩棲動物，據說夜裡常爬到樹上，作孩子哭。洪邁估計從未見過，否則也不會聞而驚奇。按，楚地方言把小孩子稱作「伢子」，所以洪邁說「牙兒魚」是誤記，寫作「伢兒魚」才對。

十三、《夷堅志》搜羅了不少失散的詩詞歌賦，有一些頗為不俗。如支景卷十《劉之翰》中，劉之翰所作的《水調歌頭》，中有「黔南一道，十萬貔虎控雕弓」、「劍佩八千歲，長入大明宮」之句，詞氣雄勁，有辛棄疾金剛怒目之風。

十四、「吻士」一詞，我於《夷堅志》首見。支丁卷九《鹽城周氏女》中，有句曰「初，裡中有嚴老翁，吻士也。善講解《孝經》，又能說相。」由此推之，吻士就是靠嘴皮子吃飯的人；將來出書，拿來作為書名，定然不俗。

十五、有人賴了一次酒錢，壽命就被陰司減去了六年，地府責罰，可謂嚴厲。有人殺人越貨，在陽世逃脫了懲罰，一旦被拘到了陰曹，文書記載絲毫不差，判官立時宣判，無情可講，地府判決，果斷精準。讀《夷堅志》，我常欲大呼：「閻王聖明！」

十六、善惡果報，是志怪小說核心而永恆的主題。《夷堅志》中，惡人必遭天譴地虐，好人至少修得美好來世。企盼罷了，心願罷了！現實的是，有些無品、無格、無德、無才、無識，連蟲豸都不如的人活得揚眉吐氣，而心地善良操守優良者斃死於槽櫪之間。魯迅在《中國小說史略》裡說，「（志怪小說）托諷喻以紓牢愁，談禍福以寓懲勸」，洞徹之言也。

十七、少見多怪，古今莫不如此。《夷堅志》支戊卷九《海鹽巨鰍》，記載一條巨大的鰍魚擱淺沙灘，其高可比鼓樓，長不止百丈，民眾爭割其肉，十天左右才割完；有人懷疑是被貶謫的龍，有人說必是鰍魚害人被神明誅殺……都是胡扯，那鰍魚，其實就是鯨。又支庚卷四《吳江二井》，說一口古井又髒又黑，工匠下去疏通，突然有烈焰從井中噴出，把他燒死了，又把井上的亭子給燒了。洪邁說這是因為這口古井被龍神佔據了，凡人來冒犯，神加以懲戒。荒謬得很。其實原理很簡單，那古井裡的枯枝敗葉發酵後產生了甲烷，工匠在疏浚時，鋤頭之類的東西與井壁碰撞產生了火花，把甲烷給引燃了。

十八、在《夷堅志》支庚卷八《蕪湖儲尉》中，見到一位在蕪湖做縣尉的儲姓後生，心裡很是歡喜，雖然其人生平業績不過爾爾。鄙姓儲，小姓耳，無論是大陸還是臺灣，百家姓都排在一百名之後。相傳上古時有儲國，國人後代以國號地名「儲」為姓。又有人考證，春秋齊國有大夫，字儲子，其後代昌盛，有一支以儲為姓。儲姓人少，名人更少，清以前史上確切無疑的，只有唐代著名詩人儲光羲。儲光羲為開元間進士，官做得也還好，歷任縣尉（大致相當於現在的縣委常委、政法委書記）、主管祭祀的太祝、監察禦史，後在安史之亂中被迫接受偽職，亂平後被下獄，最後貶到了嶺南。但真正讓他名留青史的是他的田園山水詩。儲光羲在唐時略與李白齊名，後人把孟浩然、王維、李白、儲光羲、杜甫相提並論，足見其詩成就之高。後世儲姓有名者，我所知的，僅民國《觀察》社長兼主編儲安平，以及當今政壇一二人物。少時曾發願，要為儲姓爭光，今已壯年，發稀齒搖矣，光芒已減，凌雲之志光宗耀祖之說，不過是童言罷了。

十九、《夷堅志》支庚卷八《江渭逢二仙》，說有兩個知識份子，遇到如仙實鬼的兩位佳麗，雙雙相對而坐，笙歌徘徊，吃酒喝茶，傾吐戀慕，脈脈含情到夜半，仍在那裡隔靴搔癢。侍女適時進言道：「天上月圓，人間月半，教人似月，正在今宵，不應留連飲酒。歌曲止能動情，未暢真情；酌醴止能助興，未洽真興。與其徒然笑語，何似羅帳交歡？」於是雙雙罷席，巫山雲雨去了。這個侍女小踣子，真正是解語花、可意人。人與鬼、神、妖、狐幽婚之事，我在品讀《聊齋志異》時，曾專門寫了一篇《青林黑塞說幽婚》。縱觀歷代志怪小說，其中的主角，無論是鬼神狐怪，還是塵世俗人，他們的愛情莫不是一見鍾情，言語挑逗一番，隨即寬衣解帶，做妖精流汗打架事；讀來好比烈酒滿飲，只覺痛快。愛就愛了，恨便恨了，志怪故事率真可喜。

二十、豬肉注水，古已有之，並非今日奸人的發明。《夷堅三志》壬卷第九《古步王屠》，說王屠夫殺豬，必事先把水注到豬身上，使豬貌似充肥，從中獲取不義之財。至於商人小民藏滑玩奸，如短斤少兩、以次充好、鵝腹塞石、雞肚灌砂、油摻小便、秤桿做假之類，《夷堅志》也多有記載。可見今人並不見得比古人高明，即使是做壞事，古時也早就有了高明大師傅。

第三卷

清語

讀史如看戲

所謂的「信史」，其實根本是不存在的。司馬遷著《史記》，開篇就說「黃帝者，少典之子，姓公孫，名曰軒轅。生而神靈，弱而能言，幼而徇齊，長而敦敏，成而聰明。」軒轅本來就是神話傳說中莫須有的人物，「生而神靈」更不符合生物規律，《史記》一開始就說神道異，全不足信。被譽為史家絕唱、無韻《離騷》的《史記》尚且如此，其他史書更不足道。

一個人老了寫回憶錄，由於時光久遠記憶力減退，或者當時本來就很含糊，或者因為這樣那樣的私心，所記錄的自己的人生，往往與事實有較大甚至很大的出入。自傳都不可稱為「信」，古往今來官方編纂的所謂的前代「正史」由此可知，它們的「正」最多占百分之八十。尤其是涉及到改朝換代，新王朝滅了舊王朝，這新舊交替之時的是非曲直、主幹枝蔓、新王朝的合法性等等問題，因為特別敏感，特別微妙，其可信度更是大打折扣，顛倒黑白、搬弄是非、矯情造做、遮掩粉飾這些，全然不在話下。

太史公作為新朝臣子，端人碗受人管，把自個兒的腦袋、全家人的乃至九族人的性命提在手上修歷史，可不是鬧著玩兒的。類似「書法不隱」的董狐，寧肯腦袋搬家也要堅持實錄的良史，畢竟是不多的。更有如《清史稿》主筆趙爾巽等人，原是舊朝忠實死黨且又甘願與前朝同枯榮，故意矯飾、歪曲、揑造事實的史家，他們的史籍著作的可信度，甚至比不上《清朝野史大觀》、《退余叢話》、《清季野史》一類的野狐禪。江湖傳說、宮娥憶舊、走卒漏言、遺老閒嘮、隱士筆記、漁樵問答、村叟晚語、浣女笑談、陋巷童謠，此中常有史實的本原真相，官方史乘一般不載或不敢直書罷了。

《清史稿》之失，往大了說，是政治立場問題，是一群死心塌地的遺老，對腐朽、沒落並且已然灰飛煙滅了的前清王朝的諛揚、追緬與痛悼。攻擊貶損農民起義和革命黨、誣衊先烈、為滿清諱，已經是不可饒恕，歌頌皇權、鼓勵復辟、不承認新政權的合法性這些，尤其罪不可赦。正如《清史稿》成書後，易培基在呈請封禁時所說的：「若在前代，其身必受大辟，其書當然焚毀。」北洋政府不殺趙爾巽諸人，並且沒有治這一百多號人的罪，只是限制其出版發行，自然有亂世裡籠絡士人民心的內在需要，但也確實是需要胸懷的。

往小了說，《清史稿》體例不一，繁簡失當，一人兩傳，錯誤百出，連人名、地名、年月都有前後不一的現象。加上修史之際，時局艱虞，社會動盪，主編遲暮，史稿倉促撰寫，不僅審稿不細，而且還未經統一審核，只不過是一部有待完善和訂正甚至需要推倒重來的志稿。連趙爾巽本人在《清史稿・發刊綴言》中都承認，《清史稿》是「未臻完整」的「急就之章」，是「大輅椎輪之先導」的未成書。

但《清史稿》修在清王朝剛剛滅亡之時，當時大內檔案、典籍資料、民間私人著述等等保存基本完整，加上主編趙爾巽是晚清重臣，一百多位修史者多是清朝遺老，對清代掌故軼聞，或者耳熟能詳，或者親身經歷，因而史稿自有其巨大的參考和使用價值。二〇〇四年，國家啟動《清史》的編纂，《清史稿》必然是一個重要依據。如我這般有歷史癖的人，更可把《清史稿》看作一部大戲，從努爾哈赤以十三甲冑鳴鑼開場，到十二主角紛紛生旦，千萬配角輪番淨醜，一直到最後呼啦啦作了鳥獸散，白茫茫大地一片真乾淨，心率隨之波濤起伏，血液隨之涼涼熱熱，個中樂趣，如雉飛野林，自是別有一番滋味在心頭。

既然世間並沒有百分之百的信史，讀《清史稿》時不妨佐以稗官野史，好比喝酒時有一盤豆腐乾，不妨再加一小碟子花生米，像金聖嘆所說的，混合而為火腿的上佳美味。我的花生米是民國初年小橫香室主人的《清朝野史大觀》。作為有清一代野史的集成聚合，徵採自一百多種私家記述的《大觀》，真可謂是巨細無遺，洋洋大觀，於清宮遺聞、清朝史料、清人逸事、清朝藝苑以至清代異聞，無不廣泛詳盡涉獵。編者的態度也是認真的，不單荒唐隱怪之說、偏激虛構之談不故意收錄，評說月旦之詞也多有來歷和根據，所謂「採自名著」。

所以我以為，《大觀》其實可以看作是《清史稿》的附件，把兩部書對照而讀，可以互為補充，互證真偽，互作參照。我常常發現，《清史稿》語焉不詳的，粉飾太過的，故意遺漏的，或者刻意逃避的，《大觀》見其微，發其隱，正好窮其真相。只惜手頭上這套《大觀》，除了大概是出自編者小橫香室主人之手的《編輯凡例》外，既無前言也無跋語，既不知成書經過也不知小橫香室主人是何方神聖。有人說，他是《清稗類鈔》的作者徐珂，純粹猜測而已，毫無實據。這些固然是很遺憾的事，不過大體上並不十分影響《大觀》的野史總匯的價值。

三百年興亡，三百年涼熱，史稿也罷，大觀也罷，正史也好，野乘也好，當作戲本子看就挺好。我喝我的茶，嗑我的瓜子，鼓我的掌或冷漠旁觀；你唱你的戲，甩你的水袖，變你的臉譜或念唱坐打，各得其樂，各品其味，兩不相干的。

無恥與忠誠

《清史稿》本紀部分最末，編纂者論溥儀遜位，說：「大變既起，遽謝政權，天下為公，永存優待，遂開千古未有之奇。」趙爾巽諸人把一個王朝的覆滅和一個廢帝最不光彩的一頁，塗抹得如此冠冕堂皇，甚至譽為「千古未有之奇」，可謂厚顏無恥之極，算得世間一奇了。

冬夜苦寒枯索，讀《清史稿》到此處，不覺抱頭哈哈大笑。這大約也算幽默文字中的極品了吧，趙爾巽諸人若在跟前，我非吐他們一臉唾沫星子不可。

但轉念一想，大清摧枯拉朽之時，多少文臣武將紛紛倒戈相向，爭著在亂世中投機倒把為自己分一杯鮮羹，更有錢謙益之流率文武百官跪迎新主子高呼萬歲者。而《清史稿》主筆趙爾巽這些前清遺老，奉北洋政府之命修清史，其時國已亡，主已廢，可是他們對故國故主，仍是念茲在茲，追緬傷懷，並甘冒被後人指斥以及腦袋搬家的危險，篡改史實，塗脂抹粉，為前主子諱，冒犯革命黨人，也算是大清國的忠誠赤子。在這個意義上說，趙爾巽諸君也是可欽敬的。

半是天意半人力

努爾哈赤以十三副甲冑起兵，其子孫最終得天下，一半是天意，一半是人力。

所謂天意，其實是運氣，恰好李自成滅了明，恰好吳三桂要復仇，沒有這兩個人，江山可能就不姓愛新覺羅。再有，上天也確實著意眷顧清兵，比如獲得失蹤已經二百餘年的傳國玉璽；比如後金天聰五年（西元一六三一年）九月的大凌河之戰，皇太極親率大軍伐明，明兵乘大風放火，即將燒到清兵時，天忽然下起大雨，風向也瞬間逆轉，清兵本來面臨全軍覆沒，這一來竟然完勝。再如大清崇德元年（西元一六三六年）十二月，皇太極親征朝鮮，兵到臨津江，無船可渡，正發愁時忽然下起大雨，河面頓時結起厚厚的冰，清兵於是振旅從容而渡。冥冥之中，真像有神助。

所謂人力，自然是清兵鐵騎。清人馬上得天下，嗜血成性的虎狼之師所向披靡，一如始皇帝的秦軍、西楚霸王的楚軍。努爾哈赤起兵之初，討伐仇敵哲陳部，曾以區區四人把敵人八百名兵士殺得抱頭鼠竄。皇太極與明軍在松山作戰，二百人大敗明軍七千人。多爾袞入關後與李自成首次對決，把李的二十萬久經沙場的精銳軍隊殺得潰不成軍。文字有魂，讀《清史稿》，但聞得，故紙堆上，滿清騎兵的鐵馬掌仍在得得作響。

得意與痛苦

洪承疇誠為降清第一得意人也。他的被俘投降，原也確是大明氣數已盡，是不得已，但他過分愛惜身家性命，身為明朝大將，受崇禎皇帝傾國之托而淪為貳臣，雖然後半生享盡尊榮，畢竟落為天下笑。「松山戰骨未全枯，再建功名配虎符。終是風沙容易老，白頭南渡又南都。」清人周同谷《霜猿集》裡的這首詩，就是諷刺他背明歸清的。另據小橫香室主人《清朝野史大觀》，洪承疇的恩人沈百五在他降清後，曾大扇其耳光，當時的清介士子，無不罵他是賣國賊。

細節可觀人品。皇太極命范文程勸洪承疇投降，一開始洪承疇光頭赤腳，蹦跳謾罵，誓死不降。當然只是做做樣子罷了，要是想殉國，松山城破時就當以劍封喉了。勸降時，房梁上的灰塵正好落在洪承疇的衣服上，他馬上用手將灰塵拂去。范文程因此斷言，洪承疇必不肯死，「惜其衣，況其身乎？」當皇太極親自來慰問，把自己身上穿的貂裘衣解下來披到洪承疇身上，並貼近他問「先生得無寒乎？」時，洪承疇立時膝蓋發軟，叩頭請降，高呼「真命世之主也！」

降清後，洪承疇大受重用，官居太保兼太子太師、內翰林國史院大學士、兵部尚書兼都察院右副都禦史，經略湖廣、廣東、廣西、雲南、貴州，總督軍務兼理糧餉，巡撫以下受其節制，攻守許他便宜行事。後又升太傅兼太子太師，死時諡「文襄」。追隨努爾哈赤和皇太極征戰多年的清國元勳自然不服，可是皇太極一句話就讓他們心服口服了：「我等欲得中原，但正如瞎子行路，現在得到了一個好嚮導，我怎能不樂？」

論者一般認為，洪承疇是大明的叛臣賊子，但《清朝野史大觀》裡有一篇文章持相反說法，說他有大功於漢族。理由是，清初洪承疇首獻「以漢人養旗人，不令旗人營生計」之策並被採納，從此滿漢分居，漢人得以安心於農工商貿之業，二百七十年免受騷擾，而八旗子弟仰仗漢人為生，就像嬰兒之於乳娘，只知鬥雞遛鳥逛妓院，迅速墮落腐朽，革命軍一起，幾個月就亡了族。《清朝野史大觀》論道：「蓋彼早已亡於洪氏矣。」初聽此論，頗覺滑稽，權當作一個戲言聽，但仔細想來，這話也還真有些道理，八旗子弟不正是這樣淪為手無縛雞之力、心如地底黑洞的鴉片鬼子的麼？實際上，八旗子弟的退化，並不是清朝後期的事，而是從入關後就開始了。《清史稿・世祖本紀》記載，順治十四年（西元一六五七年），福臨在聖諭中說：「我國家之興，治兵有法。今八旗人民，怠於武事，遂至軍旅隳敝，不及曩時。」

無論是功臣還是叛臣，洪承疇的後半生我估計都生活在痛苦之中。野史說他退休回歸鄉里，與鄉人在林下喝酒，曾經朗誦崇禎皇帝祭文，這可是滅族之罪。《清史稿・洪承疇傳》也記載他降清後，曾與陳名夏、陳之遴等密謀叛逃。為大清服務期間，也多次遭受滿人的構陷。貳臣不是好做的，易代之際，最難做也最容易做的其實就是一死。洪承疇的痛苦，我想同樣亡了國又委身於新主子的趙爾巽最懂得。

煙幕彈

故意示弱，以驕敵兵，是兵家常玩的計策。清軍伐明，最慣用的伎倆就是「卑躬求和」，放煙幕彈，用以羈縻和迷惑明人。這一妙計乃寧完我、范文程、馬國柱所獻：「伐明之策，宜先以書議和，俟彼不從，執以為辭，乘釁深入，可以得志。」見《清史稿・太宗本紀》。

努爾哈赤建立後金之初，其勢力固然強大，為遼東之王，並以「七大恨」為名開始伐明。但此時後金並無吞併明朝疆土的野心，起碼並無足夠的實力和信心，當時意願還僅限於要求明朝承認其新生政權的合法性。《清史稿》載，後金天命十一年（西元一六二六年）十月，明朝寧遠巡撫袁崇煥派遣使者到後金祭悼努爾哈赤，並慶賀皇太極即位。在外交意義上，這就代表著明朝已經正式承認遼東版圖已歸後金所有。無疑，這讓後金驚喜地看到，明朝已經內憂外患自顧不暇，於是併吞之野心驟然膨脹。

清伐明，即使從明顯偏向清朝的《清史稿》看，也並非一番風順。攻打錦州和寧遠，更是曠日持久且戰事酷烈。其時大明王朝雖經李自成蹂躪多年已經山河破碎，但仍擁有實力強大的守邊部隊，洪承疇、祖大壽、袁崇煥、毛文龍等邊塞驍將更是頑強抵抗，如果明朝內部政治清明，清兵是極難突破山海關防線的。努爾哈赤死於一六二六年的寧遠戰役，更讓清兵士氣大挫。

在此次的寧遠戰役之前，寧完我等人就向努爾哈赤獻策：與明假和以羈縻明軍，明人朝政紊亂，上下不通，邊將並不肯與和，然後以此作為入侵的藉口。《清史稿》記載，在向燕京進軍的途中，清兵屢次致書明朝，要求議和，如范文程所料，明朝內部均無回應。明朝不回應的原因我以為有三點：一是被李自成打得節節敗退，內亂尚不能平息，自然無力顧及外敵；二是明朝可能此時還存輕敵之心，想著後金邊鄙之人，不會有什麼大作為；三是明朝君臣以宋史為鏡鑒，怕重蹈宋徽、欽二宗覆轍。

初讀本紀，讀者也可能會被後金多次主動求和這一假像所迷惑，參讀《清史稿・范文程傳》以及其他列傳，才深知此乃清兵的陰謀。《清史稿・太宗本紀》論曰：「明政不綱，盜賊憑陵，帝固知明之可取，然不欲亟戰以剿民命，七致書於明之將帥，屈意請和。明人不量強弱，自亡其國，無足論者。」這段「太史公曰」可謂是欲蓋彌彰，狐尾隱約，猶如無故打人耳光還說被打著是因為對方不避讓。

設若明朝答應議和又如何？袁崇煥曾應後金之約與其議和，結果皇太極說他假意修好。虎狼蹄下，豈容羔羊活命？

名將之死

抗清名將毛文龍，被明人倚為「海上長城」。然而《清史稿》中記載的卻是：毛文龍與後金多次作戰，無一勝績。鎮江大捷、牛毛寨大捷、丁卯之役、薩爾滸大捷，以及收復金州、旅順、復州、永寧，這些著名戰役中毛文龍捷報頻傳，《清史稿》隻字不提。《清史稿》謬誤百出，歪曲真相，僅於毛文龍一人，即可見編纂者全無史德。

時任薊遼督師袁崇煥殺毛文龍，實為矯詔，起因是袁主張議和，而毛堅決反對，於是袁假傳聖旨以通敵罪將其騙殺（由此也可見明朝當時之亂象）。實際上，毛文龍所謂的通敵，是他所使的離間計。他多次反間後金，並以歸順後金為誘餌，使後金內部相互猜忌和殺戮。汪汝淳在《毛大將軍海上情形》中記述，「（後金）疑懼益甚，凜凜終日，日惟追殺毛兵奸細。」袁崇煥早有殺毛文龍之意，據朱溶《表忠錄》，毛文龍曾在給妻子的家信中說，「外有強敵而內有公卿，必死不久。」袁崇煥與毛文龍同為抗清名將，同為大明忠良，袁卻擅殺大將，成為他終生無法溯除的污點。

歷史比戲劇更富有戲劇性，不久袁崇煥也因後金的反間，被崇禎皇帝下獄並處以磔刑，罪名很多，最重要的一條，也是通敵謀叛。張岱《石匱書》載，袁崇煥死時，「劊子手割一塊肉，百姓付錢，取之生食。頃間肉已沽清。再開膛出五臟，截寸而沽。百姓買得，和燒酒生吞，血流齒頰。」這是何等的陰慘？若果有地獄，袁崇煥與毛文龍之魂在黃泉相見，當作何感喟？

皇太極之名

皇太極係努爾哈赤第八子，名字很霸氣，非帝王不敢僭用。《清史稿》記載他名字的由來說：「初，太祖命上名，臆制之，後知漢稱儲君曰『皇太子』，蒙古嗣位者曰『黃台吉』，音並暗合。及即位，咸以為有天意焉。」

僅從字面意思理解，這話就大有問題。努爾哈赤出身東北貴族，其家族從六世祖猛哥帖木兒開始，就受到明朝冊封，祖父覺昌安、父親塔克世，均為明朝建州的左衛指揮，努爾哈赤本人也精通漢語，尤其喜歡《三國演義》並將它列為軍隊的必讀書目，有這種出身和學識的人，不可能不知道皇太子和黃台吉。另外，努爾哈赤死時，並沒有明確繼承人，之前他曾有意讓長子褚英嗣位，殺褚英後又打算讓第二子代善繼位，後來又讓代善、阿敏、莽古爾泰、皇太極這四大貝勒，「按月分直」，也就是輪流執掌朝政，直到死去，繼承人的位置仍然空缺。皇太極登上可汗寶座，是其智勇以及功勞使然，更是宮庭內部殘酷政治鬥爭的結果。還有，清末一些文獻中，皇太極以洪太極、黃台吉、渾台吉等名字出現。所以，所謂皇太極的名字是努爾哈赤無意中所取，「有天意焉」云云，全是鬼扯蛋。《清史稿》編纂者拚命為清朝主子臉上貼金箔，粉飾也太過了。

修史而信史不存，史家之手固然是太史公之手，但同時也是刀筆吏之手，那真實的歷史像原木被刀削斧砍成椽子桁條，真相隨木片鋸屑紛飛，再也尋不回來了。據朝鮮《李朝實錄・仁祖大王實錄》，皇太極的名字被記錄成「黑還勃列」，「勃列」也就是貝勒，因此，皇太極初名極有可能是「黑還」。

璫

璫，漢代指武職宦官帽子上的裝飾品，後來借指宦官。

袁崇煥之冤死，多疑而剛愎自用的明朝末帝朱由檢與袁崇煥的朝中政治死敵是劊子手，以反間計離間崇禎皇帝和袁崇煥君臣的後金是幕後推手，兩名被後金俘獲而故意縱歸回去告禦狀的太監則是屠刀。

《清史稿》記載，後金天聰三年（西元一六二九年）十一月，皇太極親率大軍逼近明朝首都燕京，寧遠巡撫袁崇煥、錦州總兵祖大壽、大同總兵滿桂、宣府總兵侯世祿奉命禦敵。後金將領請求攻城，皇太極說：「路隘且險，若傷我士卒，雖得百城不足多也。」正好之前他們俘獲了明朝的兩名太監，於是使出離間計，放風說袁崇煥已經約降，然後故意放其中一名姓楊的太監回到明都。楊太監自以為獲得天大的機密，回到燕京就向朱由檢揭發袁崇煥通敵謀叛的「事實」，袁崇煥被逮捕下獄，半年後被處以磔刑。讀這一段歷史，我難耐憤慨，不顧顏面在書眉粗俗批曰：「太監果是沒鳥！」

明末清初思想家唐甄《潛書》說太監：「望之不似人身，相之不似人面，聽之不似人聲，察之不近人情。」唐甄的意思是，太監因為割去男根，因生理不正常導致心理變態。魯迅在《寡婦主義》裡說：「中國歷代的宦官，那冷酷險狠，都超出常人許多倍。」我相信，百分之九十九的人，都認同唐甄和魯迅的說法。但正如龍生九子，子子不同，太監也不一定全是變態小人，陪同崇禎皇帝上吊煤山的太監王承恩，就是太監中的忠烈。

《清史稿・世祖本紀》這樣記載：清世祖順治二年（西元一六四五年）四月，「甲子，葬故明殉太監王承恩於明帝陵側，給祭田，建碑。」《清史稿》的確錯訛多多，但對於不關清朝痛癢的事，則大體記載公正。崇禎皇帝上吊時，文武大臣一個不見，或戰死，或正在抵抗清兵侵略，或降清，或正在為身家性命計左右徘徊，惟有太監王承恩一個人陪伴左右，並最終為崇禎殉節。清人豪俠仗義起家，對忠臣、順臣無一不秉筆直書其功勞，對於貳臣叛徒及逡巡明清之間者，則毫不留情予以痛斥，整個《清史稿》正面褒揚太監的，也惟有王承恩一人，其餘都當下三濫，載其齷齪事。充當冤殺袁崇煥的屠刀的楊氏等二名太監，《清史稿》不計其名，我想並非編纂者不知其名，而是不願意留其名也——如此宵小，不值得青史留名！

《清史稿》裡，順治帝細說太監的來歷，歷數太監之罪：「唐、虞、夏、周未用寺人，至周僅具其職，司閽闔灑掃、給令而已。秦、漢以來，始假事權，加之爵祿，典兵幹政，貽禍後代。小忠小信，固結主心；大憝大奸，潛持國柄。宮庭邃密，深居燕閒，淆是非以溷賢奸，刺喜怒而張威福，變多中發，權乃下移。曆覽覆車，可為鑒戒。」並規定太監官階不准超過四品，非奉旨差遣，不得出皇城半步。同治年間，慈禧太后寵倖的大太監安德海，就因為擅出都門（實際上是經慈禧同意到江南置辦龍袍及同治帝大婚用品），並且沿途勒索財物，經慈安太后授意，被山東巡撫丁寶楨擒獲斬殺。

清朝特別是清初，有鑒於明朝宦官亂政，對太監一直是嚴加約束，還特立鐵牌禁止宦官幹政，犯者凌遲。但就連對太監深惡痛疾的順治帝也無法戒掉「太監癖」，他信任太監吳良輔，導致其一度專權把持朝政。順治薨逝時所下的《罪己詔》，其中就說：「祖宗創業，未嘗任用中官。且明朝亡國，亦因委用宦寺。朕明知其弊，不以為戒。設立內十三衙門，委用任使，與明無異。致營私作弊，更逾往時。」而清末的西太后慈禧更是無太監不能活，她還打破祖宗成法，賜李蓮英二品頂戴。

而慈禧的陰毒，與璫並無二致。她是長有乳房的璫。

清帝尊崇前朝

滿清入關後，自順治帝開始，歷代帝王對明朝的皇帝尤其是明太祖朱元璋，一直是很尊崇的。《清史稿・世祖本紀》記載，清順治十六年（西元一六五九年），「上酹酒明崇禎帝陵，遣學士麻勒吉祭王承恩墓。」並追諡崇禎帝為莊烈湣皇帝。《清史稿》又鄭重其事地記載，康熙與乾隆分別六次下江南，到了南京，每每都要隆重祭奠明太祖陵。順治皇帝更是非常推崇朱元璋，說作為帝王，朱元璋勝過唐宗宋祖。《清史稿・世祖本紀》這樣記載：順治帝問群臣：「漢高祖、文帝、光武及唐太宗、宋太祖、明太祖孰優。」陳名夏對曰：「唐太宗似過之。」順治說：「不然，明太祖立法可垂永久，歷代之君皆不及也。」清朝尊崇前朝，確有籠絡漢人、收買士紳、穩固統治的政治需要，但從順治帝的話語看，他尊敬朱元璋還是很真誠的。

滿清入關，典章制度基本沿襲明制。為何？一來，滿清入關實是僥倖，攝政王多爾兗在前驅吳三桂的引領下，長驅直入中原，奪燕京為帝都。當其時也，一點當中原帝王的準備都沒有，只好暫且延用明朝制度。但其後，清朝制度雖然屢作修改，然而萬變不離其宗，主體仍是明朝的體制，乃因清朝清醒地認識到，明朝制度自隋唐逐漸演進而來，在千餘年的歷史中不斷豐富和完善，實有其合理性、適用性和必要性。二來，明末清初之際，錢謙益之流的貳臣固然占一定比例，但「不食周粟」的伯夷、叔齊也大有人在。他們或者隱居山林不問世事，或者隱於市井暗中反清，或者乾脆城頭飄揚大王旗正面抗清。當其時也，如果貿然推翻前朝一切制度，則民心思變，世情洶洶，剛剛打下來的大好河山怎能坐得穩當？

骨肉相殘

幾乎每個王朝都有同室操戈的事件發生，為權力鬥，為利益爭，王位繼承鬥爭更是你死我活。清室的蕭牆之禍尤為酷烈，最有名的，自然是雍正對諸多兄弟的幽禁錮死，以及慈禧與同治、光緒之間的爭鬥，人所共知，不說也罷。

清室同室操戈並非自雍正開始，而是起於努爾哈赤殺長子褚英。褚英因戰功顯赫被封為廣略貝勒，但他生性殘暴，心胸狹窄，與大清開國五大臣額亦都、費英東、何和禮、安費揚古、扈爾漢以及一些親兄弟不和，於是他們紛紛向努爾哈赤攻訐褚英。被解除兵權後，褚英不思悔改，不滿情緒形之於言表，又在努爾哈赤率皇子、大臣出征時，焚香詛咒諸皇子和五大臣。罪發被圈禁兩年，最後被處以絞刑。當然，《清史稿》對這些有損於清廷皇家威嚴和面子的醜事，一概不提，只閃爍其辭地說「（天命）七年六月，（褚英）薨……雍正二年，立碑旌其功。」

皇太極手上，誅殺了犯謀逆罪的兄弟姐妹，案件牽連一千多人。努爾哈赤賓天，未立繼承人，按長幼順序應當立大貝勒代善。但代善的兒子岳托和薩哈廉，以皇太極有大才，勸父親立皇太極，代善聽從了兩個兒子的勸告，奉皇太極即位。《清史稿・太宗本紀》記載：「太祖崩，儲嗣未定。代善與其子岳托、薩哈廉以上才德冠世，與諸貝勒議請嗣位。上辭再三，久乃許之。」《清史稿・代善傳》補充記載道，代善聽取兩個兒子的建議時說「是吾心也！」讓位給自己的弟弟，這是不是代善的本心，現在已經不得而知，但代善這個人很聰明很識大體是毫無疑問的。

蠢笨的是皇太極的另一個哥哥莽古爾泰，他因為自己排序在皇太極之上，不服而銜恨，與妹妹哈達公主莽古濟、弟弟德格類、公主的丈夫瑣諾木，以及屯布祿、愛巴禮等人密謀，由莽古濟出面宴請皇太極，席間尋機將他毒殺。由於事機不密，被公主的僕人冷僧機得悉並揭發。刑部在莽古爾泰府第搜出木牌印十六面，上面刻著「金國皇帝之印」。審訊證實後，莽古濟凌遲，額必倫處決，屯布祿、愛巴禮以及他們的親支弟兄子侄全部凌遲，瑣諾木自首免罪，莽古爾泰、德格類其時已死，他們的兒子均被廢為平民。《清史稿・太宗本紀》記載這次兄弟鬩於牆大案，可見此事當時轟動朝野，修史者無法諱言。

同在皇太極手上，後來又發生了一件謀逆事件。《清史稿・》載：「蒙古阿蘭柴、桑噶爾寨等告岳托生前與其妻父瑣諾木謀不軌。代善、濟爾哈朗、多爾袞皆請窮治。上以岳托已死，不問，並貸瑣諾木勿治。」我估計，皇太極放過岳托，除了岳托已在征討喀爾喀時戰死，更重要的在於，岳托當初是擁立他當大汗的首功之臣。

順治未即位時，就因皇位之爭引發骨肉慘禍。率領清兵為大清打下江山的，是順治之叔多爾袞，手握兵權，又功勞巨大，他完全可以拒守山海關，將其時還是個六歲嫩毛孩子的福臨擋在關外，自立為帝。他可能也的確有想當皇帝的想法，《清朝野史大觀》記載，皇太極剛死，有人認為兄死弟代，當立多爾袞，多爾袞也心為之動，但此人優柔寡斷，擁戴者漸漸騎虎難下。又說有一天，他穿上天子服飾準備臨朝稱帝，「對鏡自視，以為不稱。因奉世祖登位，且首先下拜。其時處廷諸人，見其誠意推戴，遂相與嵩呼，而世祖之位於是定。」野史另詳細記載說，這是一樁性交易。皇太極賓天時，兒子福臨還在幼沖之年，於是武英郡王阿濟格、豫王多鐸（他們與多爾袞是同胞兄弟）建議國基未固，須立長君，應當由多爾袞嗣位。皇太極的皇后、福臨的母親博爾濟吉特氏，也即歷史上很有名氣的孝莊太后，脅迫多爾袞入宮，並以身相許願以皇太后的身分下嫁於他，條件是讓他擁立她的兒子福臨為帝，他做掌握實際權力的攝政王。所謂孝莊太后「以居攝餌之」，說白了，就是一樁桃色交易。皇太極崩後，福臨登上皇帝位，多爾袞和代善立即向他報告，說多羅郡王阿達禮、固山貝子碩托謀立多爾袞，阿達禮和碩托被殺。

多爾袞此人頗像三國時的曹操，雄視天下，驕橫難制，功高震主，自比周公，大權在握，有稱孤道寡的機會卻又顧忌太多不曾黃袍加身，他們都未把「皇帝小兒」放在眼裡。《清史稿・世祖本紀》記載，多爾袞曾以患了風疾為由，在順治面前不跪拜。風疾恐怕是假，藐視順治才是事實。又記載，順治七年（西元一六五〇年）七月，「攝政王多爾袞議建邊城避暑，加派直隸、山西、浙江、山東、江南、河南、湖廣、陝西九省錢糧二百五十萬兩有奇。」多爾袞為自己建造行宮，額外徵收如此之多的稅賦，可見他是很珍惜自己並且不把皇帝當回事的刺頭兒。同紀又記載：「辛酉，幸攝政王多爾袞第。」只一句話，讀來雲裡霧裡不明所以，《清史稿・多爾袞傳》說得稍微詳細一些，說多爾袞在病重中埋怨皇帝不來探病，他對大臣說：「上雖人主，獨不能循家人之禮一臨幸乎？」旋即又告誡他們說：「毋以吾言請上臨幸。」可見此時他已經病入膏肓，或者內心極為矛盾，既想皇帝來看望又怕落下罪名。《清朝野史大觀》記述得更生動一些，說多爾袞意圖刺殺順治，當順治無奈來看望多爾袞，掀開被子發現了一把刀，但順治立即機警地說了「我們大清國馬上得天下，皇父攝政王不忘本，精神可嘉」之類的話，穩住了多爾袞，然後馬上匆匆啟駕回宮了。正史與野史的記載，差別如同天壤，今天已無法判知真相了。

多爾袞病死於喀喇城的第二年，順治追封他為成宗義皇帝，祔於太廟，但隨即以「逆節、僭妄」等罪名詔告天下，抄沒其家，殺掉他的同黨何洛會、胡錫，削宗籍，撤廟享，令過繼來的兒子多爾博歸宗，進而毀墓掘屍，挫骨揚灰。到了乾隆三十八年（西元一七七三年），乾隆帝為多爾袞昭雪，平反詔書云：「睿親王多爾袞掃蕩賊氛，肅清宮禁。分遣諸王，追殲流寇，撫定疆陲。創制規模，皆所經畫。尋奉世祖車駕入都，成一統之業，厥功最著。歿後為蘇克薩哈所構，首告誣以謀逆。其時世祖尚在沖齡，未嘗親政，經諸王定罪除封。朕念王果萌異志，兵權在握，何事不可為？乃不於彼時因利乘便，直至身後始以斂服僭用龍袞，證為覬覦，有是理乎？」乾隆這一定性應當說十分準確，多爾袞確有慢君之罪，但罪不至挫其骨揚其灰，順治嚴酷處置多爾袞，恐怕是平日受制受氣太多的緣故吧。

出師之名

興師討伐，必得有正當名目，否則名不正言不順，勝算就不大，僥倖勝了，也是侵略，算不得正義之師。這正是《禮記・檀弓下》所說的「師必有名」。如秦末項梁起兵號召六國貴族伐秦，名目是討伐暴秦，秦滅後，劉邦伐項羽，名目是為楚懷王復仇。又如漢末亂世，曹操、劉備諸人紛紛起兵，名義是恢復漢室。究其實，所謂的「以有道伐無道」，拉大旗作虎皮，藉口罷了，與他們要當江山主子的真實面目毫不相干的。

細讀《清史稿》，清兵伐明，出師的名義應戰事和形勢發展的需要，先後有三個，即「七大恨」，明朝不願議和，以及為明朝驅逐流寇。

清太祖努爾哈赤有用兵之志，始於明萬曆十一年（西元一五八三年），時年二十五歲，後金天命三年（西元一六一八年）二月開始伐明。《清史稿・太祖本紀》載：「三年戊午二月，詔將士簡軍費，頒兵法。壬寅，上伐明，以七大恨告天，祭堂子而行。」所謂的「七大恨」用今天的話來說，就是明朝犯下了「七宗罪」，其具體內容《清史稿》語焉不詳。據《清太祖高皇帝實錄》，簡而言之就是：一是明朝殺了努爾哈赤的祖父覺昌安、父親塔克世；二是明朝偏袒努爾哈赤的世仇葉赫、哈達二部落；三是明朝違反盟約，斥責努爾哈赤擅殺明朝越境子民，又殺其使臣；四是明朝發兵保護葉赫，葉赫靠著這棵大樹，把與努爾哈赤已有婚約的女兒轉而嫁給蒙古；五是明朝逼迫努爾哈赤退出已經墾種的柴河、三岔、撫安等封地，不許收穫莊稼；六是明朝詔書斥責努爾哈赤侵略葉赫；七是努爾哈赤已滅哈達部落，明朝橫加梗阻，命令歸還其國。

「七大恨」由努爾哈赤以「大金國主」詔書的名義發出，實際上就是討伐檄文，原文文乎文乎，頗有氣勢，估計是寧完我或范文程手筆，但所記「七宗罪」或者莫須有，或者嫁禍於明，或者強詞奪理，或者雞毛蒜皮，總之是上不得臺面，伐明的理由不夠充分。

於是後來寧遠我、范文程、馬國柱等謀士又獻「假意議和」的計策，「七大恨」再也不提，伐明的理由改為「我願修好，七致書而明人不應」。打著這個旗號，清兵一路攻城掠地，大軍逼近山海關。這當然也是一個很不正當的出師之名，侵略宗主國還要與人家稱兄道弟，中原士民自然不服。

恰好這時候李自成攻破明朝都城，逼死崇禎皇帝，清軍殺進山海關的理由簡直是天賜：入關討賊！哈哈，這個理由就足夠充分、足夠宏大、足夠正義了。自此，清兵以「有名之師」討「無道之賊」，勢如破竹，江山轉眼間易手了——所謂「上兵伐謀」。

大好江山

小學時的語文課本，有一篇《李闖王》。時隔三十年，內容早已全然忘記，但從此農民起義領袖李自成的形象，在孩子們心目中高過屋頂。那段時間與村裡的發小演武戲，總要推一個有領袖氣質的人作李闖王。扮演者學著課本插圖上闖王的樣子，以竹為馬，以木為刀，騎馬舞刀，哇呀呀吼叫著衝鋒陷陣，英勇搏殺，想像著自己就是救萬民於水火的李英雄。

書，尤其是課本，從前是聖物，「書上說的」就是不容置疑的鐵律。事實當然並不然，書本一向慣於撒謊、愚民、搬弄是非，從前如此，而今更甚。就說這個李闖王，被課本描寫得「高大全」，讓人仰望膜拜，其實他離真英雄太遠太遠，不過是一個不折不扣的江湖草莽。歷史上最荒唐、最可笑、最可悲、最廢物、最飯桶的起義領袖莫過於李自成，明明打到了北京城，前朝皇帝都自盡了，大好江山已然在握，轉眼之間卻拱手送了人，而且是送給異域外族。打江山與坐江山，畢竟不是一碼事。李自成有開疆拓土的煌煌武功，卻沒有經天緯地的治世之能，一介魯莽武夫罷了，歷史的天空上的一顆流星罷了。《清史稿》說他是「流寇、流賊」，我以為並不全是誣衊。他還遠不如沐猴而冠的項羽。

滿清入關，定鼎燕京，用謀士范文程計策，第一件事就是為崇禎發喪，除剃發外（因百姓強烈反對，攝政王多爾袞下令緩剃），一切延襲明制，以博取明朝遺老遺少的好感。繼而安撫百姓、赦免罪犯、減免賦稅、舉用廢官、搜求遺賢，使新興政權基本穩定。接著滅掉大順和數個朱氏小朝庭，順治（其實是多爾袞和孝莊太后）、康熙、雍正三位帝王英明相繼，篳路藍縷，終於創下近三百年基業。

李自成呢，大軍攻破了明都，將惰兵驕，得意滿滿，不思防守關外滿清鐵騎，更不思籠絡人心治理都城，反而放縱官兵在北京城內燒殺姦淫，拷掠搶劫，與土匪行徑無異。更要命的是，手下大將劉宗敏動了山海關守將吳三桂寵愛的女人，惹得吳三桂一氣之下引清兵入關復仇，李自成在北京城屁股還沒坐熱，就生生被打得流水落花狼狽逃竄。范文程評論李自成，雖然是站在大清的立場上，但大體還算允當：「雖擁眾百萬，橫行無憚，其敗有三：逼殞其主，天怒矣；刑辱縉紳，拷劫財貨，士忿矣；掠人資，淫人婦，火人廬舍，民恨矣。備此三敗，行之以驕，可一戰破也。」（《清史稿・范文程傳》）

清朝打下江山，李自成至少代勞一半，另一半裡還有吳三桂的協助之功。吊詭的是，李自成這個大清不折不扣的「第一功臣」，非但得不到清人的感戴，反而像落水狗一樣被清兵殺得狼狽竄逃，最後部下死的死、叛的叛、散的散，自個兒逃到九宮山，大勢已去，只好上吊了事。像炮竹的一股濃煙，劈裡啪啦響一陣，煙濃了，煙散了，塵歸塵，土歸土，只將殘軀付繩索。

滿清入主中原，有一半人力，有一半天意。努爾哈赤兼併各部落，稱王遼東，雖然也虎視中原，覬覦燕京，但起初並無包舉宇內、併吞八荒的雄心或野心，只不過想偏安一隅罷了。《清史稿》明確記載，努爾哈赤建立後金之前，曾兩次向明朝進貢稱臣。雖是故意示弱，實在也是量力而行。當時滿州鐵騎彪悍天下，但仍處在冷兵器時代，彎刀利箭在明朝軍隊的紅衣大炮面前，如同螳螂的大刀。努爾哈赤於後金天命十一年（西元一六二六年）率兵攻打明朝的寧遠城，被西洋炮打得哭爹叫娘，只好班師退回遼東。努爾哈赤不久身故，有人說他就是死於紅衣大炮，似也極有可能。只惜《清史稿》的編纂者過分為滿清諱，遇到這類丟臉的事總是一筆帶過，讓讀史者摸不著邊際。所以我讀《清史稿》，有時恨不得把趙爾巽的鬍子揪下幾把來。

京戲裡的吳三桂是粉白臉，壞人、奸臣、賊子才抹粉白臉。一六四四年鎮守山海關的吳三桂，的確是決定歷史走向的關鍵性人物，誰爭取到了吳三桂的支持，誰就是中原之主。李自成不傻，他知道吳三桂的超級重量，也確實詔其回京，並派遣自己的親信率二萬兵士代吳三桂守關，等於已經剝奪了他的兵權。但他還是馬虎大意了。

吳三桂老奸巨滑，《清史稿・吳三桂傳》記載，吳三桂當時領重兵五十萬，是明朝剩下的最後一支勁旅，接到李自成的勸降詔書後，他簡閱步騎作為先遣部隊向燕京進發，他自己則率領精銳部隊殿後。也就是說，他已經決定接受李自成的招撫，但仍然心存疑慮，正在觀望局勢，隨時準備倒向李自成或者倒向多爾袞。

如若此時李自成禮待吳三桂家屬，像多爾袞一樣封其為平西王，哪怕是為他保留明朝時的封號平西伯也好，估計李自成就是中原之主了。可是吳三桂兵到灤州，聽說自己心愛的女人陳圓圓被劉宗敏搶去，頓時勃然大怒，立即率兵殺回山海關，攻破李自成派去代替守衛的守關將士，再次虎踞關隘，並兩次向多爾袞乞師報仇。清兵正好以幫助明朝驅逐「流賊」為崇禎皇帝報仇為名，揮騎呼嘯而入。清兵前番攻錦州，打寧遠，耗時多年，死傷無算，山海關比錦州、寧遠更為堅固，守兵更強更多，更是難以輕易逾越，然而吳三桂城門一開，燕京的最後一道防線匹夫之力就豁然洞開了。至此，大好江山既不是明朝的，也不是李自成的，已然是滿清的囊中物了。

公報私仇的兩番「貳臣」吳三桂（實是「人不為己，天誅地滅」論的忠實踐行者），或者說他心愛的絕代紅顏陳圓圓，決定了中原後三百年的命運。清人得天下，有極大的偶然性因素，冥冥中實有天意也。王侯將相，寧有種乎！

明清易幟之際，真英雄首數多爾袞；其次是袁崇煥、史可法、鄭成功、李定國、毛文龍、大清開國諸文臣武將；洪承疇、祖大壽曾拼死抗清，最後無奈歸順大清，情有可原，算得半個；吳三桂是梟雄；至於李自成，草寇加膿包而已。

血沸血涼

讀《清史稿》本紀部分，從努爾哈赤在關東萌發用兵之志，到溥儀被迫下詔退位，其間滋味，絕似冬天泡澡堂：沒入池水周身沸騰，出得池來熾熱慢慢變溫，最後走出澡堂門被寒風一吹，全身冰冷。不僅清史如此，《二十五史》裡的其他王朝，其興衰成敗大致也是相似的：先是轟轟烈烈開疆拓土，接著守成之君坐吃山空，繼而內部腐敗矛盾重重，然後民變四起摧枯拉朽，最後大廈傾圮改朝換代。

清史有四個明顯節點：一是一六一六年努爾哈赤建立後金政權，一是一六三六年皇太極稱帝改國號為大清，一是一六四四年福臨入關定都燕京，一是乾隆中期清朝由全盛轉向衰敗。

努爾哈赤，地道的東北強人一個。他以誅殺仇敵尼堪外蘭為名，聚集當時當地的一幫英雄豪傑，尤其是清朝開國元勳范文程、額亦都、費英東、何和禮、安費揚古、扈爾漢等人，逐一兼併各部落，建元天命，定國號為金，以所謂的「七大恨」為由，挑釁明朝統治者，伺機窺探中原，是清朝真正的奠基人和開國元君。

皇太極繼承父業，並將其發揚光大。籌建大清，內用先朝文臣武將，外收洪承疇、祖大壽等明朝降將，屢屢攻打明庭邊境得勝。其時之勢，的確是「蹂躪數千里，明兵望風披靡」，為順治入關掃除了諸多關隘，是大清定鼎中原的關鍵性人物。

順治帝福臨六歲登基，其時不過是個不知人事的黃毛小兒，運氣卻無比的好。叔叔多爾袞把剛剛佔領燕京還正帶著弟兄們喝酒吃肉肆意淫亂明朝後宮的李自成趕走，為大清打得天下。多爾袞也曾想過自個兒坐金鑾殿，但是有一天對鏡自照，連他自己都認為與帝王的威儀不相稱，加上順治帝的母親博爾濟齊特氏力勸他當攝政王，並不惜以兄嫂的身分下嫁給多爾袞，多爾袞這才心甘情願奉侄兒入關。清朝的大半江山，無疑是多爾袞打下的，近三百年的基業，若不是多爾袞，恐怕只是一個黃粱美夢。福臨當帝王時，前番攝政王多爾袞當權，後期受母親節制，死時下責己詔也極有可能是博爾濟齊特氏的意思，淪為了清朝的第一個傀儡皇帝。

所謂「康乾盛世」，確切地說應當是「康雍乾盛世」。康熙尊孔崇儒收買漢人心，除鼇拜，撤三藩，平準噶爾，妥善管理西藏，勇禦沙俄入侵，為清朝的鼎盛奠定了厚實的根基。雍正是個狠角兒，也是一個大有為之君，以陰謀加陽謀取得帝位，設軍機加強皇權，銳意改革，打擊異己包括親兄弟，整頓吏治，攤丁入畝，耗羨歸公，改土歸流，秘密建儲，廢除賤籍，是入關後承前啟後的中興君主。清朝真正的盛世不是康熙也不是乾隆，而是雍正年間。乾隆帝弘曆在清朝歷史上可以說是平生最得意、統治最順利的皇帝，威振四方，萬國來朝，安坐大殿，掌控全局。在其統治前期，平定大小和卓、大小金川，定西藏，占新疆，拓展疆土，光大祖先家業，國庫充盈，錢財幾乎用不掉，他親手把大清推向極盛。中期以後，志驕意滿，吏治一塌糊塗，重用貪墨權臣和珅，內部矛盾風起雲湧，而他高枕無憂，還自命為「十全老人」。所謂「成也蕭何，敗也蕭何」，他又親自將清朝推向萬劫不復的不歸路。《清史稿・高宗本紀》也評價說：「惟耄期倦勤，蔽於權幸，上累日月之明，為之歎息焉。」乾隆是清朝第一如意君王，也是大清第一罪人。

嘉慶無愧於「平庸天子」稱號。他執政時，內部階級矛盾已經發展到水火不相容的惡劣地步，外國侵略者紛紛進入中國，內部民變烽煙從不熄滅，內憂外患，百變叢生。天下大勢，合久必分，即使是努爾哈赤、皇太極再世，恐怕也無力回天了，何況是一籌莫展的顒琰。他當政時，最可稱道的一件事，是果斷地誅殺了大奸臣和珅。

《清史稿》論道光，說他「寬仁之量，守成之令辟也。」我以為，說他寬仁倒也說得過去，但他「守其常而不知其變」，談不上有為君主。尤其不會用人，最信任的兩個助手，曹振鏞唯唯諾諾，穆章阿貪得無厭。也曾寄望於名臣林則徐，只惜迫於英軍淫威，不得不罷免遣戍，後來召回林則徐回京任用，也只能算是他心腸還好。

後人評論咸豐，說他是個「無遠見、無膽識、無才能、無作為」的「四無」皇帝，實在是刻薄了些。他「遭陽九之運，躬明夷之會，外強要盟，內孽競作」，在位期間，國無一日之寧，身無一日之安，憂勞一生而無所施展。是命數，不完全是他個人的過錯，但他個人應負的責任無論如何也無法逃避。

同治統治時期，確實出現過「同治中興」。但那一瞬的迴光返照不是他的作為，而是慈安、慈禧及曾國藩、李鴻章、左宗棠這些大臣的功勞。清朝晚期以及民國初年，世人評論慈安、慈禧兩宮太后，說慈安「優於德」，慈禧「優於才」，是確鑿之論。同治不是不想做事，而是懾於兩宮太后的權勢才無所作為，失意之余逛煙花柳巷，最後死於天花，是滿清的第二個傀儡。

我認為光緒能算半個帝王。因為他本身是有宏大抱負的，而且在位期間也確實大膽改革，力圖重振江山，以雪外侮前恥。無奈老妖婆慈禧當權把政，自己也不過是清朝第三個傀儡皇帝，被囚禁於瀛台終被毒殺。《清朝野史大觀》諸多論者，說他是「天下第一可憐人」，吃的是餿剩的飯食，住的是小太監都不如的牛棚，連糊上窗紙以抵擋凜冽寒風都被慈禧呵斥怪罪。他天真地寄希望於袁世凱這個宵小，打算利用他扳倒慈禧，不想卻被這個老奸巨滑當肉包子賣了。當時情境，幽囚中的載湉煢煢孑立，孤家寡人一個，空有天大抱負。換作他人，又能如何？

宣統前後當過三次皇帝，都是純粹名義上的，實際上一次都算不得。先是三歲嬰兒登帝位，生父攝政，懵懂無知。繼而張勳復辟，糊裡糊塗被脅持。接著充當日本人「偽滿州國」的假主子，落個漢奸罵名。最後人民政府寬宏大量，不計前嫌，才得以善終。他這個末代皇帝，比傀儡還傀儡，「菩佬」戲人手中的玩偶而已，最可笑的，是他竟然充當玩偶三次！

清朝十二帝王，努爾哈赤、皇太極、福臨是開國之君，玄燁、胤禛是定鼎之君，弘曆是集大成又集大罪之君，顒琰及其以後的旻寧、奕詝、載淳是敗落之君，載湉、溥儀是亡國之君。這是就其大勢而言。若論作為，努爾哈赤、皇太極、玄燁、胤禛無愧於明君稱號，福臨、弘曆、載湉只能算半個帝王，餘者不足道。四個傀儡，依次是福臨、載淳、載湉和溥儀。

讀清史，是一腔被英雄氣激發的熱血，由沸騰漸冷漸冰的過程，興味由盎然逐漸轉向索然，終是一聲沉悶的嘆息了事。《清史稿》說大清亡國，是天命，非人為。稍具史識的人都明白，這不過是趙爾巽等編纂者在替自己的前主子開脫，事實恰恰相反：清朝當初一統天下，有很大的偶然性因素，可以說是千年不遇，它的滅亡，則完全是人為，不關天命。清朝敗亡的原因，表像是閉關鎖國自高自大，根子裡其實是吏治腐敗。用刀挖自己的肉，誰能不珍惜羽毛，誰又能紅刀子進白刀子出？克羅齊說：「一切歷史都是當代史。」其中深意，耐人尋味。

「情僧」福臨

史書蒼古而冷漠，久遠碑文一樣的文字，除偶爾會激蕩起胸膛中一股久違的英雄血，柔情斷然是難有的。但我讀《清史稿・董鄂妃傳》，寥寥數百字，心卻像初春雨中的細草，是軟的。

董鄂妃，正史記載她是清初內大臣鄂碩的女兒，大將軍費揚古的姐姐。自清初至今，坊間一直傳說她就是嫁給冒辟疆為妾的秦淮名妓董小宛，好事者並援引冒辟疆《影梅庵憶語》、吳梅村《題董君畫扇詩》與龔芝麓《題〈影梅庵〉語賀新郎》等詩文，極力證明之。又傳言她原是襄昭親王博穆博果爾之妻，被福臨生生奪去，博穆博果爾因此憤懣而死。都是捕風捉影的村夫野老之談罷了，無稽得很。

董鄂妃十八歲入宮，順治帝福臨對她可謂是一見鍾情，「眷之特厚，寵冠後宮」，是他平生最疼愛的女人，也是一生鬱鬱的他的紅顏知己。初進宮時，福臨立她為賢妃，四個月後進為皇貴妃。清朝宮闈之內，皇帝的女人分為八個層級，從低到高分別是答應、常在、貴人、嬪、妃、貴妃、皇貴妃、皇后，每一次晉級都是不容易的。而董鄂妃一進宮就被封為皇貴妃，離皇后只有一步之遙，這足見福臨對她的寵倖。

後來，董鄂妃生下皇四子，福臨欣喜若狂，頒詔天下說「此乃朕第一子」（其實是第四子），有冊封為皇太子之意。然而兩歲時，這個孩子就夭折了，連名字都沒有，福臨下令封其為榮親王，並為他建造了高規格的陵寢。董鄂妃天生體弱多病，愛子的早殤讓她悲傷過度，一病不起。順治十七年（西元一六六〇年）八月十七日，董鄂妃逝世，時年二十二歲。順治帝為她輟朝五日，喪祭典禮的規格，遠遠超過了皇貴妃應有的待遇，繼而不顧群臣反對，追封她為皇后，是為孝獻皇后。福臨去世前下《罪己詔》，十四罪中的一條，就是說他寵愛董鄂妃「不能以禮止情，諸事太過」的。

萬里江山難抵一個如花美人，知心愛人的死對福臨的打擊是致命的，他心灰意冷，原本對佛教就很感興趣的他再萌出家之念，並且真的遁入五臺山，由高僧茆溪森剃發成為光頭天子。後來雖然經茆溪森的師父玉林琇和群臣的百般勸說回到皇宮，但他思念成疾，第二年春天就病死了。自古帝王與美人的愛情故事並不罕見，但如福臨這般為情而出家，最後又「殉情」了的帝王，僅此一個，為愛情自願放棄王位的愛德華八世，恐怕也難與之匹敵吧。

《清史稿》對福臨出家當「情僧」一段，照例諱莫如深，但倒是真切地記載了他對董鄂妃的一往情深。董鄂妃的賢淑，以及福臨對她的深情，在福臨親手撰寫的祭奠文章（也即「親制行狀」）中，最可品味。福臨在祭文中回憶說：董鄂妃貞靜知禮，伺候皇太后無微不至，皇太后十分滿意。伺候他本人，從飲食服飾到晨興晚眠，也料理得特別周到。退朝回到後宮，她馬上小鳥依人地迎上來噓寒問暖，看見他稍稍顯得疲憊，就心疼地問他：「陛下回來晚了，累了吧。」逢慶典宴會，他多喝了幾杯酒，她必然告誡侍從下次不能這樣了，別傷了皇上的身子。夜裡寢宮裡很熱，她半夜裡偷偷地爬起來檢視……這些宮闈之內小兒女態的生動細節，家常而溫馨，讀來如同望見春天楊花飛。

祭文中福臨又說：他有時偷懶，對循例上報的普通奏摺棄置不看，董鄂妃就勸他說：「這些奏摺雖然是平常，可是說不定裡面也有重要的事情，怎麼能忽略掉呢。」叫她一起看，她則說女人不敢幹政。對於刑部上報的處決人犯的摺子，福臨握著筆不忍批示，看到他為難的樣子，她就哭著說：「這些人雖然愚笨無知，但怎麼知道其中就沒有冤假錯案。請求陛下找出罪行有可以原諒的人，免掉他們的死罪吧。」大臣偶爾惹怒福臨，他悶悶不樂，她就百般勸解，直到他雲霽顏開。福臨偶爾不想早朝，她就勸他以國家大事為重……她病重中，寵愛她的皇太后派人來問她身體好不好，她為了安慰皇太后，每次都說已經好多了。彌留之際，董鄂妃說：「陛下，妾肯定是好不了了，這裡澄明安定，也沒有什麼苦楚。只是放不下陛下和太后。妾死後，陛下一定要珍重自己，只是太后必然傷懷，這該怎麼好呢？」自己小命都快沒了，還在擔心自己的婆婆會傷感。讀到這裡，我心潮起伏湧動，由衷地感歎道：「真是一個好女人哪！」

《清史稿・董鄂妃傳》還記載，董鄂妃非常節儉，衣物首飾從不用金玉。極聰慧，通讀《四書》《易經》，學書法，不久即寫得一手好字。福臨跟她講佛學，她聽了馬上就能領悟。

福臨給董鄂妃縹緲香魂的情書原本有數千字，《清史稿・董鄂妃傳》只節選了數百，然而字字如皓月生輝，如明珠熠熠。我以為，這是整部史稿中唯一富有人情味且最感人至深的章節。這哪裡是帝王悼念妃子的文章？分明是一封深情款款的情書啊。清朝十二帝，福臨不是一個很好的皇帝，但他卻是最癡情的。情到深處人孤獨，他乘著一匹風，急匆匆地追隨她而去了，人間留下一段叫人魂斷淚濺的傳世佳話。

康熙的兒子們

漢文帝劉恒時，濟北王劉興居、淮南王劉長這二王相繼叛亂，劉興居被俘後自殺，劉長發配蜀郡途中絕食而死。這是漢朝著名的骨肉相殘事件之一。清朝同室操戈的酷度和烈度，遠遠超過漢朝，也遠遠超過歷代王朝。《清史稿・世宗本紀》論雍正帝：「聖祖政尚寬仁，世宗以嚴明繼之。論者比於漢之文、景。獨孔懷之誼，疑於未篤。然淮南暴伉，有自取之咎，不盡出於帝之寡恩也。」孔懷，是兄弟的代稱。這話的意思是說：康熙以寬仁治國，雍正一反其父之道，用嚴明治國。世人把他們比作漢文帝和漢景帝。雍正對兄弟們痛下狠手，有寡恩之譏。但是正如漢代的淮南王劉長暴橫傲慢，死於兄弟之手，實在是咎由自取，並不能全怪雍正帝狠毒。

雍正的皇位合法性問題，自他當上皇帝第一天起就受到廣泛的質疑，時至今日學界仍然爭論不休。他的寡恩與狠毒，一方面可能是他本性冷酷，另一方面則正如《清史稿》所論，也確有不得不如此的客觀原因，寡恩也是被迫的。我以為，無論雍正是用什麼手段登上寶座的，有一點是毫無疑問的：雍正帝胤禛是清朝入關後的大有為之君，甚至可以說，他是最有作為的清帝，康雍乾盛世如果沒有他則無從談起。

細讀《清史稿》，康熙在位的第五十七年，封第十四子貝子胤禵為撫遠大將軍，視師青海，討伐蒙古準噶爾大汗策妄阿喇布坦；臨死前，讓第四子雍親王胤禛代他祭祀圜丘。位於天壇南部的圜丘，是皇帝舉行冬至祭天大典的場所，祭祀圜丘是帝王親歷親為的國家大事，病重中讓胤禛代祀，說明康熙很看重胤禛；典重兵在外，也說明康熙同樣很看重胤禵，晚年的康熙對於帝位繼承者，屬意當在胤禵和胤禛，二選一。雍正即位，立即急召胤禵來京，並限他二十四天內抵達，這一事實也從側面說明，胤禵不可小覷，是胤禛最大的帝位競爭對手，他若領兵逼宮造反，新帝王必然頭痛，甚至皇位不保。清代諸多野史，紛紛傳說雍正改康熙彌留之際的手書遺詔篡得大位，將「朕十四皇子，即纘承大統」中的「十」塗成「第」，這也是極有可能的。雖然清代詔書一般用「滿、漢、蒙」三種文字下發，但康熙將薨逝時，遺詔未必是親手書寫的，也未必三種文字都寫了，再有，即使確實是他親手書寫，最後伺候在他身旁的胤禛以及他的親信，也完全可以毀掉重寫（秦始皇死時的遺詔，被趙高和李斯篡改，最後導致秦滅國，就是一個著名的先例。）這樁清宮疑案，研究者代代相繼，結果是疑上加疑，或許永遠都無法弄明白了。

康熙帝玄燁八歲登基，禦極六十一年，中國所有的皇帝，數他在位時間最長。統治期間，正應了其年號「康熙」，萬民安寧，天下熙盛。以「撲擊之戲」輕鬆擒除鼇拜是其智，平三藩是其勇，定準噶爾、反擊沙俄、撫平西藏、統一臺灣是其功，輕徭薄賦、勤政愛民是其德，通農事、算術、天文、軍事、音律、曆法、漢語、詩書畫是其識，人民康樂、經濟繁榮、軍力強大、開創康雍乾盛世是其能，六下江南是其逸。可以說，他這個皇帝做的是要風得風要雨得雨。「經文緯武，寰宇一統，雖曰守成，實同開創焉。」《清史稿・聖祖本紀》這樣評價康熙，我以為並不過分。評析千秋功過，康熙一生最大的敗筆，莫過於選擇繼承人優柔寡斷，造成諸皇子長達二十餘年的奪儲內鬨。

清朝十二帝，數康熙最能生養，六十多個妃嬪為他誕子嗣共五十五人，其中兒子三十五人。三十五子中，早夭十五人，過繼一人（胤祿過繼給承澤裕親王碩塞為子），《清史稿》立傳者除雍正帝胤禛外有十八人。奪嫡戰爭中，除了年幼無知的，保持中立的，事不關己的，剩下的有競爭能力或者抱團作戰的有九人，即長子胤禔、次子胤礽、三子胤祉、四子胤禛、八子胤禩、九子胤禟、十子胤䄉、十三子胤祥、十四子胤禵。其中胤禟、胤䄉與胤禩同黨助胤禩，胤祥助胤禛，所以，「九王奪嫡」實際上是「五王混戰」。

康熙一生享盡人間富貴榮華，他的兒子們的命則大多不好。即便是當上了帝王的胤禛，一生研求治道，克勤克儉，每天只睡四小時，最後活活累死。他的父親康熙，他的兒子乾隆，個個六下江南魚米鄉，南巡之外，又經常東巡、西巡，狩獵行圍，後宮妃嬪不可勝計，快活風光，唯有他心心念念只有政務。也許，他如此勤政求治，把大清天下治理得國強民富，也是對王權合法性質疑的一種默默然而強硬地回應吧。

除了當了皇帝的、夭亡的和過繼的，康熙剩下的十八個兒子裡，有六個人被終身禁錮，他本人幽禁兩個：胤禔和胤礽，雍正幽禁四個：胤祉、胤禩、胤禟和胤䄉。康熙給胤禔定的罪名是「鎮魘皇太子及諸皇子，不念父母兄弟，事無顧忌」，雍正十二年死於幽所胤禔府；給兩立太子兩廢之的胤礽定的罪名是「行事乖謬，不仁不孝」，雍正二年死於禁錮地咸安宮。其他四個（也包括前兩個）向來是胤禛的眼中釘，胤禛即位後，分別以「無人臣禮，希冀非望，大不敬，大逆不道」等等罪名陸續幽禁。胤禩和胤禟，也就是被雍正帝更名為「阿其那」、「塞思黑」的這兩位，禁錮不久就都蹊蹺地死去。《清史稿》記載胤禩死於「嘔噦」（嘔吐），胤禟死於「腹疾」，《清朝野史大觀》等民間野史，則說死於暗殺。把正史和野史相對照，我以為，這當然是雍正指使的，而且是下毒，即使不是他親自指使，而是手下代勞，這賬也得算到他頭上。胤ネ我、胤禵這兩人的運氣算好的，活到了雍正死後，乾隆即位的頭年和第二年分別予以釋放。

僅僅看雍正對待這六個兄弟的殘忍手段——胤禔和胤礽雖然是其父所禁，但死在他手上，自然也要算到他頭上，毒殺胤禩和胤禟，禁錮自己的同母弟弟胤禵——他確實寡恩。但正如我從前寫的一篇文章《雍正的刻薄與寡恩》，他也並不全然是抹面無情的，他對忠臣良臣是非常恩寵的，對待兄弟中的胤祐、胤祥、胤禮，尤其是胤祥，也是相當信任呵護的。

十三弟胤祥最得雍正的歡心，他小時由雍正生母孝恭仁皇后烏雅氏撫養，與雍正是鐵杆兄弟，也是幫助他登上帝位的得力幹將。雍正即位後，馬上封他為怡親王，讓他總理戶部三庫，額外獎賞無數，後來賜給他「忠敬誠直，勤慎廉明」的禦書榜，並訓諭王大臣說，怡親王「克殫忠誠、公而忘私、視國如家」，在朝諸臣都不及他，並要求他們以怡親王砥礪自己。胤祥病死，雍正為他罷朝三日，親臨祭奠，並對大臣們說：「怡親王薨逝，中心悲慟，飲食無味，寢臥不安。王事朕八年如一日，自古無此公忠體國之賢王，朕待王亦宜在常例之外。」雍正為怡親王素服一個月，為他建祠，又下令恢復其名字中的「胤」字（雍正登基後，因避諱，他的兄弟名字中帶「胤」字的，全部改成了「允」字）。

雍正也很喜歡十七弟胤禮，先封為郡王，後又晉級為親王，先後讓他管理藩院，管工部，總理戶部三庫，授宗人府府令，送達賴喇嘛還西藏，沿途巡閱各省駐防和綠營兵，辦理苗疆事務。雍正給他的評價是「實心為國，操守清廉」。雍正死前，胤禮受遺詔輔政，也就是俗語所說的顧命大臣。順便說一句，胤禮就是曾經風靡的電視連續劇《甄嬛傳》中的十七爺的原形，但《甄嬛傳》精彩倒也精彩，只是編得也太扯了，與史實常常風馬牛。

渡度親王胤祐，即康熙第七子，工書法，因置身「九王奪嫡」之外，新帝即位後又「安分守己，敬順小心」（雍正語），進封為親王，終生遠離政治鬥爭，安享平安富貴。

康熙的其他幾個兒子，第五子胤祺，第十二子胤祹，第十五子胤禑，第二十子胤禕，第二十一子胤禧，第二十二子胤祜，第二十三子胤祁，第二十四子胤祕，前幾個平庸無能，因禍得福，均能自保，後幾個奪嫡時年紀幼小，懵懂無知，也均得善終。

康熙的三十五個兒子，命運如此天壤，深夜裡閒翻《清史稿》這一段，就如同看血跡斑斑的僵屍恐怖片，奇倒也奇，心裡卻涼嗖嗖的，骨頭也寒顫顫的；人間的骨肉慘禍，還有比這更陰森慘毒的麼？

所謂「同治」

史書如古墓，讀史如探寶。修史者都是一些極聰明的傢伙，他們寫下的那些密密麻麻僵屍一樣的文字，其實如同征戰沙場的奇妙戰陣，看似平淡無奇一攻可破，其實埋伏著眾多的暗語、玄機和兇險。舉著一根葵骨火把，走在幽邃漆黑的墓道中，偶爾停下腳步，靜靜聆聽，地底的枯骨正在喁喁噥噥。

清穆宗同治皇帝載淳即位前，本來定的年號是「祺祥」，但隨即改為「同治」。清史上，一帝兩年號的，只有皇太極和載淳。前者是因為改國號「金」為「大清」，相應年號也由「天聰」改為「崇德」，順理成章。後者改年號，《清史稿》前後只有寥寥數語，「定年號祺祥」，「詔改祺祥為同治」，如風吹草莖一掠而過，但細細玩味，就會發現其中大有深意：所謂「同治」，意思就是「皇帝／太后、子／母、男人／女人共同治理國家」也！

慈安、慈禧兩位太后的上場，在《清史稿》中，是在咸豐皇帝剛剛一命嗚呼之後的第二個月，《清史稿・穆宗本紀》這樣記載：「（咸豐十一年）九月丙戌朔，上母后皇太后徽號曰慈安，聖母皇太后徽號曰慈禧。」語言十分平淡，若山溪緩步至平湖，然而倏爾之間，湖壩崩塌，大水挾雷霆之勢轟然而下，兩宮太后冰肌玉骨的手臂一揮，一夜間奪取了至高無上的江山統治權。咸豐帝奕詝的屍骨未寒，他臨終前任命的八位實際掌握朝政的顧命大臣，或淩遲，或處斬，或發配，六歲的小皇帝載淳在八男二女的混戰中，嚇得當場尿了褲子。

身為女人，是慈安、慈禧的不幸，若是鬚眉大汗，在山河破碎內憂外患的清朝中後期，她們興許是要起兵造反的。但襠裡雖然沒有拖著那樣一條東西，她們照樣是可以發發雌威的。她們前後兩番垂簾聽政，第一次或可理解，第二次挑選四歲幼兒為帝再次垂簾完全是陰謀，而第三次慈禧把光緒囚禁起來自個兒當了實際上的女皇則簡直是喪心病狂。

咸豐在熱河避暑山莊薨逝前，欽點御前大臣載垣、端華、景壽、肅順，軍機大臣穆蔭、匡源、杜翰、焦佑瀛等八人為「贊襄政務王大臣」。他的大老婆小老婆立馬「羨慕忌妒恨」了，她們想玩木偶。翰林出身的禦史董元醇（我為翰林院悲哀）諛心大起（也很有可能是慈安、慈禧授意的），以皇帝年幼為名，奏請兩宮太后垂簾聽政，並挑選一兩位親王輔佐。慈安、慈禧聽了自然歡天喜地，不想八位贊襄政務王大臣不識時務，與她們對著幹，拍桌子，砸板凳不算，還咆哮如雷。《清史稿・慈禧傳》說「（贊襄政務王大臣）擅政，兩太後患之。禦史董元醇請兩太后權理朝政，兩太后召載垣等入議，載垣等以本朝未有皇太后垂簾，難之。」所謂擅政，或許有之，但那是先帝給的權力呀，兩宮太后實在找不到什麼好的奪權藉口，權且拿來當個理由吧。兩隻母老虎發威了，與原本留守京師這時候偷偷來到熱河的恭親王奕訢一合計，於是載垣等等肝腦真的塗地了，僥倖不死的也發到邊疆充軍了。好男不跟女鬥，要鬥也一定要鬥贏，載垣、肅順之輩，自然算不得好男人，甚至算不得男人。

慈安、慈禧是頂級的「欲女」，她們的權力野心是完全可以與武則天媲美的。《清史稿》記述兩宮太後坐進養心殿垂簾聽政，對大臣們說：「垂簾非所樂為，惟以時事多艱，王大臣等不能無所稟承，是以姑允所請。俟皇帝典學有成，即行歸政。」這話聽起來楚楚可憐，大有「為江山社稷著想，只好勉為其難」之意，然而隨之而來記載的一句話，讓她們的野心暴露無遺，「命內直翰林輯前史帝王政治及母后垂簾事蹟，可為法戒者，以進。」這是在做什麼？是要從歷代史書中，為垂簾聽政找到法理的以及事實的依據，來證明她們的垂簾「合法有範」。她們實在是太想垂簾聽政，把兒子載淳當傀儡玩了。把八位顧命大臣奪職逮問下獄之後，她們做的第一件事，就是把年號由事先載垣他們議定的「祺祥」改成了「同治」。哈哈，同治同治，咱們一起來治！

正史和野史都說，慈安優於德，慈禧優於才，平心而論，第一次垂簾聽政期間，已經如風中飄絮一樣的清王朝，因為慈安和慈禧的打理，確實出現過短暫的自強氣象。但所謂的「同治中興」，只是清王朝覆滅之前的迴光返照。這個時候，太平軍被鎮壓，英法侵略者狗肚填滿暫且收起了槍炮，洋務運動熱烈勃興，兩宮太后臨朝稱制，議政王奕訢鞍前馬後，小皇帝讀書玩耍小不知事，重用曾國藩、李鴻章、左宗棠、僧格林沁、劉銘傳、曾國荃、丁日昌、沈葆楨、劉坤一、張之洞等一批文臣武將，政局相對平穩，但這只是表面現象。我讀《清史稿》，讀到道光帝本紀，在書眉批道：「乾隆中期以前，清朝是四方來儀；道光以後，清朝是四方來夷。」乾隆中後期，清朝統治者與人民的矛盾正在醞釀；到了嘉慶時期，矛盾逐步激化；到道光、咸豐手上，矛盾完全公開，內部起義四起，動盪不安，外部列強環伺，聯軍入侵；到了同治，對外國列強割土賠款百般討好，對人民起義不惜代價血腥鎮壓，換得苟安十二年，然而如同癌症病人瀕死時的迴光返照，臉色稍稍紅潤一下子，接著死翹翹。

再有，「同治中興」的功勞，一大半要歸慈安，她莫名其妙地暴死之後，慈禧獨攬大權，清朝江山如同離山三尺高的夕陽，一瞬間，曾經不可一世的大清帝國就殞落了。兩個女人一台戲，道具是小皇帝，兩個人玩一個玩具，必然會胳膊碰胳膊。野史說，那拉氏慈禧生下繼皇帝載淳後，日漸放縱，咸豐皇帝不喜歡她的為人，曾多次跟肅順說要廢掉她，但最終還是不忍心。臨終前，咸豐交給慈安一道密諭，交辦身後之事：「西宮援母以子貴之義，不得不並尊為太后。然其人絕非可倚信者，即不有事，汝亦當專決。

彼果安分無過，當始終曲全恩禮；若其失行彰著，當可召集廷臣，將朕此旨宣示，立即賜死，以杜後患。」野乘雖然野狐禪，有時候卻往往比正史更可信賴，否則怎麼解釋慈禧前番對慈安俯首低眉，騙得慈安信任主動燒掉這道咸豐給的殺手鐧之後，立刻飛揚跋扈？

慈安雖然也有野心，但無論是看正史還是讀野史，都可見其人德性不錯，平時「吶吶如無語者。然至軍國大計所關，及用人之尤重大者，東宮偶行一事，天下莫不額手稱頌。」重用曾國藩、李鴻章、左宗棠，殺慈禧心腹太監安德海，斬殺桂清，賜死勝保，這些大誅大賞大舉措，都是她拿的主意。而慈禧用計除掉慈安，一人當權後，清朝就一塌糊塗了。慈禧善於用毒，是不折不扣的老毒物，毒死慈安，毒死光緒，最後毒死大清。大清固然註定是要完蛋的，慈禧之劇毒，則加速了帝國的傾圮。

最忠誠的屬國

乾隆中葉清朝最鼎盛時，全國國土面積一千三百萬平方公里，另有藩部三十九個，屬國十九個，是當之無愧的中土大國。當其時也，真正是「四方納貢，萬邦來儀」。《清史稿・屬國傳》頗為得瑟地說：「環列中土諸邦，悉為屬國，版圖式廓，邊備積完，芒芒聖德，蓋秦、漢以來未之有也。」雖有自吹自擂自高自大之嫌，說的倒也基本是事實。

《清史稿・屬國傳》把朝鮮、琉球排在所有屬國的最前面，列為「屬國一」，接著是越南、緬甸、暹羅（泰國）、南掌（老撾）、蘇祿、浩罕、布魯特、哈薩克、安集延、瑪爾噶朗、那木幹、巴達克山、博羅爾、阿富汗、坎巨提，分別列為「屬國二、三、四」，乃因在整個清朝，十九個屬國中數朝鮮最為忠誠，其次是琉球。

朝鮮對中國的臣服與依附，起於東周。《史記・朝鮮列傳第五十五》記載：朝鮮國王衛滿原是燕國人，燕國全盛時，曾佔領朝鮮和真番。秦滅燕後，朝鮮是遼東郡旁邊的一個小國。漢代屬燕王盧綰的領土，盧綰造反後，衛滿聚集同黨一千多人，出塞東逃，渡過浿水，定居在秦朝時無人居住的上下鄣，朝鮮、真番這些蠻夷以及從燕、齊兩國逃到上下鄣的人都去投靠他，奉他為王。漢孝惠帝劉盈、太后呂雉統治期間，衛滿與漢朝遼東太守約定，願作漢朝的外臣。由《史記》這段記載可知，朝鮮與中國的從屬關係源遠流長。

清朝入關之前，朝鮮一直是明朝的屬國，俯首稱臣，歲歲納貢，對明朝十分忠誠。在清兵伐明時，朝鮮與明軍協同抗清，直到明朝滅亡前夕，仍然忠貞不渝。最後惹毛了皇太極，出兵入侵朝鮮，佔領了其國都，俘虜王妃、王子、宗室、群臣家室一百四十二人，宗社垂絕，明朝大廈即將轟然傾頹，自救尚且不暇更無力顧及抗清援朝，朝鮮這才被迫向大清稱臣。但即使是在向大清屈服後，清國命令朝鮮與清兵一起伐明，朝鮮仍然虛與委蛇，故意誤軍期、軍糧馬匹不到位，多次遭到清國攝政王多爾袞的斥責。朝鮮國王的答復則楚楚可憐：「明國猶吾父也。助人攻吾父子國，可乎？」朝鮮對明朝可謂是仁至義盡了。《清史稿》對這些記載得非常詳盡。

明朝徹底完蛋，清兵振旆長入山海關，江山易主後，朝鮮把對明朝的膜拜轉向清朝，奉大清正朔，奏書稱臣，歲貢不絕，萬壽節、元旦、冬至節、大喪都遣大臣奉表祝賀祭奠，清朝出兵則發兵護從，並貢獻犒師禮物。自清初起，到光緒二十一年（西元一八九五年）三月清政府與日本簽訂《馬關條約》止，二百多年中，朝鮮對大清一直俯首低眉，心甘情願作從無二心的忠誠屬國。讀《清史稿》，我注意到，在清朝末年內亂外侮極度虛弱行將朽木之際，大清諸多屬國，或被列強吞併、強佔，或發生內亂，或見風使舵，依次脫離清朝，惟有朝鮮、琉球、坎巨提堅持到了最後。《馬關條約》第一款即規定：「中國確認朝鮮為完全無缺獨立自主之國，凡前此貢獻等典禮皆廢之。」自清太宗皇太極崇德二年（西元一六三七年），朝鮮國王李倧歸附，相互約為兄弟之國（實際上是父子之國）起，到《馬關條約》的簽訂，朝鮮當了清國二百五十八年的屬國，是清朝擁有時間最長的屬國。

《清史稿》記載清德宗光緒帝載湉政治生涯的《德宗本紀》，分為一、二兩卷，兩卷的分野為「是歲（光緒二十一年），朝鮮入貢。」編者以此來劃分卷帙，我想決不是無意為之，而是有深刻用意的，也即所謂的「春秋筆法」，寓褒貶是非於無形之中。因為朝鮮是清廷最忠誠的屬國，也是最後一個屬國（坎巨提不能算），這又是朝鮮最後一次向清廷納貢，最忠誠的最後一個屬國的絕貢，標誌著「中朝父國」已經瀕臨亡國。

朝鮮之外，琉球對清廷的忠誠度也是非常高的。琉球位於臺灣和日本之間，按清光緒六年（西元一八八〇年）北洋大臣李鴻章上報清廷的奏摺：「琉球國原有三十六座島嶼，分別是北部九島，中部十一島，南部十六島，而整個國家方圓不到三百里。北部中有八座島嶼早就歸屬日本，僅存下一島。」據《清朝野史大觀》記載，從唐宋開始到清代，琉球世代為中國的屬國，世奉正朔，三年一貢。《清史稿》記載，從清順治十年（西元一六五三年）起，琉球開始向清廷納貢，從此貢獻不斷，其國家制度風俗禮儀都照搬《大清會典》，每新王上任及王后正名必待清朝冊封，康熙年間還曾陸續送子弟到清廷國子監讀書。《清史稿》論琉球說：「琉球自入清代以來，受中國文化頗深，故慕效華風如此。」清光緒三年（西元一八七七年）五月，日本阻止琉球向清廷納貢，並把使者遣返回國，琉球從此絕貢。光緒五年（西元一八七九年），日本滅掉琉球，夷為沖繩縣。

位於帕米爾西南部的蕞爾小國坎巨提（清《新疆識略》譯為「乾竺特」，《大清一統輿圖》和《時憲書》譯為「喀楚特」），於乾隆二十六年（西元一七六一年）內附大清，一八九一年就已經事實上脫離中國。坎巨提縱橫不過數百里，人口不到一萬人，與今巴基斯坦西北邊境上的奇特拉爾以及喀什米爾毗鄰，是當時英屬印度的門戶，所以戰略地位十分重要。據《清史稿》記載，清光緒年間，沙俄與英國在坎巨提及其周邊地區瓜分領土，後來英國武力佔領坎巨提，在那裡設立炮臺和隘口，阻止沙俄進兵印度。之後英國與中國約定，坎巨提為中英「兩屬之國」，也就是說，坎巨提既是中國的屬國，同時也是英國的屬國。而事實上，英國佔領後，中國對坎巨提已經完全失去控制，算不得屬國了。《清史稿．屬國傳》感歎清末國勢頹敗時說：「而屬國僅存者，坎巨提一隅而已。」不過是自欺欺人罷了。大清不存，屬國焉附？

零碎

一、歷史何其的相似！明清易幟，江山換主，李自成做了事實上的幫兇；列強分清，民國代清，太平軍、撚軍、義和團出了大力。亂世之亂，都由內起，官逼民反，其奈何？亂的亂到散夥，反的腦袋成了碗口大的疤，終是別人撿了大便宜，如此這般其奈何？

二、太平軍、撚軍只抗清，不禦外侮；義和團扶清滅洋，阻止列強瓜分國土。結局都一樣，被剿殺了，義和團甚至更慘，殺他們的除了列強還有曾經利用過他們的慈禧老妖婆。當其時也，清廷已入主中原二百餘年，是名正言順的中國正朔，只抗清（對內）的太平軍、撚軍，與立誓滅洋的義和團（對外）相比，到底是低了幾個檔次。

三、清史讀到最後，滿目瘡痍，不忍卒讀，大恨有三：一恨列強之暴橫，二恨清廷之昏瞶，三恨《清史稿》編纂諸遺老恬不知恥。列強賊子與清廷亂臣，如雨雪交加，河山焉能不碎？而《清史稿》編著者如同耄耋老妓對鏡貼花，拚命往清廷臉上塗脂抹粉，矯情偽飾，造作萬端，尤其不能容忍。八國聯軍火燒圓明園，如許大事，如此國恥，《清史稿》寥寥數語就給打發了：「圓明園災，常嬪薨，內務府大臣、尚書文豐死之。」列國強迫簽訂諸多瓜分條約，此稿每每記成「某某和議成」。英國、俄國、荷蘭等國與大清建立邦交（其實有趁機窺探清國虛實的用意），被記為向清廷入貢。《清史稿》編纂之功，自是不可埋沒，但主筆趙爾巽等人，也真正是一幫無恥之徒。

四、《清史稿》主筆趙爾巽，定是受慈禧極大恩澤，他第一次在史稿中出現，在《德宗本紀》，時為光緒十年（西元一八八四年）三月，職務為禦史。此前，進士出身的他當過翰林院編修。後來，雖然清朝一路衰敗下去，他的官運卻是一路亨通，任湖南巡撫，轉代理戶部尚書，受盛京將軍，最後升任東三省總督、欽差大臣兼管三省將軍事，做了事實上的「東北王」。大盜袁世凱竊國，他躋身「嵩山四友」，落為天下笑。讀《清史稿》，觀趙爾巽職位品級一搖三變，又對慈禧百般維護，對光緒卻百般詆毀，可知他是慈禧腹心重臣。甚至，可以偏激一點，把《清史稿》自《德宗本紀》以後，看作是趙爾巽對慈禧老妖婆的誄文。

五、清室滅亡之際，最識時務者莫過於溥儀之父、攝政王載灃。這個大清最後三年的實際統治者，固然懦弱才疏，但國勢飄搖中，誰人又有回天之力？辛亥革命爆發後，載灃主動向隆裕皇太后辭去攝政王之位，上繳印綬，退居藩邸，從此閉門家居。他拒絕日本勸降，溥儀作日本偽滿州國的傀儡時，怒斥其是漢奸。比之袁世凱、張勳，載灃猶不失為智者。

六、明朝十六帝，並無特別荒淫之君，清朝十二帝，也無特別淫奢君主。兩朝的覆滅，並非外敵入侵，而是吏治腐敗。吏治之腐尤其是用人上的腐敗，如大廈樑柱之腐，不可救藥也。

七、清室以外族入主中原，終其一朝，統治的合法性與否，一直是令皇帝糾結、頭痛的敏感話題。清代文字獄的興起，多與此有關。最出名的有康熙年間的莊廷《明史》案、《南山集》案，雍正年間的朋黨案、查嗣庭試題之獄、汪景祺文字之獄、陸生楠論史之獄、曾靜呂留良文字之獄、程濟世注釋《大學》之獄，乾隆年間的偽孫嘉淦奏稿案、彭家屏私藏明末野史案等等。明清易幟之初，所謂「乾坤反覆，中原陸沉」、「天昏地暗，日月無光」，忠於明朝的士大夫和民眾，不甘接受來自蠻荒之地的少數民族統治中原，武力反抗之外，形之於文字，這是統治者最惱火也是最畏懼的事，於是不管是實有其事還是被牽連，一股腦從肉體上消滅之。統治的殘酷性也在於此。

八、清朝自東北立國開始，就一直嚴懲貪墨腐敗，無論是芝麻小官，還是王公大臣，犯者即予嚴懲，許多官員為此落職、發配甚至砍了腦殼。但終清之世，貪墨腐敗從來沒有消停，禁絕更無從談起。到了乾隆手上，更是出了一個史上最大的貪官和珅，嘉慶帝抄沒其家，家財值白銀八億兩，相當於清國二十年財政收的一半還要多。所謂「和珅跌倒，嘉慶吃飽」，吃飽的不僅僅是府庫，嘉慶本人也吃飽了，和珅的家財很多被他充入了私囊。後來的老妖婆在這方面更是有過之而無不及。國庫銀兩落入統治者私人手中，這是腐敗中的腐敗，有帝如此，下何以堪？上樑不正，下樑怎麼能正？清廷腐敗案自然是層出不窮，像頑固的牛皮癬，粘附在人身上，直到人死燈滅，癬還是癬。所有的禍亂，都發源於核心統治層。

九、《清史稿》仿前代正史之例，專門辟有《災異志》，其本紀部分，對重大的天災也記錄在案。整個清史上出現的天災，有水災、旱災、風災（沙塵暴）、潮災（颱風與海嘯）、蟲災（主要是蝗蟲及其幼蟲蝻）、雹災、霜災、火災、河災（長江黃河等河流決口）、蛟災（泥石流）、震災等等。河清海宴時，清廷確實力加賑撫，末世亂離時，生靈遭受兵燹的同時，還要被老天爺捉弄，史稿中明確記載清末人吃人的現象發生過兩次，一次是光緒三年（西元一八七七年），山西陝西大旱，人相食，一次是宣統二年（西元一九一〇年），江、淮饑荒，人相食。在拚命為清朝諱的《清史稿》，記下這些已然難得。

十、《四庫全書》的編纂，被看作乾隆帝的大功德之一，但我以為，這也是他的一大罪過，因為《四庫全書》是站在無數古籍屍體上的。《四庫全書》的編纂背景是文字獄，修書工作歷時七年，在搜集整理過程中，數不清的珍本、善本、孤本被焚毀、篡改，許多晚明著作因觸犯清朝統治被撤毀。只消看看《清史稿・高宗本紀》中的幾句話就知道了：乾隆四十一年十一月，乾隆帝下令四庫全書館詳細核查各種違禁書籍，分別予以改毀。乾隆帝諭旨：「明季諸人書集詞意抵觸本朝者，如錢謙益等，均不能死節，妄肆狂狺，自應查明毀棄。劉宗周、黃道周立朝守正，熊廷弼材優幹濟，諸人所言，若當時採用，敗亡未必若彼其速，惟當改易字句，無庸銷毀。又直臣如楊漣等，即有一二語傷觸，亦止須酌改，實不忍並從焚棄。」「一將功成萬骨枯」，這話同樣適合「巍巍乎高哉」的《四庫全書》。

十一、道光道光，其道不光。看故宮所藏清朝十二帝畫像，或者神武奇偉，或者溫文爾雅，總之是一表人才，惟有道光帝旻寧瘦削不堪，上大下小的頭，簡直就是一隻尖尖的木楔子「三百年未有之大變局」，其實起自道光年間。其時，民變叢生，外強入侵，兵連禍結，財政空虛，大清的好日子到頭了，他這皇帝可不好當啊！讀《清史稿・宣宗本紀》，我注意到，道光在其統治期間，先後四次祈雪，每次祈禱三回，上天都不應。天子天子，上天之子，兒子連番祈求降雪，天上的老子視而無睹。天厭之，天厭之，難道此時此刻，上天也想滅了曾經不可一世的大清國了麼？道光生平最大的舉措是禁止和焚毀鴉片，結果卻是自己甩了自己一個大嘴巴子。他真正值得驕傲的，惟有在嘉慶年間天理教徒在太監策應下攻入紫禁城時，親手拿槍幹掉了兩名造反者。

十二、清國發源於東北長白山麓，原是漁獵民族，在文化上比遊牧民族還要低一個層級，較真說來，滿州人沒有文化底蘊，所以入關後不到幾十年工夫，就被漢族文化徹底地同化、淹沒了。這在清朝統治者而言，是最不能容忍的事，但也無可如何。在政治上，他們一方面不得不重用漢人，另一方面又時時刻刻排擠提防漢人。道光十四年（西元一八三四年）四月，道光帝旻寧下令各省總督巡撫興復書院，但隨即，他又處罰建立烏魯木齊書院的大臣富呢揚阿等人，並命令新疆的將軍、都統、大臣認真練兵，「使人人習於戰陣，毋捨實政務虛名。」這是什麼意思呢，就是他鼓勵漢人建書院務虛名，激勵自己人練打仗辦實政。興復書院本是好事，我還差一點讚歎他英明呢，不想他卻存了這種惡毒的心思。僅從這件「小事」，就可看出清朝皇帝對漢人既用又妨的矛盾態度。整個清世，都是滿人掌握樞要實權，同職官員排名列班也是滿人在前，漢人嘛，幫忙拎拎包打打工罷了。

十三、愛新覺羅氏崇奉堂子，每遇重大戰役，必先祭堂子而後發兵，其祭祀禮儀之隆重，與郊天祭地等同。什麼是堂子呢？據《清朝野史大觀》記載，堂子是清帝祭神的地方，裡面有兩座塑像，長各有數丈，一個是男子，朝北筆直站立，一個是女子，朝南抱著男子的頸，兩個人都赤身裸體，情態褻狎。說白了，就是一座不能進入正經祭典的淫祠。所以據說祭祀時，除了皇帝、親王、郡王、貝勒、貝子、輔國公、鎮國公，其他人等均嚴禁入內，平時更是鎖鑰嚴守，祭祀禮儀非常詭異神秘，有點像跳大神。堂堂一個中朝大國，祭祀淫神，自是落為天下人尤其是漢人士大夫所不恥。清朝中期，曾經停祭堂子，後來不知為何續上了。由祭堂子可知，愛新覺羅氏原本是沒有文化根基的邊鄙小民。

十四、道光後期咸豐初年，天下已經完全大亂，列強、太平軍、撚軍這些勁敵不算，連土匪、響馬、金錢會、回民、苗民，甚至連清廷自己培養的一些地方團練，都起來造反了。國庫已經極度虛空，通貨嚴重膨脹，無奈，咸豐開始鑄造當十大錢。但據野史記載，當十大錢出了京師就不能用，價值逐日跌落。《清史稿・文宗本紀》說，咸豐六年（西元一八五六年）九月，「京師米貴，開五城飯廠」。《清史稿》是最捨不得給前清「抹黑」的，既然輕描淡寫地說到京師米貴，那必是米價貴上了天，老百姓餓殍遍野白骨森森了。蔣介石將要倒臺時大量發行金圓券，估計是以咸豐為師的吧。當然了，咸豐也是光緒的財經老師，光緒後來沒錢用，也要過當十大錢。

十五、光緒十三年（西元一八八七年），載湉開始親政。此前，準備拆簾的慈禧老妖婆，心裡自然是大大的不甘心，載湉是她親手培養的小傀儡，怎麼能傀儡真的稱王了呢？這個時候，醇親王載灃適時地站出來了，率領群臣上疏，請皇太后在皇帝親政後仍然訓政，老妖婆假意推辭一番，「勉強」同意了。古人云：「投我以木桃，報之以瓊瑤。」既然載灃這麼懂事，老妖婆也投桃報李，命他仍然措理朝中諸政務。但老妖婆到底是不信任載灃的，他是皇帝的親生父親呀，還不知道他心裡打什麼小九九呢！於是她一面對載灃大加攏絡恩寵，一邊又小心防範。她命載灃去巡閱北洋水師，卻又派心腹大太監李蓮英隨往。李蓮英哪是什麼隨從，其實就是監軍，是防止載灃與外面的大臣和軍隊交通往來的。慈禧這個老女人，豺狼之相，虎豹之胃蛇蠍之心。

十六、無論是修修補補的改良，還是大刀闊斧的革命，古往今來都是難於上青天的難事。光緒變法，阻力並不止於慈禧和親貴王公大臣。《清史稿・德宗本紀》載有一道光緒二十四（西元一八九八年）年載湉訓諭群臣的聖旨：「國家振興庶政，兼採西法，誠以為民立政，中西所同，而西法可補我所未及。今士大夫昧於域外之觀，輒謂彼中全無條教。不知西政萬端，大率主於為民開智慧，裕身家。其精者乃能淑性延壽，生人利益，推擴無遺。朕夙夜孜孜，改圖百度，豈為崇尚新奇。乃眷懷赤子，皆上天所畀，祖宗所遺，非悉使之康樂和親，未為盡職。加以各國環相陵逼，非取人之所長，不能全我之所有。朕用心至苦，而黎庶猶有未知。職內不肖官吏與守舊士大夫不能廣宣朕意。乃至胥動浮言，小民搖惑驚恐，山谷扶杖之民，有不獲聞新政者，朕實為歎恨。」由這道聖旨可知，當時反對變法的，不僅僅是守舊的士大夫，還有許許多多的平民。平心而論，光緒是個勵精圖治的好皇帝，可惜生不逢時，又遭慈禧老妖婆鉗制，若在盛世，他興許也是康熙、雍正、乾隆之流亞。

十七、光緒三十一年（西元一九〇五年），清廷廢除凌遲、梟首、戮屍、刺字等酷刑，死罪到斬決為止，斬、絞、監候等刑罰依次遞減，同時禁止刑訊逼供，變通笞、杖，清查監獄羈押犯人。宣統三年，又規定「除非刑，凡遣、流以下罪，毋用刑訊。」列強凌辱給閉關鎖國的舊中國帶來了深重的災難，但不可否認，國門大開也帶來了新思想、新文化、新技術、新制度，酷刑的廢除，海軍、戰艦、熱兵器的發展，電廠電線的建設與敷設，鐵路的修築，礦產的開採利用，這些都是西風東漸的結果，後來還直接觸發了影響深遠的五四運動。

十八、和平年代，文臣決定武將的命運；動亂之中，掌軍權者，才是真大爺。清史讀到最後，看諸軍閥你方唱罷我登場，如同跳樑小丑表演串串燒，深幸自己的微末之軀生在和平年代。所謂「文以安邦，武以定國」，當一個國家一個民族的文臣全部退居幕後，只有軍閥在混戰，也就到了改朝換代之時了。

十九、嗚呼，大清國完蛋了，接著民國也完蛋了；我常常想，八旗子弟今何在？

二十、我常說，讀史如看戲，讀到末頁，寫到這裡，忽然又明白：其實還是戲比歷史好看。戲劇總是在高潮與掌聲雷動中，依依謝幕，歷史卻如同夾著尾巴逃走的狗，狼狽收場。大地白茫茫一片真乾淨。但乾淨的並不是大地，而是雪。是雪總會化的。

第四卷

青絲

領如蝤蠐

唐朝是一個雍榮華貴的王朝，像國色天香的牡丹，富貴堂皇，連女人都以豐肥為美。中國古代四大美女之一的楊玉環，洗過華清池水之後，雖然「侍兒扶起嬌無力」，但其體態卻是「玉山」一座。《舊唐書》說「太真資質豐豔」，一個「豐」，一個「豔」，道盡唐朝的美女標準。「豔」有千姿百態，難以詳述。「豐」卻好解，豐滿，豐盈，肥美，肉多。唐朝美女自然不可一見，畫家筆下的《唐朝仕女圖》卻不難見到，那些畫中的美女，無一不是飽滿多汁，像熟透的水蜜桃，不說掐，就是望一眼，似乎都能望出一灘汁水來。

人一豐滿，必然脂肪組織堆積過多，臉如滿月乃至如銀盆，下巴成雙甚至成三成四，頸部以下肌肉上聳，因而，必然脖子短粗。再細細審視《唐朝仕女圖》，其中人物的脖子，不是短不及一拳，就是整個兒埋沒到了肉山裡。估計，楊玉環回眸一笑之時，唐明皇神魂顛倒之中，從未注意過美人小丘一樣隆起的後頸。那樣的肉丘，在屠夫身上比較容易見到。

唐朝的美女審美觀與前代比如西周至春秋時期大異其趣，也與後代比如清代、民國和當代大異其趣。

《詩經・衛風・碩人》中美女的苛刻標準，不僅小手要既白且滑像茅草初熟時的瓤子，皮膚要細膩光滑像凝結的油脂，牙齒要潔白整齊像瓠瓜的籽，不僅要額廣而方、眉細而長，巧笑倩兮、美目盼兮，還有很重要的一條，就是「領如蝤蠐」。領，也就是頸、脖子。蝤蠐，也就是天牛的幼蟲，其色半透明至乳白色，其形身長足短，大昆蟲學家法布林形容蝤蠐為「蠕動的小腸」，可見蝤蠐既長且白。也就是說，那時的齊姜或者什麼姜的（姜就是美女），脖子都是細長而嫩白的。

清代張潮在《幽夢影》裡給美女定下的標準，大約能代表他所處時代以降的通行審觀意趣。他說：「所謂美人者，以花為貌，以鳥為聲，以月為神，以柳為態，以玉為骨，以冰雪為膚，以秋水為姿，以詩詞為心。」別的不說，「以冰雪為膚」與《詩經・衛風・碩人》中的「膚如凝脂」大致是一個意思；「以柳為態」則說明美人的體態要像迎風搖擺的楊柳，而所謂「柳態」，非苗條不能辦，必得從頭臉到脖子到腰身再到小腿都十分雋秀，這與《詩經・衛風・碩人》中的「領如蝤蠐」也是一脈相承的。

民國的美女，比如著名的林徽因、陸小曼、阮玲玉和周璿，從存世的照片上看，她們的脖子無一不是修長而粉白。面相並不算美的大才女張愛玲，孤標傲世一生的資本，除了她的絕世才情、她那雙燭幽洞微望穿世事風雲的眼睛，我想還有她的細白脖子。她最喜歡的同時也是最具有標誌性意義的那張旗袍照上，旗袍高高的站領緊鎖著她那一管長頸，烘雲托月般把她襯托得搖曳多姿。張愛玲骨子裡不僅是刻薄的，其實也是嫵媚的。

而當代女人，更是以楊柳之姿為美，崇尚削肩細頸。一些美容教母級的人物，諄諄教導世間女子：「女人的脖子男人的腰喲，脖子不僅代表了美，更代表了一種高貴的氣質喲。」並說女性美頸的特徵是「長而豐美、血管不露、平坦潤滑」。還發明了一整套所謂的「美頸大法」，如修飾法、鍛煉法等等，據說不少愛美女子為擁有一管長而豐美的頸大費周折。

除了豐肥的大唐，歷代中國能稱得上美女的，「領如蝤蠐」是一個必備的基礎條件。那麼外國呢？有以胖為美的，比如湯加、茅利塔尼亞、斐濟，這些國家胖男胖女被認為很有魅力，其魅力成分當然包括粗短的脖子。流行的美女國際標準，卻是秀美頎長的，於三圍的要求苛刻到了極點，自然，這美也包括美頸，這一點，看看每屆環球小姐的勝出者就知道了。而最追求長頸之美的，莫過於緬甸北部湄宏順鎮乃梭村的巴東族。

巴東族又稱「長頸族」，這一族認為女人的脖子越長越美。更奇異的，是巴東族婦女以銅環美化脖子的方式。那裡的女子從五歲開始，家長就在她的脖子上套銅環，起初套三五個，後來套十個二十個，脖子最長的據說能套二十五個，而且終生佩戴，不能取下。其原理，是通過銅環往下壓迫鎖骨和肩骨，達到拉長脖子的目的。當然，銅環也有炫耀財富的意味，不過只是附帶。

那些長頸女，一層層的銅環緊緊箍住她們的脖子，使得其脖子與長頸鹿的無異。走起路來，銅環相撞，想必有環佩叮噹的良好音效。長長的頸項微微前傾，如鳥，故與情人接吻，想必也甚是方便。只是五至十公斤的銅環套在脖子上，直楞楞地撐著她們的頭，不知道她們如何低頭看物，又如何勞動、吞咽食物。

世人多愛蝤蠐之領，愛到巴東族這種境界，卻實屬罕見。

美目清揚

擅畫者畫其神，不擅者圖其形。畫如此，詩也如此，人間萬般似乎莫不如此。古今描摹美人明眸的詩詞曲賦洋洋大觀，可集為澤國，其中妙詞佳句不勝枚舉，但我以為寫得最絕的要數李延年。他的那首《佳人曲》，裡面那位容顏縹緲的絕世美人，不要說凡夫俗子讀了會「輾轉反側，寤寐思服」，就連閱美女無算的漢武帝劉徹也為之心旌搖盪。

而李延年則憑藉此曲對佳人美麗眼睛的傳神描摹，將其妹成功兜售給了帝王家，是為專寵後宮的李夫人。漢武帝死後，大將軍霍光遵照帝意，以李夫人配食，又追上其尊號曰孝武皇后。

「北方有佳人，絕世而獨立。一顧傾人城，再顧傾人國。寧不知傾城與傾國？佳人難再得！」歷史上的李夫人到底長什麼模樣？李延年的曲子只傳神不圖形，史書只說她「妙麗善舞」云云，平陽公主向漢武帝推薦她時也只說「貌美非凡」，所以我們不清楚。據說她天生體弱，生下昌邑王劉髆後因產後失調萎頓病榻，隨即英年早逝，漢武帝思念不已，曾令畫師圖畫其形於甘泉宮，日夜睹像思人，只不知其繪像今日還在否？

在照相術還未發明的古代，歷朝歷代的絕色美女，都只存在於今人的想像之中，有一千種形象，有一萬種姿容，任由人遙想。李夫人則憑她那雙極具殺傷力的眼睛，活在史書裡，活在傳說中，活在世人心目中。你看看：她一顧，人家的城就傾了，她再一顧，人家的國就傾了。這是何等銷金融鐵蝕魂化骨的厲害美目！

眼睛是心靈的窗戶。品質純良者眼神平正，心術不正者眼神飄忽；金剛怒目者眼神銳利，菩薩低眉者眼神靜穆。心情舒暢時眼神飛揚，情緒低落時眼神暗淡；思考問題時眼神深邃，無所事事時眼神空洞……可以說，有一千個人，就有一萬種眼神。

而看人，一般先看眼，這是習慣，也是禮節。比如在街上迎面偶遇一窈窕淑女，除非心懷非念者，眼睛緊盯著人家的胸脯、大腿、屁股蛋子或者其他什麼地方使勁看，一般人都先用眼睛抓住淑女的眼睛。

再有，可稱之帥哥美女者，比如鄒忌與王嬙，他們的身體興許也不是絕對完美的，有某方面瑕不掩瑜的缺陷，但眼睛必然是美的。好比一朵鮮花，如果花蕊萎謝，就無論如何也談不上楚楚動人。

眼睛是人和動物的視覺器官，由眼球和眼的附屬器官組成，主要部分是眼球。這是科學對眼睛的定義。科學從來都是精準而生冷的，不帶任何感情色彩。具體的眼睛，卻如同大觀園裡的女子，是千姿百態的。其中就有一種佳人的眼睛，謂之「美目清揚」。

清揚一詞，似首見於《詩經》。其《野有蔓草》篇說：「有美一人，清揚婉兮。」《毛傳》解釋道：「清揚，眉目之間婉然美也。」其《猗嗟》篇又說：「美目揚兮。美目清兮。清揚婉兮。」這裡的清揚，都是指明眸顧盼之美。

清揚者，眼球黑白分明、晶瑩燦亮、水汪汪、波光粼粼，如同秋水盈盈是也。

雄才大略的漢武帝寵愛的李夫人，她那傾城傾國的雙眸，雖然不能一見，但想來，肯定是「清兮，揚兮，清揚婉兮」的。三國曹子建的《洛神賦》，記其夢中與嫂子，也即魏文帝曹丕從袁紹次子袁熙以及曹操手中搶來，後因色衰失寵並被文德皇后迫害慘死的甄妃相遇，狀其雲影花顏，用的也是高明畫家畫神不畫形的筆法，說她「翩若驚鴻，婉若游龍，榮曜秋菊，華茂春松」，又說她「明眸善睞」。這個甄妃的眼睛自是如清揚秋波。東漢傅毅在《舞賦》裡，寫跳船鼓舞的鄭女眉目傳情，「目流睇而橫波」。鄭女的眼睛也是橫波清揚。

清揚，一個多麼美好的形容詞。寫起來，如佳人風中曼舞；讀起來，如佳人月下輕歌；想起來，如佳人雲上舒袖。用它來配美目，似乎再靈動熨貼不過了。美目清揚，顧吧，顧吧，一顧，二顧，傾城又如何，傾國又如何？城生不帶來，國死不帶走，而佳人難再得！

人面桃花

許多年以前，四舅在他那間被煤油燈薰得黑不溜秋的臥房兼書房的四壁上，貼滿了當時流行的各種張貼畫。其中有一幅，畫的是舊時大戶人家的一位小姐，在春光乍泄的季節，由丫環陪伴著到後花園裡賞花。那小姐的姿容，螓首蛾眉，粉腮白頸，烏雛其發，櫻桃其唇，秋水其眸，宛若世外仙姝。其裝束，正如漢樂府《陌上桑》裡對羅敷的描述，「頭上倭墮髻，耳中明月珠。緗綺為下裙，紫綺為上襦。」現在回頭細細想想，非常像八七版《紅樓夢》裡的薛寶釵。

那位小姐娉婷站在一棵怒放的桃樹邊上，素手輕拈桃花一枝，巧笑嫣然。這就是拈花一笑吧，這就是唐代詩人崔護所說的「人面桃花相映紅」吧。那個時候，我不過十來歲，對女人不感興趣，但那張畫中的桃花與美人，卻不知為何在我心底留下了深刻的印象，以至於今天回想起來，畫中情景還歷歷在目。

桃樹是最古老的果樹之一，美人站在桃花邊上笑意盈盈的場景，當是代代有之、年年有之、季季有之、桃花盛開時節無處無之。所以第一個說美人的臉「豔若桃李」以及

「桃花灼灼」的，大約不是崔護。但崔護《題都城南莊》詩一經吟出，「人面桃花」便成經典。

「去年今日此門中，人面桃花相映紅。人面不知何處去？桃花依舊笑春風。」這首深情款款、悵恨綿綿的情詩，據說是崔護寫給長安城南一位農家女子的。

唐詩本事專集《本事詩》裡收錄了唐孟棨的《崔護》一文。文中記載：博陵人也即今河北定縣人崔護，儀容俊美，性格孤潔寡合，考進士落第。清明那天，他獨自到長安城外遊玩，喝酒過後口渴，正好遇到一農家，於是前去敲門。良久，有一女子從門縫裡打量他。那女子生得「妖姿媚態，綽有餘妍」，問道「你是誰啊？」崔護報上名來，並說明來意。女子讓崔護坐在門外的凳子上，自己進屋端了一杯水出來，然後靠著一棵盛開的桃樹旁逸的斜枝站著，臉上寫滿了對崔護的一見傾心。崔護用言語挑逗她，她不回答，但目送崔護離去時，她眼裡卻含情脈脈。

第二年又一個清明日，崔護忽然狂熱地思念起那位姑娘，於是逕自去尋找。不想，姑娘家屋宇依舊，門卻上著鎖。想起那位倚桃而立的姑娘，崔護提筆在門上寫下了這首夾雜著思慕、愛戀、悵惘、失望諸種情緒的《題都城南莊》。

故事的發展出人意料，姑娘因渴慕崔護而精神恍惚，見到崔護的題詩後，竟然相思病死。崔護聽說後，來到她家，用手抬起她的頭，用頭枕著她的腿，痛哭著禱告道：

「我在這裡，我在這裡！」姑娘竟然復活了。才子佳人，玉偶天成，有情人終成眷屬，故事的結局花好月圓，皆大歡喜。

《崔護》有濃厚的傳奇小說色彩。傳奇傳奇，傳說中的奇聞軼事罷了，或許實有其事，或許純屬杜撰，這無關緊要。緊要的是「人面桃花」，崔護僅憑這實寫情境的四個字，就寫絕了女子的嬌豔之美。在他之前以及之後，有無數的人讚美過美麗女子的容顏，「如花似玉、冰雪之姿、秀色可餐、閉月羞花、沉魚落雁、皎若秋月、燦如春華」等等，與「人面桃花」相比，都遜色許多，更不如它生動。

古往今來，全世界出美女無數，無數的美女有無數種容顏，無數種容顏也有無數種美。有的美得富態，有的美得俊朗，有的美得玲瓏，有的美得清秀，有的如鵝蛋，有的如月輪，有的如鑽石，有的如檸檬，難以細數。崔護娶的那位姑娘是什麼臉型，我們無從知曉。但我猜測應當如薛寶釵，那種滿月般既大氣又典雅又秀氣的臉，與夭夭桃花似乎更相配。

還有，我以為，「人面桃花」只可形容東亞美女，尤其不適合歐美女子，西方的美人與玫瑰更相配一些，於桃花卻不相宜。

畫眉深淺

寫濃情蜜意的房帷秘事，古今能者不計其數，然而寫得濃而不浮、麗而不俗尤其是豔而不穢者罕。唐朝越州（今紹興）人朱慶餘算一個。

「洞房昨夜停紅燭，待曉堂前拜舅姑。妝罷低聲問夫婿，畫眉深淺入時無？」朱慶餘的這首《近試上張水部》（一名《閨意獻張水部》），把新婚小倆口房帷之內的恩愛小兒女情態，寫得極其自然而又嫵媚。試想，剛剛過門的新嫁娘，早晨起床精心梳洗一畢，臉上帶著兩朵幸福的紅雲，仰著頭小聲地嬌媚地問自己的如意郎君：「親愛的小乖乖，快看看我的眉毛畫得時髦不？」那場景，柔情吧？香豔吧？還有點兒曖昧吧？但一經朱慶餘寫來，如清水芙蓉，渾然天成，雅麗動人。

《近試上張水部》本是一首拜謁詩。朱慶餘到長安應試，此前其文才得到水部郎中張籍的賞識。但臨近大考，心裡還是忐忑，於是寫了這首詩請教於張籍，終極目的當然是請張籍多多關照。張籍乃當時才子，深知朱慶餘之意，於是作了一首和詩《酬朱慶餘》：「越女新妝出鏡心，自知明豔更沉吟。齊紈未是人間貴，一曲菱歌敵萬金。」朱慶餘由是名動京師，登唐敬宗寶曆二年進士及第，官授秘書省校書郎。

朱慶餘的詩用「香草美人」的比興手法，以新嫁娘自喻，以公婆比主考。完全可以想像的是，朱慶餘若無親身體驗，絕對寫不出如此自然妥帖、風流蘊藉的房帷詩。

朱慶餘寫畫眉詩名揚天下，張敞則以為妻畫眉時被念起。西漢這個以忠言直諫得到重用的大臣，與其妻感情甚篤。妻子幼時受傷，眉角有缺陷，張敞每天在為妻子畫完眉毛後才去上班。他的政敵借機在漢宣帝劉詢面前參了他一本，告他為妻畫眉，行為輕浮，有失大臣體統。當皇帝問起，張敞辯解道：「臣聞閨房之內，夫婦之私，有過於畫眉者。」又說，皇帝應當問我國家大事有沒有辦好，管我畫眉私事幹什麼呢？回答既巧妙又是大實話。漢宣帝愛其才，一笑而已，不加責備。但也認為張敞缺乏威儀，所以張敞在京兆尹任上九年，始終不得提拔，入公卿之列。

張敞每天為妻畫眉，其畫眉技藝當然臻於化境。時長安城中盛傳「張京兆眉憮」，其所畫之眉被人稱為「京兆眉」，長安女子爭相效仿。盛唐劉方平有詩《京兆眉》狀其事，詩曰：「新作蛾眉樣，誰將月裡同？有來凡幾日，相效滿城中。」足見「京兆眉」影響之盛。所謂的「京兆眉」，即劉方平所說的「蛾眉」，是把眉毛畫得如同桂葉和蛾翅，畫法是將眉毛全部拔去，再用眉筆在靠近額中的地方描出兩條短眉。唐代畫家周昉《簪花仕女圖》中的女子畫的即是這種眉，日本浮世繪裡的女子也有畫這種眉的。

眉毛，生在眼眶上緣的毛，在中國，據傳自戰國以來，一直是愛美女子化妝的重點部位之一。屈原《楚辭・大招》有句云：「粉白黛黑，施芳澤只。」字面意思是說，在臉上搽粉使臉更白，畫眉毛使眉毛更黑。據說，在化妝品欠缺的時代，女子用燒焦的柳枝來畫眉。

畫眉起於戰國，勃興於漢。《西京雜記》卷二載：「文君姣好，眉色如望遠山，臉際常若芙蓉，肌膚柔滑如脂……」說的是有才有貌的卓文君，把自己的眉毛畫得細長、淡雅、清秀、開闊，望上去如同青山隱隱。當時女子均學著她，畫「遠山眉」。到了唐代，畫眉之風到達巔峰。當時流行把眉毛畫得短而闊，就是張敞發明的「蛾眉」。為了不至於顯得呆板，女子畫眉時又在眉毛邊緣畫出「眉暈」。

花有百樣嬌，眉有百樣俏。愛美之心，催生了許多種畫眉之法，也即眉式。唐張泌《妝樓記》、宋葉廷珪《海錄碎事》、明王世貞《弇州山人四部稿》等書對眉式多有記載。據粗略統計，至少有倒暈眉、拂雲眉、小山眉（即遠山眉）、涵煙眉、月稜眉（又稱卻月眉）、分梢眉、月眉、垂珠眉、鴛鴦眉（又稱八字眉）、五眉、三峰眉、王岳眉等等多種。

而畫眉的材料，也由最初的柳枝、石黛，發展到銅黛、青雀頭黛、螺子黛等等。畫眉用的工具，古人大約只有眉筆和剪刀，如今，隨便打開哪位女子的隨身拎包，僅用於畫眉的，都必有眉鉗、鑷子、眉刷、眉筆、眉剪、修眉刀、鏡子、棉球、酒精之類，幾乎可以開個微型化妝品商店。

眉，媚也，嫵媚也。畫眉深淺入時無？僅兩道眉毛，女子就可以畫出無數種人間麗景。故而，人間若無愛美之女子，必如閻王爺統治的地獄，淒苦枯索不堪住。

輕點絳唇

改編自英國女作家黛芬妮．杜穆里埃作品《呂貝卡》的電影《蝴蝶夢》，主題曲名曰《以吻封緘》，以其甜蜜與深情，曾經風靡世界。「雖然我們必須告別夏天／親愛的，我答應你／我會天天在信中寄出我全部的愛／以吻來封緘。」記得，上世紀九十年代初我就讀的校園裡，正值懷春鍾情年紀的男女雎鳩，常常隔著空空蕩蕩的大操場，在兩座面對面的公寓中，把頭伸出窗戶對唱。

試想，遙遠時代的一位絕色佳人，在春光媚嫵的上午，坐在肥紅瘦綠滿庭院的幽窗前，用一支絳色的唇膏，把自己的櫻桃小口塗抹得鮮豔欲滴，然後把火熱的香吻深深地印滿信封，通過荒草連天的驛站，投寄給遠方魂牽夢繞的情人。這是怎樣的相思，這是怎樣的柔情？

《蝴蝶夢》風行七十餘年後的今天，還有誰在用紙寫信？還有誰在夜深給心上人寫情感熾烈的情書？還有誰以吻封緘將紅紅的香吻寄向遠方？古老的情懷，古老的絳唇，古老的美人，像發黃發脆的線裝書，被封存在歷史的博物館裡，僅供念舊的人重溫和遙憶。

今天，以吻封緘的綺美與濃烈，演化成通過QQ或者MSN發送一個猩紅翕動kiss的輕佻與浮浪。發送者輕薄，接收者漠然，調情與深情的分野如同天壤。然而，無論世事如何變遷，古典的意趣如何不再，自從唇膏發明以來，天下愛美女子對於她們的香唇精心點染的興致從不褪色。

「江南二月春，東風轉綠蘋。不知誰家子，看花桃李津。白雪凝瓊貌，明珠點絳唇。行人咸息駕，爭擬洛川神。」這是南朝才子江淹的名詩《詠美人春遊》。詩中描寫了早春時節，一位皮膚雪白、嘴唇明亮的美人在渡口旁看花，路過的行人駐足欣賞，爭著把美人比作洛神的場面，頗似漢樂府《陌上桑》裡各色人等爭睹美女秦羅敷。後人取江郎此詩精華句「白雪凝瓊貌，明珠點絳唇」中的「點絳唇」作為詞牌。

《點絳唇》又名《點櫻桃》、《十八香》、《尋瑤草》等等，這一詞牌，僅從字面意思看，就無比婉媚、性感、風情，讓人浮想聯翩。有很多著名詞人用過《點絳唇》，像元好問、魏夫人、蘇軾、秦觀、賀鑄、李清照、姜夔等等。他們寫出來的詞也均屬婉約派，我最喜歡的，數姜夔的《點絳唇・燕雁無心》和李清照的《點絳唇・蹴罷秋千》。想來，宋時那些傑出的詞人，在用此調作詞時，眼前或許正浮現著一位風華絕代的美人對鏡貼花黃、慵懶點絳唇的香豔畫面吧？而李清照，興許就是一邊輕點絳唇一邊構思作《點絳唇》詞的，也未可知。

唇膏也就是口紅的發明，據說至遲是在約五千年以前。在美索不達米亞，兩河流域南部一個蘇美爾人的城邦烏爾，考古學家發掘出了一支口紅，這也是迄今為止發現最早的一支口紅。研究者還發現，古埃及人不論男女都會使用口紅，古羅馬時代一種名為Fucus的口紅是用紫紅色含水銀的植物染液和紅酒沉澱物製成的，古代中國婦女將色素塗於紙的兩面用嘴唇抿住讓顏色自然附於唇上。

到了現代，口紅的事業更是如日中天，其形狀、種類、顏色不知凡幾。不論華街鬧市還是僻遠村莊，女子不管美麗與否，到了青春期後大多善於「點櫻桃」。這正如林格在《唇之豔》裡所說的，女人是迷戀口紅的尤物。而點絳唇對於女人的意義，豔星瑪麗蓮・夢露有一句話說得很到位，她說：「口紅就像時裝，它使女人成為真正的女人。」在她的有生之年，她的那一張性感銷魂的闊嘴，總是塗得像一朵盛放的玫瑰，當時，也不知道有多少優秀男人被她那一張紅唇撩撥得食不甘、寢不安。

「濃朱衍丹唇，黃吻瀾漫赤。」這是左思《嬌女詩》裡的句子。「朱唇一點桃花殷，宿妝嬌羞偏髻鬟。」這是岑參《醉戲竇子美人》裡的句子。「蘭眼抬露斜，鶯唇映花老。」這是陸龜蒙《相和歌辭・子夜四時歌四首・夏歌》裡的句子。不是文人特別愛好描寫美女的香唇，更不是文人特別好色，天下蒼生好色的程度，與文人相比毫不遜色，只是文人把這種好色的大同心態寫了出來。

不信，你問問天下英雄：玉人絳唇輕點，誰能抗拒媚惑？

楊柳腰肢

美人好看，腰占一半。

南宋白玉蟾在其詩《不赴宴贈丘妓二首》裡，這樣描寫美妓：「舞拍歌聲妙不同，笑攜玉斝露春蔥。梅花體態香凝雪，楊柳腰肢瘦怯風。螺髻雙鬟堆淺翠，櫻唇一點弄嬌紅。白鷗不入鴛鴦社，夢破巫山雲雨空。」「一握精神賽百嬌，玉為肢體柳為腰。三杯舞罷霓裳曲，送我乘鸞上碧霄。」這兩首同題詩，極力狀寫美人的舞姿、歌喉、蔥指、梅態、柳腰、雪面、烏髮、紅唇，可謂堆金砌玉，香豔撩人，閉目徐徐誦來，彷彿鼻尖有馥鬱香風迤邐拂過。

白玉蟾這兩首詩收錄於《全宋詩》，算不上傑構，然第一首的詩之眼「梅花體態香凝雪，楊柳腰肢瘦怯風」一句頗可傳世。古今吟詠美人的佳句無數，白玉蟾得此一句也足矣。試想一下，詩中的美妓，若無那一條盈盈一握怕風襲的楊柳腰肢，其風姿必然大打折扣。假如其腰粗如水桶，或者不幸有一座蒙古包一樣的肥肚腩，則一醜遮百俊，其笑、其歌、其舞恐怕要讓人反胃了。而白玉蟾，兩首詩都著重寫美妓之腰，白氏對楊柳細腰的迷戀程度可見一斑。

「棠梨無限憶秋千，楊柳腰肢最可憐。縱使有情還有淚，漫從人海說人天。」這是情僧蘇曼殊《海上八首之六》裡的句子。佳人留存在情僧記憶中最深刻最可愛的，不是她的芙蓉面，不是她的柳葉眉，不是她的笑如花，也不是她的雁燕語，而是她的楊柳小蠻腰。

蘇曼殊短暫的一生，以僧名，以文名，且以多情名。他剃度出家後，送給日本東京彈箏女百助的詩「烏舍凌波肌似雪，親持紅葉索題詩。還卿一缽無情淚，恨不相逢未剃時」，寫盡人間情場無奈，比元好問的那首《摸魚兒．問世間情為何物》，實在要蒼涼深邃許多。蘇曼殊一生愛過多次，每一次都愛得熱血沸騰，天崩地裂。人說：有的人一生只愛過一次，那一次還是假的；有的人一生愛過多次，每一次都是真的。觀蘇曼殊，信然。只不知，他的《海上八首之六》裡所寫的那位讓他念茲在茲腰如楊柳的佳人，是若子、菊子、百助，還是另有其人？

自古以來，世人評判美女的標準，隨審美流風而多有變遷。然而，腰細如柳一條，幾乎是一以貫之的。「腰若流紈素，耳著明月璫」，這是漢樂府《孔雀東南飛》裡的句子。「櫻桃樊素口，楊柳小蠻腰」，這是中唐白居易的句子。「解舞細腰何處往？能歌姹女逐誰回？」，「無力搖風曉色新，細腰爭妒看來頻」，這是晚唐杜牧的句子。「腰細不勝舞，眉長惟是愁」，「已聞佩響知腰細，更辨弦聲覺指纖」，這是晚唐李商隱的句子。「舞猶慵，小腰似柳」，「但把纖腰，向人嬌倚」，這是北宋晁補之的句子。「鮫絲霧吐漸收，細腰無力傳嬌慵」，這是北宋柳永的句子。「兩顆櫻桃分素口，一枝楊柳鬥纖腰」這是明人馮夢龍的句子……文人墨客詩文中描寫細腰的詞句，簡直星羅棋佈，不勝枚舉。

中國文人慕細腰，外國文人也愛腰細。據國外某研究機構統計，古印度兩大史詩《摩訶婆羅多》和《羅摩衍那》裡，提到美女細腰的地方有三十五處，而描寫美女身體其他部位的加起來才二十六處。在英國文學作品中，提到女性細腰讓男性心動的作品是提到乳房作品的四倍多，是描寫大腿作品的六倍多。又云，古今中外的文學作品，評價女性美主要集中在八個身體部位上，而細腰一直佔據著第一的位置。美國甚至有科學家說：「儘管人們對於女性健康美的標準千變萬化，但是健康和生育能力的標誌——纖細的腰肢——永遠是女性美不可變更的象徵。」

這些資料和論斷精准與否暫且不論，但最起碼能夠說明，腰細如柳是美女的必備條件，也是亙古未變的美女標準之一，古往今來，世人有著根深蒂固幾不可改的細腰情結。正如元人張可久在其散曲作品《梧葉兒・席上有贈》中所說的，「芙蓉面，楊柳腰，無物比妖嬈。」

春風拂楊柳，婀娜百媚生。腰，妖也！看世間無數紅男綠女，幾人不愛妖嬈楊柳腰？

青絲十萬

古人風雅而多情，山遙水闊長相別離之際，親朋好友常折柳相送，情侶則常剪青絲互贈。周邦彥詞《蘭陵王》云：「長亭路，年去歲來，應折柔條過千尺。」柳，留，取其依依之意。青絲，思，情絲。據說當年楊玉環被唐明皇第二次逐出深宮後，鉸下一縷頭髮，拜託高力士贈給唐明皇，並說：「妾罪合萬死，衣服之外，皆聖恩所賜。唯發膚是父母所生。今當即死，無以謝上。」唐明唐捧著楊妃秀美芬香的青絲，思念之心更熾，趕快遣高力士將楊妃召回。事見宋人樂史《楊太真外傳》。

上蒼慳吝，賜給人體的物件，大多只有一到兩件，唯毛髮尤其是頭髮多乎哉。科學家說，正常人的頭髮大約有十萬根。對於愛美之人，衣飾之外，最能任意施展之處，首當滿頭青絲。「城中好高髻，四方高一尺。」這是漢代的事。「雲鬢花顏金步搖，芙蓉帳暖度春宵。」這是大唐的事。「夜來幽夢忽還鄉，小軒窗，正梳妝。相顧無言，惟有淚千行。」這是宋代的事。「窺面已知儂未嫁，鬢邊猶見發雙垂。」這是清朝的事。青絲十萬，可綰，可簪，可盤，可直，可卷，可長，可短，可正，可偏，可高，可低，可染，可燙，可紅，可綠，可做百般花樣，可顯十萬風情。尤其是女人的青絲，千百年來，更是風光旖旎變幻萬端。

美容應當是一件很古老的事，甚或起於茹毛飲血的洪荒時代。遙想當年，穴居山洞的某位少女，一天去山谷深潭取水，臨水照面，見自己首如飛蓬，臉如黑炭，如同山鬼，羞恥之心頓生。於是掬水濯面洗髮，待陽光曬乾頭髮，隨手扯下一截藤條，把頭髮束成一條馬尾。再去水裡一照，但見水裡的女人，臉面光潔如玉，頭髮油光順滑，她幾乎認不得自己了。回到部落，引觀者無數，雖遭酋長斥罵，然而青年男女尤其是女人立即效仿，洗髮束發之風隨之波及整個部落。由美髮，而敷面，而畫眉，而點唇，而穿耳，而隆胸，而瘦腰，而抽脂，美容事業蓬勃起來。這些當然只是我的臆想，但也並非全無可能。

是樂府《子夜歌》裡的句子，「宿昔不梳頭，絲發被兩肩。婉伸郎膝上，何處不可憐。」女人之柔媚，是天性，並非現代女子專有。想想，遠古一位正泡在愛情之蜜中的女子，把頭枕在情郎的膝上，一任秀髮瀑布一樣傾泄下來，任情郎多情之手輕輕撫弄，彷彿在彈一張稀世的古琴。琴聲淙淙，情絲綿綿，無論何朝何代，這都是一幅溫馨可人的畫面。

而男人愛女子之青絲，自古已然。傳說，漢武帝第二任皇后衛子夫之所以受寵，除善歌、能曲之外，更主要的原因是有一頭美麗烏髮，《漢武故事》中記載：「上見其美髮，悅之，遂納於宮中。」南朝後主陳叔寶的寵妃張麗華不僅花容月貌，而且以十萬青絲名揚天下。《陳書・張貴妃傳》載：「貴妃發長七尺，鬒髮如漆，其光可鑒。特聰慧，有神彩。進止閒華，容色端麗，每瞻視盼睞，光彩溢目，照映左右。嘗於閣上，靚妝臨於軒檻，宮中遙望，飄若神仙。」張麗華常塗上發膏，梳成高髻，讓陳叔寶神魂顛倒，以至百官奏事，置貴妃於膝上，共同處理國事。

女子發美，不僅男人愛，女人也愛。晉明帝時，大司馬桓溫平蜀，納李勢之女為妾。桓溫之妻南郡主凶且妒，拔刀領著十個奴婢氣呼呼地去往李氏住所，準備一刀結果其性命。見到李氏，她正在窗前梳頭，只見其「發垂委地，姿貌絕麗」。李氏神色閒正，辭氣淒惋，道：「國破家亡，無心以至。若能見殺，實猶生之年。」公主聽了，扔掉刀，抱住李氏說：「阿姊見汝，不能不憐，何況老奴（桓溫）。」從此善待她。

「小山重疊金明滅，鬢雲欲度香腮雪。」（溫庭筠，《菩薩蠻》）從已知的最古老的椎髻，到北朝的大十字髻、漢朝的墮馬髻、唐朝的簪花蛾髻，一直到當代的漂染Bob頭，千百年來，髮型尤其是女子的髮型千變萬化無窮盡，並且必將繼續神奇地流變下去。美人頭上青絲十萬縷，抵得名將手中百萬兵。

十指春蔥

認識一個廣漂女子，中上資質，卻有一雙美麗絕倫的手。事實上，那雙手就是她吃飯的本錢，她的職業是目前很時尚的手模。我看過幾幅她的手型照片，真個是十指纖纖，純美如玉，令人驚豔，古人說的「手如柔荑、指如春蔥」，大約就是那樣的吧。那樣一雙柔軟明豔不食人間煙火的手，是用來欣賞、展覽、憐惜的，用於俗世生活似是埋汰。

古代比現代似乎更盛產美女（這當然不符合事實），無數的詩文描繪了無數的麗人，其贊詠寶愛之詞，幾乎覆蓋了美女身體上所有的部位，而且用詞典雅、形象、明淨，好色而不淫。比如寫女人的手。

最早描繪女人雙手的文獻，已知的當算《詩經・衛風・碩人》了。這首被方家譽為「妙絕千古美人圖」的古詩，第二段以工筆細描了衛莊公夫人莊姜的振古絕色。清人姚際恒說此詩「千古頌美人者，無出其右，是為絕唱」，可謂公論。《碩人》寫莊姜之手，只用了四個字，「手如柔荑」。柔荑者，白茅柔軟的嫩芽也，也就是茅草春天初生的散發著自然清香的新芽。多麼美好、貼切、傳神的喻詞，以至傳唱到今天，以至今天仍無出其右者，以至每年茅草抽芽，我都會想起《碩人》，想起莊姜，想起她的柔荑之手，以及傳說中的「巧笑倩兮，美目盼兮」。

「雙眸剪秋水，十指剝春蔥。」這是大唐白居易詩《箏》裡彈箏女的手。剝開的春蔥，細嫩，晶瑩，香芬，用來形容絕世美手，也是再合適不過了。是不是白樂天的發明？不得而知。已知的是，白樂天也是一個天字號情種，他的寵姬樊素之櫻桃小口、小蠻之楊柳細腰屢見於他的詩歌。想來，樊素和小蠻的手不怎麼出色，不然他肯定是要入詩的。

把女人之手比作春蔥的，還有唐人趙鸞鸞詩《纖指》，「纖纖軟玉削春蔥，長在香羅翠袖中」；元人吳昌齡散曲《端正好・美妓》，「襯緗裙玉鉤三寸，露春蔥十指如銀」；宋人歐陽修詞《減字木蘭花》，「慢撚輕籠，玉指纖纖嫩剝蔥」；南宋白玉蟾詩《不赴宴贈丘妓》，「舞拍歌聲妙不同，笑攜玉斝露春蔥」；清人汪玉樞詩《養蠶》，「小姑畏人房闥潛，採桑那惜春蔥纖」。手相美如春蔥的，當然還有《孔雀東南飛》裡的劉蘭芝，還有一代英主南朝陳武帝的章皇后。據《陳書・高祖章皇后傳》記載，章皇后儀容俏麗，冰雪聰穎，其手紅潤白晰，指甲長五寸，每遇凶事，必有一指甲事先折斷。也算千古一奇了。柔荑、春蔥之外，形容美手的詞，用得較多的當是筍芽、白玉了。如唐人韓偓詩《詠手》云：「腕白膚紅玉筍芽，調琴抽線露尖斜」，清人鄭燮詩《題雙美人圖》云：「玉指尖纖指何許，似笑姮娥無伴侶」。只是，與柔荑、春蔥相比，這兩個喻詞就顯得過於大路貨了。

古往今來青史留名的麗人，其姿容之美也是各有千秋姹紫嫣紅的。有以花容月貌名世者，如西施；有以秀美青絲名世者，如衛子夫；有以妖嬈體態名世者，如甄妃；有以嫋嫋細腰名世者，如趙飛燕；有以青山黛眉名世者，如卓文君；有以秋水明眸名世者，如孝武皇后李夫人；乃至有以病態三寸金蓮名世者，如南唐後主李煜的寵妃窅娘。相較之下，以一雙美手名世者，寥寥無幾。這或許有審美風氣未予關注的原因，還有封建道統壓迫的原因，女人之足尚且不能外露，何況是纖纖玉手？古之才子佳人花園幽會的典故裡，佳人之手一旦被才子暗中摸索過，那就代表有了肌膚之親、「我是你的人」了。

無論是柔荑、春蔥，還是筍芽、白玉，其主人必是生長於富貴之家，或者自小嬌慣。說到底，手是用來勞作的，而不是用來清供的，它們的實用性遠大於觀賞性。當然，新興的手模職業，為纖纖玉手找到了既實用又藝術的出路，只惜不可能每一雙玉手都能去當手模。

我還是喜歡粗糙的栗樹皮一樣的女人的手，比如我母親的手。她的手，皸裂如龜，老繭密佈，碰觸絲綢必扯出絲線。它們粗大、結實、溫暖，在我心底，代表著歲月以及春天。

天香異馥

數年前，武漢出了一位「天然香女」。此女從小身懷異香，成年後，體香日益濃郁，特別是運動之後，香氣更是分外強烈。後來，有醫生為她做了專門檢查，發現她身上確實能散發出天然的檀香。於是有人戲稱她是新版香妃。

「輕舟遮莫岸邊維，衣染荷香坐片時。葉嶼花台雲錦錯，廣寒乍擬是瑤池。」這是乾隆皇帝於乾隆二十五年（西元一七六〇年）夏月，送給他心愛的女人香妃的一首詩，詩中以嫦娥比香妃，以廣寒宮喻其居所寶月樓。詩中的「衣染荷香」四字，除實寫寶月樓景致，估計乾隆也是有意為之，因為據說香妃生來就遍體異香，是一位天香美女，在乾隆爺心目中，香妃或許就像一朵濯清漣而不妖的菡萏吧。

乾隆一生有後妃四十餘人，其中有一位維吾爾族女子容妃，也即香妃。清人蕭雄《聽園西疆雜述詩》這樣記載香妃：「香娘娘，乾隆年間喀什噶爾人，降生不凡，體有香氣……」上世紀二十年代初，故宮古物陳列所展覽香妃戎妝像時，在圖下注曰：「香妃者，回部王妃也。美姿色，生而體有異香，不假薰沐，國人號之曰香妃。」這些記載明確地說，香妃自一生下來，就體有奇異香氣。

香妃不僅色冠群芳，並且奇芳異馥沁人心脾，深得乾隆皇帝珍愛，後世民間由此衍生出許多傳說，諸如香妃對乾隆的寵倖誓死不從、香妃懷鋒利小刀隨時準備刺殺乾隆、乾隆專為香妃建造土耳其式浴室、香妃進宮前有過婚史之類，皆小道消息，荒誕不可考。不過乾隆迷戀香妃確是事實：香妃初入宮，乾隆專為她配備回族廚師。香妃在圓明園居住時，乾隆為她刻《古蘭經》，後又為她建造寶月樓。進宮時間不長，香妃即由貴人晉封容嬪，隨即又冊封為容妃，冊文贊她「端謹持躬，柔嘉表則，秉小心而有恪之，勤服事於慈闈，供內職以無違，夙協箴規於如史」云云。

美女如韭菜，割了一茬又出一茬，所以，哪個朝代出幾個絕色美女都不是奇事，一統天下的皇帝更是倚紅偎翠享盡豔福。但是，天香美女卻是千年難遇的人間奇品，乾隆可謂豔福齊天。

所謂天香，不是用花草薰染洗浴得來，不是像武則天、太平公主、慈禧那樣服用香丸得來，更不是配戴了香囊，而是天然生成。對此，明人李漁《閒情偶寄》說得好：「名花美女，氣息相同，有國色者，必有天香。天香結自胞胎，非自薰染。佳人身上實實在在有此一種，非飾美之詞也。此種香氣，亦有姿貌不甚嬌豔，而能偶擅其奇者。」

天香，當然是身體的一種氣味。科學家說，每個人的身體都有自己的氣味，只是未必是香的罷了。科學研究證實，每個人都能分泌一種激素，也就是通常所說的荷爾蒙，從而形成自己獨特的生理氣味。又有人說，不同國家的人有不同的體味，比如德國女人有香木味，英國女人有藕香味，法國女人有酪香味，瑞典女人有木槿香味，美國女人有藻香味。姑妄之言，不可信。

傳說中的天香美女，還有西施、楊玉環和薛瑤英。吳王夫差被既豔且香的美女西施所迷，為她修建香水溪、採香徑、百花洲、玩花池、碧井泉、館娃宮，耽於美色終而亡國。薛瑤英是唐中期政治人物元載的小妾，據說她身體自然芳香，元載對她十分寶愛，給她臥的是金絲帳，給她鋪的是卻塵褥。與西施和薛瑤英相比，楊玉環之體帶天香，則幾乎是孺婦皆知。楊貴妃多汗，可濕透羅帕，羅帕因之而芬芳撲鼻，唐明皇專為她建了座沉香亭。李太白當年由蓬蒿人供奉翰林時，曾為玄宗和楊妃觀牡丹花作《清平調》詞三首，中有「一枝紅豔露凝香」之句，即指楊妃之天香。後世有人揣度楊玉環的天香是狐臭，無甚憑依，當然更是不解風情，大煞風景，甚或出於妒忌也未可知。

形容絕世美女姿容，世人常用天香國色一詞，然而真要較真，國色可能不假，天香卻是未必。畢竟，天香只應天上有，人間哪得幾回聞？

齒若編貝

「狂人」東方朔一生言行可錄者眾多，其中之一，是向漢武帝毛遂自薦。話說漢武帝即位之初，徵天下舉方正賢良文學材力之士，待以不次之位，東方朔的自薦書足足用了三千片竹簡，兩個人才能扛起，漢武帝花兩個月才讀完。東方朔在自薦書中自誇道：「臣朔年二十二，長九尺三寸，目若懸珠，齒若編貝……」並說自己勇猛、敏捷、廉潔、守信如同孟賁、慶忌、鮑叔、尾生等等。

懸珠者，眼睛明亮美麗如同懸掛的明珠也；編貝者，牙齒潔白整齊如同編排的貝殼也。我眼睛深度近視，牙齒也壞掉了好幾顆，每讀東方朔此句，常豔羨之。

電視是一件叫人恨的東西。常見青春靚女、風韻少婦、半老徐娘乃至紅潤老嫗，露一嘴燦若編貝的白牙，在螢幕上拿著一支牙膏或者其他什麼玩意兒，做搔首弄姿風情萬種狀。我若是有美國開國總統華盛頓的權力和良心（他曾把黑奴的九顆牙敲下來安到自己嘴裡），真想把她們的貝齒弄幾顆來武裝自己。

擁有一口潔白整齊的牙齒，不僅是健康的標誌之一，並且是帥哥美女的必備條件。

「美容教主」號召的所謂「武裝到牙齒」，首先是美白之。古代日本女性曾流行染黑牙（順帶流行禿眉和白粉臉），是為特例，並且遭到輿論圍剿。清道光年間英國駐上海領事阿利國（就是勾結美法兩國控制上海海關的那個混蛋）就說，染黑牙的日本女人張開的嘴巴，就像「開了口的墓穴」。

中國古人善於打既貼切又風雅的比方，比如以「編貝、榴籽、瓠犀、碎玉」等等美好的物事，來形容人特別是女人的牙齒，讀來讓人如沐春風，遐想聯翩。

《詩經・衛風・碩人》說莊姜「齒如瓠犀」。瓠犀也就是葫蘆的子，燦白、細密而整飭。我幼年時牙好，特別愛吃葫蘆子。葫蘆子不但長相俊美劃一，比起南瓜子、西瓜子、葵花子，其味道更是香了許多。

瓠犀或許是關於牙齒最早的比喻，後人襲用者相繼。唐人權德輿《雜詩》寫女子閨中之思，有詩句狀其明眸皓齒云：「一顧授橫波，千金呈瓠犀。」又有寫一北方十五歲絕代佳人《雜興》詩，句云：「新妝對鏡知無比，微笑時時出瓠犀」。唐人武平一《雜曲歌辭・妾薄命》寫美女，「瓠犀發皓齒，雙蛾顰翠眉。」元人薩都剌《華清曲題楊妃病齒圖》，寫楊妃病齒，有「一點春酸入瓠犀，雪色鮫綃濕香唾」之句。清人蒲松齡《聊齋志異》寫她心目中的嫦娥，「櫻唇半啟，瓠犀微露。」

東方朔之外，用編貝形容牙齒者不計其數，大多用在別人身上，這點比「狂人」謙遜。《太平廣記》引唐人谷神子《博異志・楊知春》，說有一古墓棺中千年玉女，儼然如生，「綠發稠直，皓齒編貝，穠纖修短中度，若素畫焉。衣紫帔，繡襪珠履。」更讓人色心大起的是，此女雖已眠千年，看上去仍然「新香可愛」。《韓詩外傳》卷九形容女子「目如擗杏，齒如編貝。」宋人梅堯臣《采芡》詩也說：「齒如編貝嚼明月，曼倩不復饑腸鳴。」

編貝、瓠犀之外，碎玉、榴籽也常使用。《紅樓夢》裡，曹雪芹《警幻仙姑賦》以寶玉之口寫離恨天上、灌愁海中、放春山遣香洞太虛境警幻仙姑，「唇綻櫻顆兮，榴齒含香」。《中國歷代智囊人物叢書・姜子牙卷》寫紂王眼裡的賈氏，「杏眼桃腮，牙如碎玉，比花能語，比玉生香。」

四個喻詞，無一不精准傳神，奪人魂魄，我這個牙口不好的人，切切傾慕之餘，恨不能如孔悟空一般大鬧閻王殿，喚那陳生在世。據清人俞樾《菱茶香室叢鈔・種牙》記載，有一個善於醫治牙病的陳生，醫術妙絕天下，凡是牙齒有疾患的人，「易之以新，才一舉手，使人終身保編貝之美。」陳生真神醫也！現代動輒力勸患者拔牙的牙醫與之相比，皆小技雕蟲也！

只惜陳生不再世，是為永憾。我也就只好面對電視中無數佳麗的香豔貝齒，空自悵惘了。

膚若凝雪

徵採天下美女以充宮掖，讓千萬朵嬌豔的鮮花，團團簇簇圍著一隻蜜蜂開，這是許多皇帝最樂意做的事情。雖說美人之美千姿百態，但國君選美，自有其標準。明朝大才子楊慎在雲南期間，曾無意中於安寧土知州萬氏家，得到一卷漢朝無名氏所撰《漢雜事秘辛》（一說是楊慎託名自撰）。此秘卷記錄了漢桓帝冊選大將軍梁商之女梁瑩為皇后的整個過程。書中的精華部分，是女官吳姁審查梁瑩全身的文字。這些文字對梁瑩的容止包括目、唇、眉、耳、鼻、臉、發、膚、足、臀乃至隱秘私處的長相及比例尺寸，都作了周詳的描述，可看作皇帝選美的標準，當然更可看作美女的標準。其中關於梁瑩的肌膚的句子有兩處，一云「肌理膩潔，拊不留手。規前方後，築脂刻玉」，一云「如朝霞和雪豔射，不能正視」，皆極言其肌膚之雪白。

一白三分俊，一白遮百醜，膚若凝雪是美女的基礎要件之一。宋玉《登徒子好色賦》寫鄰家美女「肌如白雪」，《詩經》寫莊姜「膚如凝脂」，武平一《雜曲歌辭》寫衛子夫「素膚若凝脂」，韓滉《憶秦娥》寫秦娥「肌膚冰雪嬌無力」，杜牧《宮詞》寫宮女「玉膚如醉向春風」，孟昶《避暑摩河池上作》寫花蕊夫人「冰肌玉骨清無汗」。詩詞中寫美人的肌膚，無論是雪，是玉，是冰，還是凝脂，說的都是白。

歷史上著名的白膚美女，首推三國劉備的甘夫人，也即後主劉禪的生身母親。劉備一生戎馬倥傯，於亂世中拼拼殺殺，辛苦自不待言。然而他命忒好，除了生了個扶不起的阿斗，其他各方面都非常理想。比如他老是走桃花運，其中就有三國著名美女甘夫人。而甘夫人最大的特色就是膚若凝雪。

晉王嘉《拾遺記》上說，甘夫人出身卑微，但體貌特異，到了十八歲的時候，生得是「玉質柔肌，態媚容冶」。劉備將她召入綃帳之中，從門外望去，「如月下聚雪」。恰好這時河南有拍馬屁的，向劉備敬獻了一尊三尺高的玉人。劉備白天處理軍國大事，晚上則抱著甘夫人玩弄玉人。還說什麼，「玉之所貴，德比君子，況為人形，而不可玩乎？」甘夫人與玉人皆「潔白齊潤」，讓旁觀的人分不清是玉人還是甘夫人。以至劉備所嬖寵者，不光妒嫉甘夫人，連玉人也一起嫉妒了。可見甘夫人肌膚有多麼白。

值得補綴一筆的是，甘夫人不僅芳華絕代，且有「神智婦人」之譽。她規勸劉備說，春秋時候，宋國賢臣子罕不以玉為寶，《春秋》讚美他。如今吳、魏未滅，怎能玩物喪志呢？凡是淫惑生疑的東西，不要再拿進來了吧。劉備聽從了夫人的話，「乃撤玉人，嬖者皆退」。

漢惠帝孝惠皇后張嫣，也就是那位「史上最純潔的皇后」（三十六歲去世時仍是處子之身），也是一個著名的白膚美女。她是漢惠帝劉盈的親外甥女，年僅十歲時，由毫無人性的太后呂雉作主嫁給舅舅為皇后。

《漢孝惠張愲後外傳》上記張嫣之膚白，說劉盈每天早上起床，到椒房看張嫣洗臉梳妝。劉盈曾對宮人說：「皇后之色，欲與白玉盤匜爭勝矣。」也就是白得像玉盤，不傅脂粉而顏色如朝霞映雪。又載劉盈駕崩，張嫣穿著一身孝服，白衣映白膚，「轉益靚麗，光彩照耀，殿之上下皆使聳動。」劉盈之弟淮南王曾如此評價張嫣，「吾嫂古今第一麗人，亦第一善人也。」可視為公論。只惜紅顏命薄，在呂後的黑暗統治下，張嫣每日膽戰心驚地過著非人的日子，終而花自飄零水自流。

「肌膚冰雪瑩，衣服雲霞鮮。」（白居易，《送毛仙翁》）白者，純潔也，明亮也。世間女子，有幾個不想膚若凝雪？在男性雌化的今天，連男人都忙著美白起來了呢。君不見，奶油小生滿街走，「雪膚花貌參差是」？

以鳥為聲

有清著名才子張潮，其鄉與我數山之隔，名作《幽夢影》，多年來一直置於我的枕側。《幽夢影‧卷下》有句云：「所謂美人者，以花為貌，以鳥為聲，以月為神，以柳為態，以玉為骨，以冰雪為膚，以秋水為姿，以詩詞為心。吾無間然矣。」張潮可謂審美大家，在現代，最起碼可以當世界環球小姐總決賽的主任評委。張氏生於名門宦族，又兼少年得志，十五歲即有文名，曆事廣，閱人多，於美女標準有獨特見解，自是必然。

美女美女，美麗的女人，歷朝歷代講究的，多是其顏色，於其聲、其神、其心往往忽略，只有張氏發人之所未發。其制定的美人標準，苛刻是苛刻了一點，但面面俱到且精妙絕倫，若有美人如張氏所言，我想世人也都與他一樣，沒有什麼可以挑剔的了。

別的姑且不論，單說「以鳥為聲」。先說兩個例子。

我一同學之妹，色冠鄉里，睹其姿容，可以說是「耕者忘其犁，鋤者忘其鋤」。然而聽其聲音，則無一不歎美中不足。她的聲音與她的相貌完全不相匹配，怎麼說呢，比那烏鴉之鳴稍微好一點兒。暗啞、滯澀不說，還像電鋸解木一般，令人耳膜劇烈痛楚。

經常接到一些冒充某某國家顯赫權力部門女性的電話，以某某正當的名義交辦某某事，須付錢若干云云。聽其聲，往往與廣播電臺或者通信部門的播音員和熱線服務員差不多，鶯聲燕語，嬌嬌滴滴，令人肉酥骨軟。然而見其本人，往往大失所望，如瓜蔞者有之，如菜餅者有之，如外星人者亦有之。

以上二例，均為本人親歷。由是得出一條結論：聲色聲色，並不是任何時候都能統一的。有聲者不一定有色，有色者不一定有聲。

通常古籍裡，描寫美女，多不寫其聲，只狀其色。像《詩經・衛風・碩人》、宋玉《登徒子好色賦》、司馬相如《美人賦》、白居易《長恨歌》、李漁《閒情偶記・聲容篇》、衛泳《悅容編》這些專寫美女的詩文，以毫不吝嗇極盡奢華之詞句，遍讚美人肌體諸多零部件，以及神采風韻，唯獨不涉及美女的聲音，叫人很是不解；古代的美女難道都低眉不語麼？

也有例外。比如曹植《洛神賦》寫洛河之神名曰宓妃者，「柔情綽態，媚於語言」。比如漢無名氏《漢雜事秘辛》記皇帝選妃，選美女官吳嫗看中的美女梁瑩，也就是後來漢桓帝劉志的懿獻皇后，其中一條就是「（聲音）若微風振簫，幽鳴可聽」。

梁瑩振簫幽鳴之聲自是不可一聞，但想來可能與現代臺灣女歌手孟庭葦的聲音差不多。當年孟庭葦初出道之時，人清純如一朵深谷幽蘭，其歌聲泠泠如山澗溪水。猶記二十郎當年紀，我經常躺在故居的舊沙發上，打開答錄機，關掉電燈，在朦朧月光下閉目傾聽《你看你看月亮的臉》或者《誰的眼淚在飛》，甚癡醉。孟庭葦的歌聲彷彿是一隻金蛉子在牆角鳴叫，其聲清越，如翠玉相擊，餘音卻有繞梁三匝之效，聽一遍就不能忘懷。

很多男人喜歡小鳥依人的女子，更有很多男人喜歡佳人燕語呢喃。關漢卿雜劇《杜蕊娘智賞金錢池》寫美女杜蕊娘，「嫋娜復輕盈，都是宜描上翠屏，語若流鶯聲似燕，丹青，燕語鶯聲怎畫成？」蕊娘的婉轉悅耳的低眉傾訴，惹得秀才韓輔臣欲罷不能，歷盡千般辛苦最終娶其為妻。

鳥聲多動聽，夜鶯、燕子、百靈、畫眉、麻雀、黃鸝、翠鳥等等，均歌喉清脆婉麗，百聽不厭。張潮以鳥聲喻美女之聲，是再精准也不過了。今人形容女子聲音曰「黃鶯出谷、雛鳳清音、清泉過石、如鳴環佩、脆如銀鈴」之類，似乎都比不上「以鳥為聲」四字來得典雅、準確、形象。

鳥鳴是有魔力的，鳥鳴一樣的聲音是有魔力的，美麗女子的鶯鳴燕囀，是那雨霖鈴，是那叮嚀泉，是那溫潤玉，更是那世外仙樂，世間幾人不聞之而魂銷？

凌波微步

「清末怪物」辜鴻銘，一生軼聞妙事一籮筐，其中之一是有嗜腳之癖，也就是喜歡聞女人的小腳。「春雲重裹避金燈，自縛如蠶感不勝。只為瓊鉤郎喜瘦，幾番縑約小於菱。」這是辜鴻銘寫給髮妻淑姑的一首詩，贊其三寸金蓮之俊秀。此公理想中的妻子的標準是「小足、柳腰、細眉、溫柔、賢淑」，五要素中小足排首位。前人著書立說，夢想的境界是紅袖添香，此公則是紅顏添腳。他每次寫文章時，總讓淑姑脫去鞋襪坐在身邊，把小腳伸到他的腿上讓他摩挲把玩，聞其腳上的臭味，還美其名曰「肉香」。小腳在握，辜翁頓時下筆千言，非此，定然文思枯澀。

如辜鴻銘般有嗜腳之癖的男人，世間何止千千萬？只是他們不如辜氏坦誠罷了。「燈前目，被底足，帳中音，（美人）逸趣也。」清人衛泳《悅容編》寫得直白。「凌波不過橫塘路，但目送，芳塵去。」北宋賀鑄《青玉案》寫得清雅。「緩步金蓮移小小，持杯玉筍露纖纖。」南宋陳亮《浣溪沙》則寫得近乎狹邪了。古今詩文，於女人兩隻嫩生生的腳片子，精雕細琢不厭其煩，彷彿在碾玉。

說實話，身為男性公民中的一員，我一直大不注意女人的腳。哪怕盛夏街頭，玉足林立，宛如足展，我也很少把目光投向那裡。所以，蒙昧如我，偶爾聽人說「女人的腳是女人的第三性徵，富有情色意味，而女人的鞋子則是性的外套」云云，頗為費解且驚愕。對於辜鴻銘的嗜腳之癖，報之一笑而已，確實不明白女人裹得發臭的腳味，到底香在哪裡。

小腳女人我是見過不少的。在故鄉我的童年時代，上了年紀的小腳女人比比皆是，現在則大多已經作古。我所在村莊一個名叫車灣的老屋裡，就有三位小腳老太。其中一位是我本家的姑奶，曾經向我們這些孩子展示過她的小腳，只不過穿著襪子，死活不肯脫下來。

在陽光敞亮的晌午，老姑奶最舒心的事，就是靠坐山牆，脫下三寸金蓮，然後把傳說中的裹腳布一層層扒下來，曬她的穿著襪子的小腳。其臭飄千里也！我們這些孩子無不掩鼻而奔。然而老姑奶常常從對襟藍褂裡掏出一把水果糖，讓我們去山上採松針，給她作鞋墊，水果糖權作打賞。

老姑奶其時已經很老了，走路一搖三晃，在其二八芳華好年紀，定然有李煜所云「凌雲」之逸態，以及賀鑄所言「凌波微步」之神韻。

老姑奶同屋另一位小腳老太活到了百歲。直到九十九歲那年，這位老太太仍能挑五十斤水桶去園裡澆菜，雖左左右右蓮步搖，卻也從未見她有過什麼閃失。

民國絕對不是什麼好朝代，然而於女人，卻是一場扭轉乾坤的大解放，裹腳惡習的根除，讓女人的腳女人的心從此逐漸自由。卻不料，西風東漸，法國宮廷服裝師發明的高跟鞋，成了束縛女人玉足的另一道枷鎖，與裹腳布唯一不同之處，是一個被迫一個自願。

許多年以前，我就準備寫一個論文，題目就叫做《高跟鞋與裹腳布》，中心論點就是：高跟鞋＝裹腳布。只惜當時懶惰，論文胎死腹中，不然，或許我會因之成為此一論點的首創者。

當然，如果認真深究的話，高跟鞋比裹腳布實在是要高明許多。一來，裹腳布只能讓女人步如楊柳，高跟鞋則還能讓女人挺胸收腹，前凸後翹。二來，裹腳布讓女人玉足如缸中醃臘肉，小腳女人的腳無疑是臭的，高跟鞋則是透氣的，大腳女人的玉足或許真有辜氏所說的「肉香」。三來，小腳女人的腳除其老公，外人難得一見，而高跟女子的腳，則是用來展示的。那小船一樣的高跟鞋，除了是對付色狼的暗器，更像某種意味無窮的暗示。

東坡兄是個值得一交的性情中人，不僅寫得盪氣迴腸的「大江東去，浪淘盡，千古風流人物」，寫得繾綣溫柔的「縹緲紅妝照淺溪，薄雲疏雨不成泥」，也寫得「塗香莫惜蓮承步，長愁羅襪凌波去；只見舞回風，都無行處蹤。偷立宮樣穩，並立雙趺困；纖妙說應難，須從掌上看」這樣風流香豔的《菩薩蠻》。

凌波微步，羅襪生塵，千百年來，女人似乎無法逃脫「為悅己者容」的宿命，男人也無法逃脫「為知己者死」的定數。人，是徹頭徹尾的感情動物。少數無情的，非人也！

蘭心蕙質

話說東漢開國皇帝劉秀當初帶兵抵達河南新野，聽說新野豪門千金陰麗華貌若仙子，後來他來到長安，又見到守衛京師的執金吾車騎甚盛威風八面，因而深切感歎到：「仕宦當作執金吾，娶妻當得陰麗華。」事見《後漢書・皇后紀・光烈陰皇后》。

仕宦當作執金吾，當然只是劉秀還未發跡時的「小志」，後來他當上了皇帝，位列九卿的執金吾不過是衛戍他的禁兵首領，成了他賞賜的「對象」。倒是新野絕色佳麗陰麗華真的讓他神魂顛倒，受封武信侯不久，他就急猴猴地將她迎娶進門。

劉秀以沒落皇族之身於亂世起兵，大戰昆陽，平定北州，擊滅赤眉，掃平關東，終於一統天下，然後偃武修文，勵精圖治，作為一個君王，劉秀可謂一代英主。作為一個男人，他也是洪福齊天。他的兩個心愛的女人，郭聖通和陰麗華，都是在他提著腦袋幹革命時而非尊榮盛極時委身於他的，史論曰：「英雄佳麗，共度時艱」。

其中的陰麗華，不僅出身名門（管仲之後，家族可比諸侯王），姿容豔麗，而且端莊賢淑，有母儀之美，為一代賢後。她曾力辭後位讓與郭聖通，性情寬仁雅致，還將另一個有「千古賢後」之譽的明德皇后馬氏扶上後位。

容貌沉魚落雁，品格冠絕天下，這樣的女子，可謂是蘭心蕙質了。

歷史上這樣的煙火神仙，青史上留下了名姓的，除了漢光武帝的皇后陰麗華、漢明帝劉莊的皇后馬氏、唐太宗李世民的長孫皇后，還有卓文君、李清照、董小宛、《浮生六記》作者沈復之妻芸娘，以及民國時期的曠世美女加才女林徽因等等。這些女子，不僅在群芳叢中一枝獨豔，放在人類史上，她們也是千百年隻出個把幾個的人中翹楚。

古今讚美女性容貌的詞句不知幾許，贊誦女子品德高尚的詞句不可勝計，二合一詠歎女子容貌品格的也可裝幾升幾鬥。然而依我看來，所有的佳詞妙句，都比不上蘭心蕙質四字。好比人間三月天萬花鬥芳菲，細看起來，其實不過是些庸脂俗粉罷了，絕不如無人深谷裡，那默默獨開的幽蘭一枝。

上天眷顧，讓一個女人生得閉月羞花、傾國傾城，讓千千萬萬個男人女人仰慕之、追求之。這純粹是那個女子的運氣好，一顆精子與一粒卵子那麼一個急切地擁抱，製造出來的人如沙子之眾，其中極少有美若西施、王嬙者，也極少有醜若無鹽、黃碩者，更多的是平平常常的中人之姿。人世間，有幾個男人不愛百媚千嬌的女人？又不幾個女人不豔羨或者妒忌玉貌絳唇的同性？那妒忌，自然是豔羨到極至無疑。

然而，假如俊美女子不幸無德，心性陰鷙、歹毒如妲己、呂雉一般，則必是真正的紅顏禍水了。大丈夫娶妻，最理想的當然是有色有德，無色有德次之，無色無德則此男子應該頭撞南牆。當然，如劉秀一般的雄才大略，如趙明誠一般的才高八斗，如梁思成一般的學富五車的男人，畢竟是男人中的極品，剩下的如同秋風中的灌木叢一樣的平庸男子，除非像沈復那小子一樣特別有福，否則，於蘭心蕙質的女子，都只有臨淵羡魚的份。話又說回來，羡一羡也是好的，有夢比無夢到底是強些，也好激勵自己下輩子一定要生得風流倜儻，修得才華橫溢，兼且能立萬世功名於不朽。

寫到這裡，突然想起自己青蔥少年時的事。

少時慷慨，曾將蘭心蕙質四字隨意贈予多名相識的女性。而今深悔焉，嘆息自己年少輕浮，恨不得甩自己幾個清脆大耳光。在經歷了許多紅塵風雨之後，現在以為這四個字高貴聖潔宛若白玉蘭初綻，不是所有的女人都有資格亭亭佇立於樹下。

蕙質，蕙草一樣美好的姿容；蘭心，蘭花一樣純美的心靈。所謂蘭心蕙質，也就是身心芳潔，秀外慧中。這樣的女子，耳聞之而生豔慕心，眼見之可謂三生有幸，有幸娶其為妻者更是百世修來的福分。

這樣的女子，是綠波芙蕖，是清香冊頁，是大地上的煙火神仙。

第五卷

如夢

書生豔夢

女人天生愛作夢，據說這有其生理構造上的複雜原因。但自古以來，愛作夢的其實不光是女人，還有一代又一代的書生。「富家不用買良田，書中自有千鍾粟；安居不用架高堂，書中自有黃金屋；出門莫恨無人隨，書中車馬多如簇；娶妻莫恨無良媒，書中自有顏如玉；男兒若遂平生志，六經勤向窗前讀。」說這話的是皇帝老兒宋真宗趙恒，道出的卻是全天下讀書人的四個偉大夢想：錦衣玉食的富足生活，朱門廣廈的豪奢居所，前呼後擁的八面威風，嬌妻美妾的左右陪伴。縱觀歷代典籍，書生的這人生四大夢，可謂是一以貫之的，從來不會因為朝代更迭世事輪換而有任何本質上的嬗變。這裡，我想借唐宋傳奇說說書生的第四夢：「豔夢」。

翻開唐宋傳奇，傳主為書生的篇什比比皆是，寫書生，又多涉及書生的豔遇。傳奇中的書生，或者是在荒郊野外，或者是在趕考途中，或者是在書房苦讀之時，或者是在仕途蹭蹬之際，突然有了一場意料之外的豔遇，於是「你儂我儂，忒煞情多」，來一場「情多處，熱如火」的人生情戲。書生豔遇中的佳人，有的是現實生活中的麗人，比如皇帝老兒的金貴公主，鄉村員外的寶貝閨女，草民之家的天然碧玉，更多的則是虛無縹緲的神女、仙女、鬼女、妖女乃至獸女。儘管這些豔遇中的女主角，有人、神、鬼、妖、獸的「物種」上的分野，卻無一不是天香國色風華絕代。其中有的還蘭心蕙質，不但明豔無雙，更兼才情可觀，頗合清張潮《幽夢影》中「所謂美人者」之苛刻標準，從而惹得書生如獲珍稀，親之近之，摟之抱之，愛之寶之，不能自已。

然而，傳奇畢竟只是傳奇，傳奇中的豔遇，大多特別的美好完滿而又特別的荒誕無稽，現實生活中基本上很少發生，有的完全可以說根本不可能發生。所以，這些所謂的豔遇，準確地來說不是豔遇，而是豔夢。

先說說書生與神仙女子的豔夢。這類故事以唐傳奇為最多，原因大約是唐朝崇尚文學，風氣浪漫，再加上不少皇帝幻想得道成仙，上有所好，下必效焉，於是傳奇故事中有大量的天上神仙在凡間出現。中唐牛僧孺所著十卷本《玄怪錄》中，有一篇《崔書生》，說的就是書生與神女的豔夢。

話說唐開元、天寶年間，有一個姓崔的書生，喜歡在家門外廣種花草竹木。有一天，一個殊色女郎騎著一匹馬，率領一干跟班，經過書生家門口。書生為其風神美色所吸引，準備上前搭訕，說些「姑娘好漂亮，小生一見，立時骨酥肉麻」一類軟綿綿的情話，不料女郎卻已經打馬走過。第二天，女郎又經過他家，崔書生像知道她會再次經過似的，事先備好香茗美酒，鋪好草席，見女郎西來，趕緊迎上前去，誠請女郎下馬賞花、品茗、飲酒、敘話。哪知道女郎心性高傲，對他的殷勤根本就不屑一顧，但見馬鞭揚起，香風已遠，叫崔書生鬱悶不已。後來，崔書生在女郎一名跟班的幫助下，終於娶得女郎為妻。可是崔書生的母親是個本分人，她見媳婦風姿過於妖美，懷疑是狐狸精變的。媳婦得知婆婆的心思後，就與崔書生灑淚話別，離開了他們家。臨走時，她送給丈夫一隻白玉合子留念。後來，有西方的僧人來，說那只白玉合子是至寶，並說書生的妻子原本是王母娘娘的第三女，名叫玉卮娘子。

《崔書生》這篇傳奇說的是一個典型的人神遇合故事。據考證，人神遇合故事見諸文學作品，可以追溯到戰國宋玉的《高唐賦》和《神女賦》，後世又有三國曹植的《洛神賦》。而小說中的人神遇合故事，至少可以追溯到西漢劉向《孝子傳》中的《董永》。唐傳奇中，有大量的人神遇合故事，如《太平廣記》所收的唐張薦所著講述天庭織女與人婚戀故事的《郭翰》，唐戴孚所著《廣異記》中講許氏男子與嵩山神女合歡故事的《汝陰人》，唐李朝威所著講述書生柳毅與龍女相愛故事的《洞庭靈姻傳》，等等。這些豔夢故事的男主角多是書生，即使不是書生，而是浮浪輕薄的公子哥兒，或者是普普通通的市井草民，他們代表的仍然是書生，或者說他們的代表的是身為書生的著作者本人。這類豔夢，情節大多是：書生偶遇女神仙，相互愛慕，一夕同床歡娛，有的還結為夫婦，後上天召喚女神仙上天，只好一拍兩散。結局好的，則是書生與女神仙一起得道成仙，如《洞庭靈姻傳》中事。

書生的豔夢對象，有神女仙女，更多的卻是妖女和鬼女。以女妖女鬼入夢，或者刻薄點說，以女妖女鬼為意淫對象，其因由，我暗自揣測，可能與妖鬼比神仙更容易親近、狎昵有關。古人多信神且又信鬼，然而神鬼之分野，其間不知幾千里也。天上仙女，山中神女，水中龍女，都身分高貴，地下除了一腦門子夢想其他什麼都沒有的書生可望而不可及，而且書生對女神仙還「仰之彌高」，有巴結嫌疑，總之是地位不甚平等。何況，以神仙入夢，萬一天神知曉怪罪下來，身無可逃之處。而山間花妖木魅，墓中女鬼僵屍，本非正道，地位卑微，書生把豔夢的對象寄予妖鬼，不說可以俯視，最起碼在人格上是平等的。書生與女妖女鬼的豔夢，見諸唐宋傳奇的不可計數，現各舉比較有代表性的一例。

五代無名氏所作《榕樹精靈》，說的是一個讀書人與女妖交合的故事。有個叫穆師言的幕僚，風姿俊美，妙解音律，善詩能文，喜歡遊賞。農曆七月十五，也就是民間所說的「鬼節」那天，他在樹木深處遊玩，遇見「衣藍羅衣，服翠冠珠珥」、自稱姓林（暗示其為樹精）的美女，且美女對他似有戀慕繾綣之意。於是，他屁顛顛地跟隨美女行到了她家，受到美女及其兩個姐妹的款待。把酒言歡、吟詩作對一罷，穆師言與美女行床笫之事，歡樂自是啷咯哩咯咚。五更天的時候，美女忽然匆忙把穆師言叫起告別，說明年今日再會，臨行送裙帶上的素絹三尺與穆，並切誡他勿泄於人。可是一出門，朋友就說他身上有穢氣，再看那三尺素絹，原來是給死人蓋臉用的絹帛，穆師言於是把他遇到的事跟大家說了。第二天，穆師言與朋友來看昨天與美女遇合之處，原來是一棵榕樹。事情被官府知曉，最終榕樹被砍倒，但見流出的樹汁顏色如同鮮血。真是女妖多情，奈何情哥哥無情又無義！

宋傳奇中有李獻民的一篇《錢塘異夢》，說的是書生與女鬼相戀的故事。司馬光的侄孫、當時的飽學巨儒司馬櫄，夢中遇見一位豔麗佳人，相互一見鍾情。佳人別去前，留詞一首，說「妾本錢塘江上住。花落花開，不管流年度」云云。後來，司馬櫄因調動經過錢塘江，想起夢中的佳人，於是作了一首詞來表達強烈思念之意。當夜，佳人再次入夢，兩人相將就寢，快樂嘿咻了一番。到得天亮，佳人留詩又別。後來，司馬櫄把這事跟同事說了，同事說，你的公署後邊是蘇小小的墓，你的夢中人可能就是蘇小小。司馬櫄此一豔夢，對象是錢塘名妓蘇小小，可謂福分非淺，只是司馬櫄暴亡這個結局有點不太妙。

人鬼人妖之戀在唐宋傳奇中所見很多，像唐沈既濟《任氏傳》中狐妖任氏與鄭六戀愛，唐韋瓘《周秦行紀》中落第書生牛僧孺與前代四大美女之一的王昭君同床共枕，宋無名氏《范敏》中女鬼李氏召落榜書生范敏相聚，唐崔致遠《雙女墳記》中作者本人與女鬼八娘子、九娘子三人一床共度良宵，等等。此類書生豔夢故事，大多有個模式：書生偶遇美女，纏纏綿綿共赴愛河，待得天將曙，兩人不得不依依惜別。出得門來，書生再次回頭，卻發現剛才的高門大宅，已然化作了荒墳野廟。

書生豔夢的對象，還有獸女。所謂獸女，野獸變化的美女是也。故事中的美女，或者是老虎所化，或者是猩猩、猿猴所化，或者是田螺所化。《太平廣記》中收錄有一篇唐陸勳的《崔韜》，說的就是母虎化作佳麗與書生崔韜婚配的故事。

崔韜在行旅之中，夜宿滁州仁義館，二更天時分，正準備展被就寢，這時他忽然看見一隻老虎走進門，脫去獸皮，頓時變成一位打扮時尚的美女，然後鑽進崔韜的被子。崔韜倒也膽大，笑納之。第二天，崔韜把美女脫下來的獸皮扔到枯井中，並與其結為夫婦，生下一個兒子。後來，崔韜到宣城任職，與妻同行，途中再次住到仁義館。他無意中告訴妻子：「往日卿所著之衣猶在（井中）。」妻曰：「可令人取之。」不想，妻接到獸皮馬上穿上身，立即化為一隻老虎，「跳躑哮吼，食子及韜而去」。故事一開始倒也美妙，末了卻是血淋淋的，虎毒尚不食子，這只母虎卻連兒子和丈夫一塊兒吃了。讀此，不禁陰風襲來，毛骨悚然。

唐宋傳奇關於人獸遇合的故事，還有唐薛漁思作品《申屠澄》中的人虎之戀、唐皇甫氏作品《吳堪》中的人螺之戀等，總數不是太多。說實在的，讀書生與神仙女子的遇合故事，我有些心馳神往；讀書生與鬼女妖女的遇合故事，我只當作人間平常煙火愛情看待；而讀書生與獸女的遇合故事，我心裡總有些怪異、疏離感，彷彿有一隻毛乎乎的熊掌正在背上貌似溫柔地撫摸。人獸交合，畢竟是令常人難以接受的。

夜深人靜，靠在床頭貪婪地讀唐宋傳奇，其中關於書生豔夢的篇章，尤其讓我愛不釋手，大約此中也有惺惺相惜的念想吧。在讀的過程中，我也一直在思考：為什麼書生一個個都喜歡做不切實際的豔夢？

思來想去，我想不外乎是：客觀上，古往今來，書生裡生計窮蹙者多，命運坎坷者多，懷才不遇或自以為懷才不遇者多，所以，往往借助杜撰的豔夢來表達自己對美好生活的訴求。主觀上，書生以詩詞文章為心，多愁善感者多，心靈孤獨者多，異想天開者多，於是出於白日夢心理，編織一個又一個綺麗曼妙的豔夢來慰藉自己。總之，那些傳奇中的書生，還有那些寫傳奇的書生，都是在虛擬一場場風花雪月的浪漫愛情，來滿足他們對不食人間煙火的純粹愛情的渴望。正如佛洛德所說的：「夢代表著願望的達成。」他們不過是在借一部部愛情傳奇，來澆心中塊壘。

而樓閣空茫，愛情虛幻，書生越是寫繁華，越是寫得意，越是寫人與神、與仙、與鬼、與妖、與獸如膠似漆的豔情，他們的內心，也許恰恰相反，正無比落寞，無比失意，無比孤單。書生書生，為書而生，以書為生，橫直都不過是苦命人。若不是有趙恒詩中道出的人生四夢支撐，那清燈黃卷、孤影徘徊的日子如何過得下去？幸好有夢。

再說了，嬌妻美妾，軟玉溫香，鶯鶯燕燕，依紅偎翠，這些，恐怕不只是書生的人生大夢吧？天下的男人和女人，捫心自問，誰的內心裡沒有豔夢？只是有的人隱藏很深，有的人沒有話語權，有的人無力表達而已。「綠衣捧硯催題卷，紅袖添香伴讀書」，書生不過是像皇帝的新裝中那個純真小孩子，一語道破了天下人內心那點小小情欲罷了。

生是浮生，世是俗世

公務之暇，休假之日，入夜之後，惡見生人、小人、偽君子以及平素不得不見之俗物。這實屬個人惡癖，不輕易為世俗所理解和原宥。曹雪芹云：「世事洞明皆學問，人情練達即文章。」這是做人處世的最高水準，跟境界、品質、學問、才情密切相關，我忻然嚮往之。然而「幾度夕陽紅，青山依舊在」，一個人的本性，是比愚公矢志要移的太行、王屋二山更難撼動的。一個真正愚魯的人，大約就是這樣的：不是不知其不可為，而是明知其不可為而為之。《浮生六記》的作者沈三白及其愛妻陳芸（芸娘），差不多也是愚魯路數的人。

《浮生六記》名世已有一百餘年，沈三白卻仍然是個謎一樣的人物。「沈復，字三白。元和人。工花卉。」刻於清道光年間，彭蘊璨所撰《歷代畫史滙傳》一書，用如此稀疏的文字記載沈三白。之後，清道光年間政論家馮桂芬在同治《蘇州府志》中說：「沈三白《浮生六記》。三白失其名。按無錫顧翰《拜石山房集》有《壽吳門沈三白詩》。」這些粗枝大葉的記載，完全不能滿足《浮生六記》迷戀者對沈三白生平的求知欲。所以，僅從現有資料以及《浮生六記》一書內容看，沈三白生於清乾隆癸未冬十一月二十二日，即一七六三年十二月二十六日，蘇州人，父親係縉紳士大夫。他喜讀書，善屬文，擅丹青、盆景和園林，無功名，賣過畫，做過小生意，但主要以游幕為生，足跡到過很多地方，為人落拓不羈，然而謀生能力太差，以至窮困潦倒。要而言之，沈三白就是一個多才多藝卻自己養不活自己的書生。也許，正應了前人所言：「詩必窮而後工。」正是窮愁悲苦成就了沈三白和《浮生六記》，一如大歡樂轉作大悲慟成就了曹雪芹和《紅樓夢》。

當作家至少有一樣好處，假如寫得錦繡文章流傳於世，哪怕身化泥土骨埋荒塚，也能因不朽文字而千古流芳。沈三白身世之謎不可解，固然是件憾事，然而也正如錢鍾書當年對其超級粉絲、一名英國女郎所說的那樣，知道雞蛋好吃就行了，何必一定要見那個下蛋的母雞？其實，早在光緒年間，也即《浮生六記》面世之時，沈三白的身世就已經無從考證了。它的發現者和最早刊刻者楊引傳，很偶然的機會，在其家鄉蘇州的冷僻書攤上淘得《浮生六記》，他在《浮生六記序》中寫道：「《浮生六記》一書，余於郡城冷攤得之，六記已缺其二，猶作者手稿也。就其所記推之，知為沈姓，號三白，而名則已逸，遍訪城中無知者。」

《浮生六記》少年時代曾草草翻閱過，卻幾乎沒有在心底留下什麼印象。好書如山中隱士，如渾然璞玉，如出岫煙雲，沒有一定的人生閱歷，沒有一雙磨礪過的慧目，沒有一顆沉靜若秋湖的心，是斷然難以進入書中之境的。何況，《浮生六記》是一本滄桑的書，一本蒼涼的書，一本淒美的書。多年以後，在秋陽朗照宜讀古籍的下午，面對屋後荒草連天的山坡，我重新展卷，前朝書生沈三白和他那可愛的妻，像久違的故人，在書中向我招手。

《浮生六記》共六卷，其中後兩卷《中山記歷》和《養生記道》早已被證明是後人偽作，不僅文字粗鄙，兼且氣韻盡失，完全可以棄之不讀。就前四卷《閨房記樂》、《閒情記趣》、《坎坷記愁》、《浪遊記快》而言，寫極樂之事的《閨房記樂》與寫極悲之事的《坎坷記愁》，最能見沈三白的文字功力，最能見沈三白及芸娘之真性情，最能見俗世浮生諸般幻象，也最是讓人為之動容。

沈三白和芸娘原是表姐弟，芸娘是三白舅舅的女兒，比三白大十個月，因為親戚這層關係，兩人自幼就兩小無猜兩情相悅，故而他們的婚姻表面上看是媒妁之言，實質上卻是以自由戀愛為基礎的。三白十三歲時與母歸寧時，就跟母親說：「若為兒擇婦，非淑姊不娶。」他母親也喜愛芸娘的溫婉和順，於是兩家當即締結婚約。

芸娘是個什麼樣的人呢？其相貌，據三白描述「削肩長項，瘦不露骨，眉彎目秀，顧盼神飛，唯兩齒微露，似非佳相。」也就是說長相不俗，唯一的缺陷就是有兩顆牙齒稍稍外露。其行止，三白描述道：四歲時父親去世，家徒四壁，稍大後，嫻於女紅，母親、弟弟和她自己一家三口，都靠她做女紅養活，弟弟上學的花費，也是她籌備。芸娘從小聰穎異常，剛剛學說話時，人家教她白樂天的《琵琶行》，她馬上能夠背誦。後來，她在裝書的竹箱子裡得到一本《琵琶行》，一個字挨一個字地認，從此能讀書識字。在做女紅的閒暇，她自學作詩，漸通吟詠，並且詩作頗為不俗，有「秋侵人影瘦，霜染菊花黃」之句。與三白成婚後，她「事上以敬，處下以和，井井然未嘗稍失」。也就是說，芸娘是一個美麗、賢慧、聰穎的好女子。

在結婚之初，三白和芸娘依附父親生活，住在蘇州滄浪亭畔。後來，三白弟弟成家，三白和芸娘搬到別處單獨生活。三白的父親以幕僚為生，雖然收入頗豐，但是為人慷慨豪俠，「急人之難，成人之事，嫁人之女，撫人之兒」，為他人揮金如土，家境並不殷實。並且由於對兒媳芸娘的多般誤會，遷怒於長子三白，所以對長子一家並無多少經濟上的實質資助。再加上三白謀生能力太差，所以居家常常捉襟見肘，不時靠典當生活。然而，雖然經濟上不寬裕，甚至是入不敷出，但夫婦倆的精神生活卻十分豐富而滋潤。

書中記述二人伉儷情篤、互敬互賞，夫唱婦隨、越軌脫俗之事甚多。如鬼節之夜，坐對滄浪亭，邀月暢飲，觀賞流螢，聯句遣懷；如借居鄉野，植菊東籬，垂釣柳陰，聽蟲池塘；如與船家女素雲飲酒船上，射覆行令，動手動腳，嘻笑狎昵，擊碟作歌，被人疑是三白與妓女在船上喝花酒；如芸娘主動百般張羅，為三白納美且韻的娼家女憨園為妾，若非半路被強權者強行奪去，美事差點成功；如芸娘扮作男子，與三白同遊洞庭君祠，芸娘在廟中見到女客，忽然忘記自己身分，突然按一少婦肩膀，被人誤為耍流氓；如寄人籬下時，本已貧困不堪，仍常邀三五知己，吟風弄月，品詩論畫，鬻文沽酒，過著名士生涯……

沈三白性格自是豪放不羈、瀟灑風流，芸娘雖然居家「若腐儒，迂拘多禮」，但內心卻是一個蔑視陳規舊法、俠風義膽、可親可敬的奇女子。林語堂說，芸娘是中國文學中最可愛的女人，點評可謂確當。曹雪芹說「閨閣中本自歷歷有人」，芸娘當然更是閨閣奇葩。有此愛妻，三白自然是如在仙鄉，用他的原話來說就是，與芸娘「鴻雁相莊，廿有三年，年愈久而情愈密……自以為人間之樂，無過於此矣」。

然而人生極歡樂處常是悲的起點，極得意處常是失的開端，三白與芸娘又生在禮教吃人的封建時代，如此種種離經叛道的行徑，自是不為世俗所容。

家庭的變故是三白和芸娘坎坷的發端。最初是，三白的父親在浙江海寧公幹，與家裡通信，命芸娘代為回復，但家庭裡每每有閒言碎語，婆婆就懷疑是媳婦在信中挑唆的，於是不讓她回信。可是公公見來信不是芸娘手跡，懷疑是芸娘不屑代筆，從此失歡於公公。後來，公公想在家鄉物色一名小妾，叫其友人幫忙，友人密信請芸娘密訪。芸娘訪得姚氏之女，然而不知道事情到底能不能成，也就沒有及時告知婆婆，待公公已納姚氏女，婆婆大怒，從此又失歡於婆婆。三白的弟弟啟堂向鄰婦借貸，請芸娘作保，鄰婦追債，啟堂反而說芸娘多事，公公怒不可遏，勒令三白夫婦滾出家門。芸娘原本就有血疾，這一系列的家庭變故更讓她的病雪上加霜。兩年後，公公知道了以上諸事的始末，讓三白夫婦重歸故宅。又不料，因為芸娘為三白納憨園為妾之事，再次讓公婆震怒，又一次將他們趕出家門。三白和芸娘不得不寄居鄉下芸娘幼時密友家中，其與兒女相別一節，讀之不禁讓人淚潸然。芸娘本就以憨園之事為恨，再加上公婆的無情，所以血疾大發，自此骨瘦形銷，病況日甚。

生活本已非常艱難，芸娘治病又得花大筆錢，三白無奈，遠途奔赴姐夫家中，先是索債，後是借貸，一次遭冷遇，二次吃了閉門羹，可謂狼狽已極。而芸娘在重病八年後，終於撒手西去。恩愛夫妻不到頭，三白痛失愛妻、知己、親人，其屋中等待芸娘魂歸一節，動天地，泣鬼神，真是不忍卒讀。芸娘逝後，三白在朋友資助下，才將愛妻入殮，無錢扶柩回鄉，只好將芸娘暫且葬在他鄉。再後來，三白的父親去世，弟弟啟堂清理門戶，三白已是家破人亡，又受到弟弟的百般羞辱，終於對親人完全絕望。

《浮生六記》文字似淺白而實清麗，運筆似輕巧而實厚重，寫景滿紙煙霞，敘事言簡意深，狀情蘊藉動人，非胸中有萬千丘壑、萬千風流、萬千才氣、萬千憤懣者，斷不能辦到。讀者但凡有心，必樂作者之所樂，憂作者之所憂，苦作者之所苦，怨作者之所怨。

然而，《浮生六記》寄託遙深之處，除夫婦深情外，還在「浮生」二字。與曹雪芹看破紅塵相似，沈三白也是洞穿世情。他和芸娘的悲慘人生，固然有他們處事不當、言行出格、不擅生計等方面諸多的自身原因，關鍵卻是因為俗世、俗人、俗禮對他們的束縛、傾軋、擠兌。若是生在大觀園中，三白自是寶玉一流角色，而芸娘則當是那黛玉。像寶黛一樣，三白和芸娘雖然均是冰雪聰明，骨子卻是愚魯的不與流俗通融的傲骨。所以，後世有人把《浮生六記》與《紅樓夢》相比擬，這並非強扯硬拉，二者確有許多相似相通之處。

靜讀《浮生》，感慨繫之，心常悱惻疼痛。沉鬱中，忽然腦中閃出一句話：「一切世都是俗世，一切生都是浮生。」似乎可以用它來狀摹沈三白寫《浮生六記》的心思。自古聖賢皆寂寞，自古名士多坎坷，時移世換，而人情世象，並未發生多少質的改變。

今天的世難道不是俗世，今天的生難道不是浮生？若沈三白和芸娘生在當代，依照他們的性情，其離經叛道之處，定然更是花樣百出，也許照樣不容於世。

第六卷

品藻

風行水上的瀟灑

夜逛舊書店，淘得一冊林語堂《無所不談》，陝師大出版社二〇〇八年八月版，全新，只裝幀略顯淩亂俗氣，價值區區十數元。其實裡邊的文章早已讀過，一些篇章比如《古書有毒辯》、《論踢屁股》、《母豬渡河》，早就爛熟於心。完全可以不買，可是彷彿好色之徒見了美妙的女子總忍不住要上前搭訕，我見了林語堂也總是心動手癢。這麼些年，林林總總，搜羅的林氏作品已經為數不少了，《生活的藝術》、《京華煙雲》、《武則天正傳》、《蘇東坡傳》、《林語堂文選》、《有不為齋文集》……等等，甚至包括英文版的《吾國與吾民》。英文版的我幾乎一字不識，望著也頗覺養眼。

林氏是知交舊人了，「聽雨歌樓上」的青澀少年時就極是崇拜，到了「聽雨客舟中」的年歲，仍極景仰兼羨慕其人其文之「風行水上的瀟灑」。盤算起來，與林氏同時代的民國文人，我敬過魯迅、周作人，愛過梁實秋、郁達夫、張恨水，唯有對林氏之愛從未減色分毫。愛其詼諧，愛其機智，愛其博學，愛其個性，愛其風神，更愛其穿著長衫提著煙斗戴著亮閃閃的鏡片坐在凳子上兀自眯眯笑的樣子。是真名士自風流，誇的大約就是林氏一類人物吧。

嚴格說來，林氏是吾師，雖然假如他健在的話，絕對不肯認我這樣的三流文人作學生，但他的作品在我初習寫作時，的確給了我很多的啟發。

一九九〇年冬，我就讀於安慶，得了兩筆獎學金，總數目好像是六十元，寒酸學生時代，這雖然算不上鉅款，但也的確算得上是一筆大款。領了獎學金的當天下午，我直奔安慶吳越街新華書店，買了一本《現代漢語大詞典》，一本《林語堂文選》。其時我和當年許多楞頭青黃毛丫一樣，正狂熱地做著文學夢，買書讀書都是為了有朝一日當一個名振三山的作家。那《林語堂文選》原是一套，上下兩冊，價格似乎是每本八塊多錢，我在書架前躊躇者三，徘徊者四，摸錢包者五，末了到底只買了上冊，一直走到校門口還在寬慰自己：「等下次得了獎學金再買下冊不遲。」可是忽忽二十多年過去了，《林語堂文選》我仍然只有「半部」。人生如同叉麻將，總歸是「遺憾的藝術」。此後我狂買林語堂，可能也有此一遺憾情結驅使吧。

九十年代初，汪國真的矯情詩，瓊瑤阿姨的哭鼻子小說，以及金庸大俠的「飛雪連天射白鹿，笑書神俠倚碧鴛」，正一統校園閱讀江湖。民國諸文人的書除了魯迅作品之外，也剛剛被當作寶貝重新從暗無天日的地底裡挖出來再版；所以我當時讀林語堂，是一件令眾文青刮目相看的事。記得有一次晚自習教室息燈之後我借傳達室閱讀林語堂，並豪邁眉批之，屯溪一哥們對我大加青睞，當眾贊我「小子可造之材」云云。實話說，當時我也頗得瑟。後來數年，這半部林語堂被我翻得稀爛，批註得密密麻麻，終於到了要用牛皮紙重新包裹的地步。再後來，胡亂讀書，這半部林語堂才被珍藏到老家的書房裡。

文字有「毒」，染人至深，林氏之人物風度神韻、寬厚胸懷、幽默言語影響我極大也就理所當然。畫虎類犬也好，拾人牙慧也罷，畢竟撿得些燒餅上的芝麻，也夠受用一生了。閒暇時，只要想起林氏「兩腳踏東西文化，一心評宇宙文章」之語，即生豪壯心；想起他老人家論世界大同的理想生活，即生嚮往心；想起他魏晉人物般風行水上的瀟灑，即生豔羨心。

而最直接又最得其真昧的影響，莫過於吸煙。我二十五歲以前本不吸煙，即使此前一直贊同林氏關於吸煙妙處種種之妙論（當然也完全可以說是謬論）。然而成為一個煙民之後，每每悔不當初之際，則每每引林氏之高論以自我安慰。思去想來，骨子裡我受香煙這「白色小妖（鄙人十二年前首創之比喻）」的誘惑，應當也有林氏的蠱惑功勞。

林氏曾「清算月亮」，在吸煙這一點上，我恐怕要翻臉不認人，要叛師滅祖一把，來個「清算語堂」了。

「老實」的長篇

總體而言，中國作家的寫作都比較老實，尤其是小說家，往往把一個哪怕本來十分動人心魄的故事，講到令讀者懨懨欲睡。比如賈平凹的《秦腔》，敘述疙疙瘩瘩，拖遝遝，緩慢得如同老牛拉破車，如同一個風燭殘年的老人在含糊不清地嘮叨著他無甚建樹的冗長一生，不忍卒讀。多年前藏有老賈短篇小說集《晚雨》，係其年輕時候的作品，清新自然，唯美飄逸，堪稱短篇中的精品，特別是「商州系列」。此後老賈的小說，江河日下。然其散文造詣越來越深，厚醇如濁醪，品之有餘味。

不僅是老賈，其他風頭正健的小說家，也大多不會講故事。即使是獲得矛盾文學獎的作品，像第八屆莫言的《蛙》，劉醒龍的《天行者》，講故事的藝術都顯得過於老套陳舊，餘者更不足觀。小說當然不完全是故事，然而小說首先必須是一個故事，故事是小說的肉。肉不豐盈，其形必瘦；肉不結實，其形必腫。這些年讀國內小說，對中國小說頗有感觸：一部長篇，或者完全可以濃縮為一個短篇，或者完全可以在技法上作些積極變化。

反觀外國作家的小說，則寫作技法新穎，講故事的藝術變幻莫測，想像力奇特而豐富。像美國作家邁克爾・康奈利、保羅・奧斯特、斯蒂芬・金、勞倫斯・布洛克、斯特爾・帕夫洛、凱薩琳・斯多克特，日本作家殊能將之，英國作家路辛達・麗雷，西班牙作家卡洛斯・魯依斯・薩豐，挪威作家喬斯坦・賈德……等等，讀他們的小說，每一部都像在走迷宮，在歷險，叫讀者總是充滿期待，而且總有參與感，而不是一味地袖著手冷眼如是觀。

像我正在讀的路辛達・麗雷的《一九四五年的戀人》，說的不過是兩樁淒美的愛情，要是中國作家，必然寫成兩部不錯的小說，然而路辛達・麗雷卻用血緣聯繫，將二者神奇地維繫在一起，讓讀者在時空、角色的頻繁轉換中，體味到多層次更深刻的意味。像幾年前讀的保羅・奧斯特的《幻影書》，用迷宮與疊影的魔法，把主人公齊默追尋默片奇才的簡單故事，講述得懸念重重、玄機四伏。像殊能將之的《剪刀男》，故事讀到一多半仍覺平常，讀者鐵定認為故事中的兇手是個男人，可讀到最後，才發現我們都被作家欺騙了，他的障眼法運用得爐火純青。

我一直以為，小說第一要好看，也就是首先要有一個好看的故事，流傳於世的經典如《紅樓夢》、《百年孤獨》，故事莫不殊麗，講故事的藝術莫不高妙，想像力莫不具有驚歎效果。只有骨頭（思想）而無血肉（故事）的小說，遠不如一篇哲學論文或者一首哲理詩、哲理散文。中國作家的老實，一方面可以理解為實誠、實在、誠懇、踏實，另一方面也可以理解為笨拙、落伍、眼窄甚至懶惰。

小說如此，電影也如此。除張藝謀年輕時那些野性十足的作品頗具胸懷以外，中國的導演及其作品也多不足觀，所謂的票房大片，多不如一部優秀紀錄片。

水雲深處抱花眠

據說，午夜之後天明之前是人、神、鬼混沌不分之際，所以定力不夠的人這段時間不宜讀袁枚。因為魂很容易就被他勾了去，生出一些不切實際的出世絕塵之念，幻想自己成了仙，或者實實在在竟變成了孤魂野鬼。袁大才子非凡人，實乃熙攘塵世中悠閒散淡一仙人也。而資質駑鈍肝腸庸碌如我等，假如因竊慕之而東施效顰，結果很有可能畫虎不成反類犬，連本色的自己都做不安生了。

尤其不宜讀《隨園食單》。袁氏《小倉山房集》、《隨園詩話》之類，淘洗的是人的精神，《隨園食單》則兼而掏空人的胃。陰陽更迭的暗夜，精神本已因袁氏的蠱惑而縹緲迷離，更哪堪饑腸轆轆中，還要受著那紙上燕窩、魚翅、海參、鹿筋諸類美食的誘惑？假如此時恰好又寓居他鄉，這經由味蕾勾起的劇毒的鄉愁，豈不是要鴆殺了自己？

看看吧，隨園老人是如何食不厭精的。「燕窩貴物，原不輕用。如用之，每碗必須二兩，先用天泉滾水泡之，將銀針挑去黑絲。用嫩雞湯、好火腿湯、新蘑菇三樣湯滾之，看燕窩變成玉色為度。」「魚翅難爛，須煮兩日，才能摧剛為柔。用有二法：一用好火腿、好雞湯，加鮮筍、冰糖錢許煨爛，此一法也；一純用雞湯串細蘿蔔絲，拆碎鱗翅攙和其中，飄浮碗面。令食者不能辨其為蘿蔔絲、為魚翅，此又一法也。」這哪裡是燉燕窩、煮魚翅，分明是在燉煮我等的胃呀。這些金貴之物，袁氏漫漫道來，彷彿在說自家園子裡平常的小白菜，可見他一生吃了多少珍肴美饌？

看看吧，隨園老人是如何膾不厭細的。「鹿筋難爛。須三日前先捶煮之，絞出臊水數遍，加肉汁湯煨之，再用雞汁湯煨；加秋油、酒，微芡收湯；不攙他物，便成白色，用盤盛之。」「鰻魚最忌出骨。因此物性本腥重，不可過於擺佈，失其天真，猶鰣魚之不可去鱗也。清煨者，以河鰻一條，洗去滑涎，斬寸為段，入磁罐中，用酒水煨爛，下秋油起鍋，加冬醃新芥菜作湯，重用蔥、薑之類，以殺其腥。」這哪裡是在燒鍋炒菜，分明是在刺繡、作畫嘛。今之五星飯店掌勺大廚，當以袁氏為師，才不至於以陋技驕人。

再看看吧，隨園老人又是如何把口腹之欲上升為求學之道、處世之機以至治國之策的。「學問之道，先知而後行，飲食亦然。」「凡物各有先天，如人各有資稟。人性下愚，雖孔、孟教之，無益也；物性不良，雖易牙烹之，亦無味也。」「為政者興一利，不如除一弊，能除飲食之弊則思過半矣。」這哪裡是美食家在說烹飪，分明是在佈道啊。

罷了，不能再讀下去了，再讀，就不僅僅是口水流泄如江河，而且簡直要憤世嫉俗、愧為人身了：你袁枚如此饕餮天物，可憐我連見上那些好東西一面都難。

清才子裡，乾隆朝的「南袁北紀」最讓我豔羨。紀昀風流蘊藉、才高八斗不算，還位列朝班深得皇帝老兒寵倖，自是沒法學。袁枚才情浩蕩、名滿詩壇，本來官做得好好的，頗受總督器重，卻棄官歸隱隨園，幾近五十年裡，男弟子奉茶，女弟子打扇，著文論詩，遊山玩水，品盡天下佳茗，吃盡人間美食，享盡塵世一切歡樂，也是沒法學。紀是入世之高人，袁是出世之妙人，總之都是仙風道骨，讓人只有高山仰止的份。但若是比較起來，袁氏更要高蹈一些，賀知章贊李太白是天上謫仙人，袁子才又何嘗不是？

「不著衣冠近半年，水雲深處抱花眠。平生自想無官樂，第一驕人六月天。」袁枚的這首《消夏詩》，可謂道盡他本人一生抱負：不做官，做一個山林散人，悠閒清雅，逍遙自適，與美酒、美食、美景、美人、美文同甘。古往今來，有多少人做過如此這般的山林夢，又有幾個人真的圓了夢？

到了今世，人完全異化成學習、工作、掙錢、花錢的機器，被生活的鞭子抽打得煩燥不安，誰的內心不想過一種閒散恬淡的生活？誰不想與三五同好，照著《隨園食單》，做一桌色香聲味俱全的美食？誰不想逃離一切羈絆，在那山林幽深處，松風竹雨間，趁醉抱花眠？

閒適的理想與戎馬一樣的生活，總是悖論。人生如此其奈何？

袁枚風世

袁子才《子不語》前後編，若以藝術成就論，在歷代志怪集中，不過中上，與紀曉嵐《閱微草堂筆記》大致相埒。清乾隆時期，有「南袁北紀」之說，袁紀二公均筆力雄健，著作宏富，但僅就志怪筆記這一體裁而言，其水準遠不及洪邁，近則遠遜於蒲松齡。《清史稿》評袁枚，於其詩歌成就、政績口碑、性情風度、慷慨仁義，多有溢美之詞，最後補上一句「其所作亦頗以滑易獲世譏云」，有譏彈之意。然而我以為，《子不語》及《續子不語》中的數百篇章，大多平泛之作，恰恰是一些詼諧風世之文，如《沙彌思老虎》、《文人夜有光》、《枯骨自贊》、《狐道學》、《敦倫》、《史官詹改命》諸篇，意味深長，足可傳世。

袁枚本是臥龍崗上散淡的人。他做過數縣縣令，所到之處政績卓然，賢名流播，且深得其座主、時任兩江總督尹繼善的賞識。在康雍乾盛世，清朝用人唯賢，袁枚若是把官一直做下去，做到督撫乃至內閣大學士也不是沒有可能。清朝歷史上，許多名臣賢相，都是草根出身，而位至顯宦，倍受尊寵。但袁枚卻在官做得正得意時把烏紗帽一把扯下來扔了，卜居江寧即今南京小倉山下的隨園之中，經營田園，飲酒賞花，賦詩課徒，這其中固然是散淡本性使然，但無疑也有厭惡官場的外因。《史官詹改命》中的詹冑斯，寧願減壽三十年，換來一個三品官，典型的要官不要命。《枯骨自贊》裡的鬼，在生時做大官，聽慣了阿諛奉承之詞，死後成了一具枯骨，無人奉承，失落難耐，就在棺材中不停地自己讚美自己。袁枚是個極聰明的人，不會直書官場變態的形形色色，更不會諷刺清朝，以招惹禍端，這也是他能夠避開清朝嚴酷的文字獄，一生安享名望福祿的重要原因。他曾在給友人的信中寫道：「我輩身逢盛世，非有大怪癖、大妄誕，當不受文人之厄。」《子不語》涉及官場習氣的作品，不單為數稀少，而且指涉含糊，估計連人名地名都是虛構的。但文章語淺而意濃，讀者稍加品評，於官場不良習氣自然會有所領略。

袁枚主張性靈，認為自詩三百起，凡流傳下來的詩作，「都是性靈，不關堆垛」。宣導性靈，自然與理學衛道士流以及冬烘先生們為敵。《子不語》裡有多篇直接譏諷偽道學和迂腐文人的篇章，讀來饒有風趣。《狐道學》罵道：「世有口談理學而身作巧宦者，其愧狐遠矣！」《夜航船》裡，一個一生講理學的老學究，被袁枚安排著被一個青年後生給雞姦了。《敦倫》笑話清初以「正心誠意」自命的哲學家李塨，過於冬烘，每每與其妻做愛一次，必然用楷書記在日記本上，說「某月某日，與老妻敦倫一次。」

《文人夜有光》借鬼之口，說文人睡覺時，胸中詩書字字都發出光芒，望去燦爛如同錦繡，一位以學問自命的老先生問鬼自己睡覺時，頭上有幾許光芒。不料鬼卻說：「昨天路過您的書房，您正在午睡，看見您胸中有高頭講章一部，科考試卷五六百篇，經文七八十篇，策略三四十篇，字字都化成黑煙，籠罩在屋頂上，要說光芒，實在是一點兒都沒看見。」惹得老先生老羞成怒，破口潑罵。袁枚的詼諧滑稽，風世規諫，在這些寓言類文章中最易感受。

上世紀九十年代初，歌手李娜有一首《女人是老虎》很是風靡，其典故其實出自《續子不語》中的《沙彌思老虎》。說五臺山一位禪師收了一個沙彌，才三歲，師徒兩人在山頂修練，從來沒有下過山。十餘年後，沙彌終於跟著師父第一次下山，不識牛馬雞狗，師父於是一一指認，告訴他誰是誰，誰幹什麼用。忽然，一個年少的女子經過，沙彌驚問：「這又是什麼東西？」禪師怕徒弟色心大動，正色說道：「這是老虎，千萬不能跟她接近，否則就會被咬死吃掉，屍骨無存。」不料晚上回到山上，師父問徒弟：「你今天下山，看到的一切東西，可有心上想的不？」徒弟回答道：「一切東西我都不想，只是想那吃人的老虎，心上總是捨她不得。」

封建倫理道德桎梏世人數千年，尤其是程朱理學暢行後，所謂「存天理，滅人欲」，受害者更是不計其數。而統治者卻荒淫無恥，只是不准百姓點燈。袁枚對程朱理學大加撻伐，《沙彌思老虎》一文可謂是利器一枚，刺向虛偽道學的陰暗心臟。反觀袁枚一生，提倡婦女文學，廣收女弟子，可謂是開風氣之先的勇士和英雄。袁枚曾做過一幅對聯，「不作高官，非無福命祇緣懶；難成仙佛，愛讀詩書又戀花。」其中「戀花」一詞，當是雙關語。蝶戀花，花招蝶，再自然不過的現象，造物者教人學妖精打架，一方面是為了子孫繁衍，一方面是同情紅男綠女勞碌奔命予以慰安，物理使然，有什麼不好明說的？在《子不語》裡，袁枚就曾借妓仙之口說：「淫媟雖非禮，然男女相愛，不過天地生物之心。」袁枚自認好色，通透豁達，在那個時代卻至為難得。

江南富家翁，天下一流人，人間美事，袁枚一身幾乎占盡。古今文人，幾人能如此一世風流？所以：生女當如楊玉環，從文當如袁子才。

青錢萬選

董橋忌妒錢鍾書。

其實很正常，寫文章的人有幾個不羨慕錢鍾書，因羨慕而仰望，由仰望而忌妒呢？但董橋畢竟高明些，捧人之妻而抑人之夫。就像酒席上誇人老婆國色天香堪比神仙妹妹，丈夫是癩蛤蟆無論如何也不應當吃到天鵝肉云云。誇的人達到了哄佳人心花怒放的預期效果，被誇的心裡甜滋滋好比吃了一罐子蜂蜜一般受用，被貶的也「嘿嘿嘿」喜笑顏開頭點如小雞啄米。所謂一石三鳥。

董橋推崇楊絳，把錢鍾書當作上馬石。他說，楊絳的文字有膽，錢鍾書的文字沒膽，錢鍾書的文字狡猾。說楊絳有膽我同意，說錢鍾書沒膽，《管錐編》都不能算膽麼？《寫在人生邊上》不能算膽麼？另外我也實在看不出，錢鍾書的文字狡猾在哪裡，反而我以為，先生的文章，尤其是學術著作，態度是極老實的，即使是《圍城》寫了一些狡猾的人，但他的文字仍然是忠厚的。

董橋先生我其實一直是很敬佩的，《文字是肉做的》、《今朝風日好》、《青玉案》這些，我也是很喜歡的，但如果與錢鍾書先生的文章比起來，一個是小家碧玉，一個是大家閨秀。董橋的文章，宜於喝下午茶，錢鍾書的文章最好是金戈鐵馬倥傯中讀，方才得味。

又說，楊絳很洋化，她整個思維是英式的，可是她的文字表述是中國的。所謂「中學為體，西學為用」，清末民國初，國門初開，無論是留東洋的如魯迅，還是留西洋的如胡適，其時的飽學之士、大方之家，哪個不是以英國式的思維來思考中國的問題呢？然而，其時的碩學大儒，無一不是錢鍾書一類華夏國粹的堅守者與傳承者。穿著中國式的旗袍，嘴裡抽洋煙、說洋話、放洋屁的中國人，那個時候當真是多如過江的鯽魚。

楊絳先生，誠然是清透空靈之人，讀她老人家的作品，親切而溫暖，如與祖母敘家常，涓涓然，汩汩然。她出名比丈夫早，卻極富傳統中國女性的美德，相夫教女，一直站在夫君的身後，即使他已駕鶴西去，做的仍然是夫君留下來的工作。雖然出名早，但並不代表比錢鍾書成就高，她是心甘情願做錢鍾書的紅顏知音的。

讀錢鍾書的文章，卻如手執紅牙板，唱大江東去的蘇學士，轟轟然，浩浩然。非得有深厚的國學基礎，兼有辛棄疾、霍去病一流英雄氣慨，不得通，不得共鳴。董橋以夏衍所說「《洗澡》比《圍城》好一百倍」一句，作為錢楊文學成果之鑒定，實在是拿著雞毛當令箭。其實，夏衍公不過是開開玩笑，哄錢夫人開心罷了，當不得真的。

吳學昭女士著《聽楊絳談往事》，我在讀後感中這樣寫道：「出身名門，相貌美麗，學貫中西，卻毫無嬌小姐氣以及知識份子的清高。上得廳堂，下得廚房，尤其是在時勢艱辛的年代，能安心當錢家的灶下婢，能與日本鬼子巧妙周旋，能毫不抱怨地當廁所清潔工。出名比錢鍾書還要早，卻把自己生命的絕大部分奉獻給了錢鐘書，甘願做他的影子。當夫君愛女均已去世，以老邁多病之軀，在清冷的家裡守著親人的遺像，日夜加緊整理錢鍾書大量未出版的著作，同時還在翻譯上多有建樹……這個世紀老人的才華、品格，她的堅強與執著，在這聲色人間，是多麼難得。所以，錢鐘書是一部大書，楊絳也是一部大書，加起來就是浩浩巨冊。」因而，董橋誇楊絳而貶錢鍾書，楊絳不一定領情的。

楊絳先生的作品，《洗澡》、《幹校六記》、《我們仨》等等，清通甘洌，如飲三十年女兒紅，醇則醇矣，卻是可以摹仿超越的；錢鍾書的文章，是青錢萬選，今世的學者作家，不說超越，就是臨摹到三分像也是太難的。董橋先生走的路，溫文爾雅，劍走偏鋒，然而偏鋒如偏將或小妾，無論怎樣，也不能跟中軍大將或一品誥命夫人相比擬。

夢二的如夢令

豐子愷的《護生畫集》，一直很喜歡，寥寥簡筆裡的紅塵市井，有一種司空見慣的低到塵埃裡的俚俗美。後來終於知道他畫畫的啟蒙者是竹久夢二，於是把二者的畫找來細細比較著讀，高下還是立見的：豐子愷雖得夢二之神，卻未深得其韻。打個比方，豐子愷的畫好比是旗袍，雖然形神俱備令人神思遄飛，卻失之皮相；夢二的畫好比是旗袍裡裹著的美人，豐滿婉約，嗅有淡香。這也許就是周作人對豐子愷的畫不以為然的緣故吧。周作人說：「豐君的畫從前似出於竹久夢二，後來漸益浮滑。」

民國時代，竹久夢二影響過不少留學東洋的中國文化名流，豐子愷之外，還有周氏兄弟等等。想來當年這位代表著浪漫的日本大正時代的夢二，經由這些名流的引介，在中國一定有不少的擁躉。這一兩年，許是懷舊風潮波及，夢二借其不朽之作再次復活，在國內的書籍、雜誌、報章上常常能與他邂逅。從前我並不知道有夢二這麼個人，三年前購得一冊《逆旅：竹久夢二的世界》，閒暇時研讀其文其畫其命運，不知不覺為之著迷。他如夢似幻的作品尤其是畫作，繪出的難道不是我以及所有人的青春如夢令？而他熱烈怒放然後攸然寂滅惟留一縷清香在人間的一生，又多麼像屋後池中的一朵睡蓮。

照片上夢二的故園，四町平原上的岡山縣東南部邑久郡本莊村，一個寂靜而美好的小村莊，松林掩蔽，瓦屋錯雜，田疇沃野，一支小徑在村莊裡蜿蜒延伸，還有那掛在牆壁上的古老竹器，彷彿時光在此從未流轉，都是我喜愛的樣子，與我的故鄉風情似乎別無二致。照片上的夢二，眼神憂鬱長髮飄飄的詩人，坐在窗臺上，像個驕傲的王子。直覺告訴我，這是一個有些神經質的人，像蕭邦、徐志摩、郁達夫。讀他的日記，這種感覺更深了。

夢二首先是個詩人和歌人，其次才是畫家和裝禎設計家，但他的畫名顯然蓋過了他的詩名。他的畫，尤其是「夢二式美人」，唯美、純淨得叫人心疼。《夏姿女人》、《平戶懷古》、《舞姬》、《黑船屋》、《作夢的女人》、《早春》，諸多代表作裡的和服女子，一律鵝臉蛋、楊柳腰、黛山眉、凝雪肌、烏雲髻、秋水眸、長白頸、點絳唇，情態溫柔、纖巧、迷離，眉目間有淡而似無的憂傷，彷彿正在熾烈地思念著遠方的良人。那些標準的日本古典女子，像一個又一個煙花一樣絢爛的夢，雲鬢花顏金步搖。順便說一句，夢二畫的日本男人，多猥瑣、滑稽、不堪，像花叢底下陰暗角落裡的爬蟲。

那些女子並不是虛構的，而是大正時代現實中日本美女的翻版，確切地說，她們多是情種夢二的妻子或情人。岸他萬喜、笠井彥乃、佐佐木兼代、山田順子、小池秀子，還有萍水相逢的藝伎花魁，酒肆勾欄裡的風塵女子，夢二半世紀短暫人生裡閱美女無數，統統在他的畫裡得到永生，而他，則在她們身上得到創作的不竭靈感，以及甜蜜與痛楚。川端康成曾在《臨終的眼》裡記錄他一次訪夢二不遇，看見夢二家有個女子正端坐鏡前，她的姿態與動作，像是從夢二的畫中跳出來，讓他驚愕不已。正如他所說：「夢二是在女人的身體上，把自己的畫完全描繪出來。」

作為一個詩人、藝術家，夢二的一生無疑是成功的。他受業師指點，拒絕向學院派靠近，以在野畫家的身分獨創了「夢二式美人」東洋風俗畫，風靡整個日本大正時代，受到大眾傳媒的追捧。據說，《夢二畫集・春之卷》出版時，使得貴族學府裡專心研習傳統華族女性禮儀的青年女子無心向學，令時任院長乃木希典大將頭痛。連川端康成都這樣說：「我少年時代的理想，總是同夢二聯繫在一起。」

身為一個男人，夢二一生像蜜蜂一樣流連花叢，啜飲著愛之甘泉。數不清的傾城傾國的女子，追隨他，崇拜他，唯其馬首是瞻。除岸他萬喜等有名有姓者之外，福田蘭童還回憶說，夢二晚年居住兼作畫室、位於東京世田谷區松原的「少年山莊」裡，常有一群美少女出沒，有的乾脆住到那裡，成為夢二家的食客或書童。有人說他像卡薩諾瓦，我以為，他其實更像羅丹和畢卡索，對女人，有時像溫柔的幼獸，有時又是不折不扣的暴君。岸他萬喜在一篇回憶夢二的文章裡，對夢二頗有微詞，還稱他是「那人」。關於夢二和女人，《逆旅：竹久夢二的世界》的評價很到位：「夢二在愛與憎、誓約與背叛、傷害與被傷害的兩極間不快樂地活著，時而振奮燃燒，時而逃避頹唐，一步一步地走向苦惱與不幸的深淵。那些轉瞬即逝的魚水之歡帶給夢二的，與其說是幸福，不如說是幸福的幻影。」

情也如夢！在夢二淒涼甚至悲劇的晚境，那些「夢二式美人」全作了鳥獸散，沒有一個留在他身邊，侍茶倒藥。讀夢二晚歲的日記，特別是《病床遺錄》，實在是秋風蕭殺，滿目悲愴。他得了肺結核，與魯迅一個病症，無錢醫治，是友人在自己開的高原療養所收留了他，為他治病。從前夢二想必也是富有的，老境卻窮厄困頓如此，連買些日用品和想吃的點心，也要去質當，身邊更是沒有一個可以靠靠的人。人世的冷漠，也大略如此。

病中日記裡，夢二多次寫到死亡。時而說不想死，時而說不如死了好，時而說不會死，這樣的句子，幾乎每一篇日記裡都有，讀著揪心地痛。那個大正浪漫時代的代名詞，在孤寂中離世而去了，羅曼蒂克的大正時代也隨之劃上了句號，像一個長夢，終於醒來。而那，不僅僅是夢二的夢，日本大正時代的夢，也是許許多多人的夢。

人間如夢令。

毛姆的深刻與尖刻

選集害人，假如編選者戴著一幅有色眼鏡，又假如讀者如我一般見少識淺。

一九九三年前後購過一冊所謂權威版本的中外名家隨筆集，其中收錄毛姆作品若干。此集編選者用意在於「漂亮Essay」，故所選毛姆隨筆，純係描寫風景與心情之作，美而輕。由是，差不多二十年裡，我下意識地以為這「美而輕」即是毛姆散文隨筆的風格。

今讀毛姆文藝評論代表作《隨性而至》，聽其回憶奧古斯都・海爾，論法蘭西斯柯・德・蘇巴郎、艾德蒙德・伯克，談他所認識的小說家以及偵探小說的衰亡，見文字機鋒凜冽，剝皮抽筋，深入骨髓，多一語中的而又尖刻傳神，才知大謬。所謂「窺一斑而知全豹」，理論上這話不成問題，但如果這斑偶然發生變異，就會「失之毫釐，差之千里」。

毛姆寫奧古斯都之虛榮與表裡不一：「我不禁注意到，儘管他很反對阿諛奉承上帝，可是客人們的溢美之詞卻洋洋自得地照單全收。」寫其可愛，在早餐念禱文時，把

《聖經》上所有讚美上帝的段落都塗抹掉了，理由是：「上帝肯定是位紳士；沒有哪位紳士願意當著自己的面被人奉承。這很失禮，很不當，很庸俗。」只此三言二拍，沒落貴族、作家奧古斯都的形象就躍然紙上。

毛姆是個地道的偵探小說迷，把當時所能見到的偵探小說幾乎全部讀了個遍，並在差不多一個世紀前就斷定偵探小說已經衰亡，後來者不過是在重複「凶案發生，嫌疑產生，發現真凶，繩之以法」的經典遊戲，是在絕望地反覆演繹著愛倫・坡的《摩格街謀殺案》。他說：「我相信偵探小說——不論是純推理故事還是硬漢流派——都已經死了。」同時他也預言，這並不阻礙許多作家繼續創作此類故事，也不會阻礙讀者繼續閱讀他們的作品。時間勿庸置疑地證明了毛姆堪稱偉大的先見之明，見證了他的深刻。

毛姆的回憶與敘述不動聲色，即使是追念其恩人奧古斯都，也是面目嚴苛如法官，沒心沒肺。比如他寫與他同時代的劇作家亨利・詹姆斯一次失敗的作品首演，被觀眾喝倒彩，「他的身材矮胖，加上禿頭，整張臉顯得光禿禿的，儘管留著大鬍子也於事無補。面對群情洶洶的觀眾，詹姆斯的下巴簡直都掉了下來。」據傳，因其刻薄，在一次晚宴上，連英國女王都拒絕坐在毛姆身邊。毛姆的確是夠尖利刻薄的。

毛姆堅信，人性永不改變，尤其是人性中的缺陷。他在文字中陷友朋於不義不仁，然而毫無疑問，他是誠實的。誠實到無情，如寒刀，讓人冷，讓人敬而遠之。

這與我當初印象中溫情脈脈、詩情畫意，迎風淚落、見月心傷的毛姆，簡直是天壤之別。

情癡

《紅樓夢》第五回，《賈寶玉神遊太虛境，警幻仙曲演紅樓夢》中，有散曲《紅樓夢引子》。其詞劈頭就問：「開闢鴻蒙，誰為情種？」年少時讀到，如同撓到舊癢，有欲罷不能之感。人生十六七，情竇初開際，不分男女，無論媸妍，大約都以為自己是情種的，不是閬苑仙葩的賈寶玉，就是美玉無瑕的林黛玉。漸長漸大，曆事既多，當年表妹全部變表嫂，也就漸漸不以為然：天下哪有那麼多的情種？最後，人慢慢進化成百毒不侵的石頭，情種癡傻形狀之種種，付之一笑罷了，現實要緊。

現實中情癡難得一見，蘇曼殊、倉央嘉措的癡情類似傳說，大街上見女人就拉著叫「娘子」的花癡倒是有，卻是癡中末流。於是情癡只能在小說家言中尋了。近來很是讀了幾部事關情癡的小說，《純真博物館》，奧爾罕・帕慕克的作品，當是癡之中癡。

這幾年，我陸續讀過帕慕克的幾部名作，《我的名字叫紅》、《白色城堡》、《伊斯坦布爾：一座城市的記憶》。我敬重那個流亡的帕慕克，那個直言和叛逆的帕慕克，那個公開說庫爾德人和亞美尼亞人大量遭遇屠戮的帕慕克，那個夾著煙捲面朝博斯普魯斯海峽寫作的帕慕克，那個作《父親的手提箱》演講的帕慕克。甚至我按捺不住崇敬，多次人云亦云地寫過帕慕克。但我承認，那個Ferit Orhan Pamuk，一如這雞腸似的字母，離我很遠，遙不可及；直到遇見《純真博物館》。

書我買了兩年有餘，未曾讀，厚厚的磚頭，一直擱在床頭眾書之中，望之而心生畏怯。而且據說，寫的不是他拿手的宏大命題，而是被人寫到濫的小兒女情狀。百無聊賴時，終於還是信手拿起翻了：一個叫凱末爾的青年貴族，糾結在兩個各臻其美的姑娘之間，一個是世家女子茜貝爾，一個是窮家碧玉芙頌，貌似寶玉、黛玉、寶釵的三角故事。鼻子不由得哼哼幾聲。

翻到凱末爾與茜貝爾豪華的訂婚儀式，芙頌從此失蹤，就像海嘯渦流中的船，被拖曳著，我身不由己地進入了凱末爾那一場近乎歇斯底里的癡戀。一個男人愛一個女人，真的可以為她守身如玉八年，然後又像可憐蟲似的，蹭人家夫妻的屋簷七年？這樣的情癡，除了賈寶玉，世間又有幾人可堪一比？民國倒似是有現成一例子，金岳霖賃屋與林徽因、梁思成鄰居，但金於林是癡情，林於金卻只有師友意，畢竟與凱末爾和芙頌相互傾情不可同日語。

只可惜，十五年的等待，換來的幸福瞬間演繹成了一場悲劇。只因樂極生悲，凱末爾玩笑的那一句「我們已經得到了，結婚還有什麼意義」以至芙頌十分失望麼？不見得。那麼長的愛戀，豈是一句玩笑可以輕易擊碎的？帕慕克寫到此，是否當時有些發虛？或者，其間有我未能全然明白之深由？

凱末爾和芙頌何其不幸，帕慕克又何其殘忍！卻讓我知道，那個剛硬的帕慕克，另一面是婉約，是真性情真面目真血肉的老帕。不由得由敬重轉為歡喜，彷彿紅塵中遇到知己。

世上有各種各樣稀奇古怪的博物館，卻從未聽聞有過「純真博物館」。凱末爾把與心上人所有相關的一切東西，都收藏起來，包括耳環、舊電視、紙牌、鑰匙、髮卡……甚至清楚明白的「4213個煙頭」。我若見著帕慕克本人，定要問他一句：「古今善於煽情者多矣，帕君何苦要再煽上這麼獨特的一扇？」

《純真博物館》面世後，論者紛紛。有追究身世貧賤者，有思量階級衝突者，有研討童貞問題者，有揣摩作者「香草美人」深意者。他們姑妄言之，我也姑妄聽之。我讀《紅樓》，惟見情僧；我讀《純真》，惟見情癡。很多時候，評論家的確像加西亞・馬爾克斯說的，「都是在踩西瓜皮」，越滑越遠，本相、本色、本真，反而被棄之腦後。

人生癡絕處，唯情而已矣。癡絕到凱末爾的地步，謂之情聖也無不可。

「老妖」渡邊

西諺說：「一人口中的肉食，他人口中的毒藥。」日本文學熱在國內熱了不少年了，其熱度至今不減反升，當代日本文壇諸多耆宿名家、文學新秀的作品，被不斷譯介進來，尤以村上春樹倍受尊寵。很多人喜愛村上春樹，我卻偏愛渡邊淳一。前者彷彿謙謙君子登壇佈道，作品固然清新明朗，卻失之矯情造作，叫普羅大眾如我消受不起；後者彷彿當街喧嘩，招路人齊看「妖精打架」，雖有情色嫌疑，與《查泰萊夫人的情人》和《金瓶梅》有得一比，卻是「人之大欲存焉」的現實摹寫，難得的裸裎坦率。

渡邊是「不倫之戀」的癮君子，寫作中是，生活中也是。

渡邊寫得最好的小說均以「不倫之戀」為母題，比如《一片雪》、《失樂園》、《愛的流放地》，以及新作《天上紅蓮》。他有一句曾經引發日本震動的名言：「倫理與愛是不能共存的。」就此他進一步闡釋道：「不倫之戀才是真正的純愛。」在渡邊的愛情觀裡，愛情無關倫理，而且，他認為反倫理的愛情才是愛之最高境界。渡邊這一論斷，驚世駭俗，冒天下之大不韙，然而讀者卻能從他的以這一理念為指引著作的一系列作品裡，找到一種壞壞的、叛逆的、正中下懷的認同感甚至歸屬感。

《失樂園》裡，久木和凜子的婚外戀情不為道德倫理所容，被驅逐出愛的伊甸園。為了返回伊甸園，他們相偎相依著，從容赴死，演繹了一場淒豔的殉情之舞（不由得讓人想起「玉龍第三國」）。殉情的時候，久木和凜子嘴裡說的卻是：「活著太好了！」那場面，尤其是他們最後的遺言，讓人心靈如遭遇地震般顫慄。他們的死，把倫理和正義的持有者，也就是他們的親人、朋友、同事、旁觀者，以及隱藏在他們背後的法律、道德和秩序，推上了審判台，並被判定有罪。

《愛的流放地》的主題同樣是婚外戀，在極致的偷歡的快感中，菊治掐斷了情人冬香的脖子。冬香之死是菊治和冬香合謀的註定要發生的結局，因為在這之前，在相同的情境中，冬香一再要求菊治用力掐她。她企望在最要命也是最不要命的快感中，飄飄欲仙地死在情人的手下，以實現從不堪的現實中得到永久的解脫。歡愉時掐情人的脖子，這事聽起來簡直是變態，可放在小說具體的特殊語境中，卻是非如此不可，以至顯得高貴聖潔。冬香死後，菊治放棄上訴自若入獄，他認為八年刑期是對他與冬香、對愛最好的祭奠。

渡邊的作品大多取材於當下社會，在《天上的紅蓮》裡，渡邊卻把愛情故事發生的時間設置到日本千年以前的平安時代，故事的現場則是宮廷。依然是不倫之戀，年老的擁有無限權力的白河法皇與少女（也是其義女）璋子熱烈相愛。在天願為比翼鳥，在地願為連理枝，這一老少戀完全超越了世俗的功利，雖九死其猶未悔，堪稱曠世的愛情經典。其中大量的性愛描寫，讀來唯美、純潔，毫無污穢淫邪之感。渡邊寫作此書的動因，是挑戰日本文學經典《源氏物語》，他認為《源氏物語》（相當於日本的《紅樓夢》）最大的缺失就是：可能因作者紫式部係女性的緣故，缺乏大膽的性愛細節描寫。

無論哪一種文學體裁，其作品中必然有作者的影子。事實上，渡邊的一些作品即取材於其親身經歷。比如《魂斷阿寒》，就是他對刻骨銘心的初戀的隆重紀念；《失樂園》也源於他的一段過往情感。就此他曾坦言：「我認為，寫情愛小說的作者，如果沒有自己的親身體驗，是不可能寫出好的小說的。」

渡邊其實就是一隻妖，一隻年屆耄耋之年的老妖，一個愛寫並且愛做「妖精打架」遊戲的率真老頭兒。我記得，他在接受日本電視臺（NTV）一檔夜談節目採訪時說：「（我）一生都在經歷戀愛，每一次戀愛都會成為新的創作源泉。」在其有生之年，念念不忘初戀女子加清純子（「那次初戀讓我變成了愛情瘋子，那個女孩改變了我的一生。」），也因和別人搶女人而被請到警察局（喝多了的渡邊一時氣憤不過，跑到附近的五金商店買了一把木鋸，跑回來鋸女人家的門，最後把情敵嚇跑），這個鶴髮童顏的「妖孽」不僅得人生大自在，而且以其一枝銳筆，刺痛了當代都市人心裡最脆弱的神經

——「這種苦戀沒有婚姻帶來的太深重的權利和義務，一切只是因為彼此相愛，碰巧對方又已經結婚罷了。這種被社會所不容的苦戀才是真正的成人之純愛。」他還認為，對於男女個體而言，「徹底的自由就是愛與性不受社會約定俗成的規則的束縛。」但很顯然，他並非公然宣揚「不倫之戀」，而是經由現實戀情之一種，代表參與者發表心聲。

寧願與誠實的罪犯交友，不願與虛偽的君子喝酒，這是我一貫的交遊主張，讀書也如此。「老妖」渡邊，是樹精藤怪，是千年「白蛇」，修練愈久，越具魅惑。

第七卷

冊葉

鬼比神有趣

干寶《搜神記》，我的眉批是：「鬼世，神世，總歸都是人世，都是人按人世來模擬的。但鬼比神好玩。」

向上是天空，天上住著神仙；向下是地府，地底住著鬼魂；中間是人，發明了鬼神的人。宇宙分三界（其實也是三品，上品、中品、下品），古已有之，中外莫不相同。銀河，忘川，以及大地上的河流——無論是幼發拉底河、底格里斯河還是長江、黃河，天、地、人各有源頭。鬼神儘管莫須有，然而不可或缺，人塑泥樽、木偶、石像，然後敬拜之，至少說明，人有所敬畏。前賢云：人若無信，不知其可。我以為，人若無敬，則人世絕對不如鬼世；好人有很多特徵，其中必定包括有所敬、有所畏。

中國的神仙差不多是一個面孔，高高在上，持平公允，慈眉善目，普度眾生，是真善美的極致化身。眾生所不能企及的，眾生所同聲呼喚的，都交給神仙來擔當，倒也輕鬆省事，卻失之「己所不欲，硬施於神」。異域的神仙，大多也是純良，與以開闢鴻蒙之時的元始天尊為代表的中國神仙譜系差不多。當然有例外，住在奧林匹斯山上的古希臘眾神，宙斯、赫拉以降，諸神譜系裡的神，好鬥、小心眼、好色、亂倫、衝動、暴躁、猜忌，凡此種種，特點不一，綜合起來，具有人的所有缺陷。除卻法力無邊，奧林匹斯山諸神與人間世的人並無二致。但饒是如此，仍不如鬼有趣。

說鬼之翹楚，晉有干寶，明有吳承恩，清有蒲松齡與紀昀，今有欒保群。

干寶以良史之才為神仙鬼怪立傳，與後世為閨閣女子樹碑的曹雪芹有得一比。《搜神記》凡四百餘則，所記涉獵寬廣，自神仙術士、易學卜筮、星宿河嶽，至讖緯符瑞、人鬼幽婚、民間奇異，包羅萬象，蔚為大觀。然而所記鬼神之事，我以為神不如鬼。神農、赤松子、彭祖、寧封子、師門、葛由……一干神仙均面目扁平，乾巴無味，神仙法術也不外騰雲駕霧、呼風喚雨、長生不老，縹緲不可信。所錄鬼事不多，卻頗有可觀者。如《楊度遇鬼》、《秦巨伯鬥鬼》、《談生妻鬼》、《盧充幽婚》、《鵠奔亭女鬼》、《黑衣白袷鬼》、《蔣濟亡兒》、《阮瞻見鬼客》諸篇，鬼或奸詐狡黠，或促狹放浪，或重情重義，都大有趣味。

吳赤烏三年，句章民楊度，至余姚。夜行，有一年少，持琵琶，求寄載。度受之。鼓琵琶數十曲，曲畢，乃吐舌，擘目，以怖度而去。復行二十里許，又見一老父，自云姓王名戒。因復載之。謂曰：「鬼工鼓琵琶，甚哀。」戒曰：「我亦能鼓。」即是向鬼。復擘眼吐舌，度怖幾死。

——《楊度遇鬼》

這則故事裡，善彈琵琶的鬼，前後兩次捉弄楊度，讓其驚怖幾死。雖未描摹鬼之形狀，然而其詼諧放蕩，讀之讓人粲然難忘。

《談生妻鬼》說的是人鬼通婚故事。漢朝時有個姓談的人，四十歲還沒娶上老婆，天天在家讀《詩經》，「蒹葭蒼蒼，白露為霜，所謂伊人，在水一方」，一天半夜，一個十五六美貌少女突然出現在他面前，並與他結為夫婦。只是新婦有言在先：「我與人不同，勿以火照我也，三年之後，方可照耳。」可是兩年後談生終於還是按捺不住好奇心，一天夜裡趁老婆睡熟，舉火照她，但見「其腰以上生肉，如人，腰以下，但有枯骨。」鬼妻於是「裂生衣裾」而去。

此鬼原是睢陽王的女兒，看中談生，甘當貧婦，原是想與他白頭偕老的，可是中途變故，無法托生為人。這個重情重義的女鬼臨走之前，憐惜談生貧窮，還把孩子帶走，暫時代為撫養。人間世的那些好女子，也不過如此吧。

《搜神記》裡的神不好看，鬼好看，吳承恩的《西遊記》也大略如此。西游中的諸路神仙，遠不如樹精藤怪可愛。與干寶和吳承恩相比，蒲松齡和紀昀是鬼話連篇的聖手，《聊齋志異》，更是志怪小說中的翹楚。今人欒保群，則將鬼話、鬼事、鬼源、鬼族、鬼譜系統化理論化，讀其著作《捫虱談鬼錄》，深贊其博學通識。

民間有神，大到史前五帝，小到灶王爺、土地爺、財神、福錄壽仙翁，神仙來路眾多，無論大小都有人敬。神，敬之可也；鬼，卻是用來畏的。從前村莊裡，常有善談鬼事的老人，其講述之傳神與精彩，並不遜於蒲松齡和紀昀。比如長指甲的「養生地」，就著火堆抽水煙袋的群鬼，吊死鬼復活之類。他們也講神事，可聽之令人困倦；說鬼，則令人汗毛高豎，懼而欲走，卻又欲罷不能。總而言之，無論書卷之上，還是民間夜談，鬼都比神有趣許多。

鬼和神，其實不過是人的兩個面具。在「人性善」論者看來，起初人就是神；若以「人性惡」標準評判，人不過是鬼。鬼自然不全是好的，也不全然是壞的；就某只鬼而言，也是善惡兼具，極似人。鬼比神有趣，內因大約就在於鬼比神更像人。

風車殺

文字具有很強的蒙蔽性和欺騙性，不單欺蒙讀者，還欺蒙作者。即使寫作者本人也強烈地意識到這一點，並且在行文中努力規避主觀，甚至摒棄想像和聯想這些文學創作慣用的伎倆，儘量模擬攝相機鏡頭的精準目光，企圖原生態呈現書寫對象，可最終落到紙上的物事，仍是慘不忍睹的離題萬里或表不及裡。這就如同戀愛，轟轟烈烈淒淒切切遍體鱗傷一場下來，臨到末了，局中人方才明白，她愛的只是愛情本身，而不是對面的愛人。所謂的還原，其實也許根本是不可能的，至少是一個又高又遠的願景。這不能不讓雄心勃勃的寫作者感到無邊的氣餒和沮喪，像在夜夢中加速墜落山崖而無所附麗。

這是寫作者尤其是包括散文、隨筆、紀實、傳記等文體在內的散文類作家的宿命之一。順便說一句，這也是修史者的宿命，所謂的「春秋筆法」，其實就是刻意造假和售假，而那稀罕的「董狐直筆」，也會被隔代的史家以維護新生王權合法性的名義隨意加以篡改，魯迅先生所說的「官修史而史亡」正是這個意思。

散文作家的另一個宿命，則是明知山有虎偏向虎山行，向不可能的可能，發起唐•

吉訶德式的不顧一切的「風車殺」。鼠目寸光者瘋戰一罷，隨即沾沾自喜地告訴他的僕人桑秋（讀者），他已經奪取了抗擊風車戰爭的全面性勝利；見識超卓者，卻必然有深深地難以自拔的挫敗感，手中的筆，桌上的鍵盤，頭顱上的大腦，漸漸偏離並最終不可原宥地背叛了自己。

從前的初中語文課本上，有楊朔的《茶花賦》和《荔枝蜜》，也有劉白羽的《長江三日》。既登大雅之堂，天下文人莫不效而仿之，天下學子莫不敬而拜之，少不更事時，我以為天下文章（散文）盡在劉楊。然而今天重讀，滿紙荒唐言耳，那裡面除了離事物本質相去極遠的詩情畫意，一根可供咀嚼的骨頭都沒有。後來的余秋雨開闢文化大散文戰場，劉亮程馳騁於「一個人的村莊」，讀余劉文章，如吃厭了李子改吃鳳梨，淺嘗似大有滋味，讀多了，則全是膩得叫人連連打呃的鳳梨味，裡面有著太多太多的言不由衷。前些年以勸世礪志為標榜的美文大行其道，至今仍然方興未艾，精緻的故事，華麗的詞藻，貌似深刻實則淺薄的道理，一罐罐美其名曰「心靈雞湯」的偽散文（我也曾經煨製過一些，如今只覺懊悔），更是編排得過分。這些都是散文家裡著意欺蒙自己，進而欺蒙讀者的範例。

有大志雄心的散文家必然不肯如此作賤自己兼而作賤作者。張承志曾言，他只肯承認「人民、人道、人心」的盛世，他的散文之所以有著撞擊讀者靈魂的神秘力量，只在於他的文字努力忠誠於他思想的深致，儘量抵達事物的實質和本相，就如同他的小說《心靈史》和哲合忍耶。葦岸（願我敬重的人在天堂安息）的散文，我以為可以用「客觀地呈現」來歸結他的散文觀，字句從無浮飾，也務去煩言，如石頭壘砌石頭，鋼鐵鍛打鋼鐵，有密緻的內在的緊張感，有肌腱般的張力，更有樸素的轟人大腦的強大力度。彼得・海斯勒以美國人的局外身分打量現代中國，用一雙藍眼睛掃視黑眼眸，《江城》《尋路中國》和《甲骨文》，當為散文的典範，其文字的技巧是無技巧，照實寫來便是，讀他的散文，我發現司空見慣的人物事，突然像自己的聲音打在崖壁上反彈回來震驚了自己。這些寫作者，像沙漠上的胡楊，根深深紮向大地，思想的鬚髮向天空生長；又像秋天的稻穗，因誠實的飽滿而謙卑地低頭。

然而即使是誠實如張承志、葦岸和彼得・海斯勒，以及有著同等寫作姿勢和品質的作家，如梭羅、懷特、汪曾祺、黃裳、早期的賈平凹、晚歲的巴金……他們的文字離事物的本質、真相很近，離大地、天空很近，卻仍然不是物象本身。這並非有意菲薄尊者，而是不得不接受的嚴酷現實。

有人讀《本草綱目》，以為是人間最好的散文，我深以為然。但散文如果都照《本草》寫，則世間必無散文，這是顯見的悖論。散文人人可寫，寫出的卻多不是散文，這是散文的迷途，卻也正是散文的迷人之處，是古今窮究者之所以源源相繼的緣故。雖然終不過是「風車殺」，一千個唐・吉訶德中，卻總會留下那麼幾個真正可欽可佩的騎士。

自己唱戲要緊

E・B・懷特是一個徹頭徹尾的梭羅膜拜者。不僅思想肖似，行事蹟近，就連文風也奉梭羅為圭臬，尚味淡而思深。我注意到一個有趣的細節：梭羅喜歡在文章裡羅列收成和開支，懷特也追踵前賢，煞有介事地列舉計算他的種養漁獵和日常開銷的明細。

我追慕梭羅也久，徐遲譯版的《瓦爾登湖》以及新星版的《野果》（這個譯筆略嫌硬直粗糙），我讀過很多遍，能背誦一些簡妙的句子，比如「天亮的日子多著呢，太陽不過是一顆曉星。」中外聖哲，多在後世的傳言中逐漸演化成令人高不可攀的神，只可虔敬供奉而不可模仿。然而梭羅是可以效仿的，原因我以為在於他是一個平民化的聖哲，他的文章中有性靈派的「我」存焉。梭羅的骨殖已歸大地，其思想和精神卻永存世間，懷特不過是他眾多信徒中的一個，當然，懷特不單是在思想上仰慕梭羅，還真正身體力行之。

懷特放棄在大都會紐約薪水優厚的職業，領著同在《紐約客》雜誌供職的妻子以及他們的愛子，遷居到緬因州的鹹水農場，當了一位地道的農民，在農事的間隙寫梭羅式的散文。厭倦了大都會的生活固然是主要理由，還有一個理由，在凡夫俗子看來則有些傻氣。在懷特經典散文集《人各有異》裡，他說，作為《紐約客》的評論員，雜誌規定的社評用語「我們」這個「模糊的字眼兒」讓他感到困惑和迷茫。他的意思是，他不想用複數的第一人稱寫作，而想用沒有絲毫含糊的「我」。

我不知道懷特在偏愛用單數第一稱的「我」來寫作方面，是否也受到梭羅的強烈濡染，但有一點是肯定的，梭羅的散文裡，「我」字出現的頻率很高。正如法郎士所說：「文學作品是作家的自述傳。」無論是詩歌、散文、小說、戲劇還是其他形式的文學作品，裡面都必然有作者的影子。就散文而言，更需要作者以「我」的身分，對著草木，另一個自己，或者想像中的讀者，敞開胸懷說真話。文若無「我」，必是滿紙僵蟲，所以我十分厭惡用第三人稱寫作的作品，尤其是散文。王國維在《人間詞話》中論詞，云：「有有我之境，有無我之境。」這話貌似與法郎士相左，細思量之，其實二者所言並不相悖，「無我之境」乃是「有我之境」的高級階段，「無我」仍然是「有我」的，只是「我」隱藏成了一箭山風、一塊頑石，或者一莖野草。

近世的散文名家，外國的我鍾情梭羅和懷特，中國的我尤愛周作人。我以為，雖然他們國籍不同，時代不同，身世各異，有一點卻是相通的，那就是獨立自由之精神。無論是行事還是作文，他們都強調「我」，那個裸裎的、率真的、本質的、無所隱瞞也無所畏懼的自我。胡蘭成評周作人散文，以為有「落葉氣質」，所評可謂精當。其實，梭羅和懷特的散文，同樣有簡遠遼闊的落葉氣質，初品寡淡而細碎，反覆咀嚼方才明白是高士手筆，其境界遠非姿質凡常寫作者所能企及。他們是家常的，恬淡的，更是老辣的。就好比靜美秋葉聚攏了，點一把火，其味一如芥末。

銅板鐵琶唱大風之文，雄則雄矣，讀多了，總覺空乏，好比在聽華而不實的馬謖慷慨激昂紙上談兵；低吟淺唱作鳥聲之文，美則美矣，讀多了，定會發膩，如同聽已不愛的人向自己傾訴幽情。只有深具落葉氣質的文字，才可以潤進人的心裡，並成為一個人肌體和精神的一部分。

周作人作過一篇《談文章》，文中講了個小典故：舊時紹興有一個伶人，帶出了一個好徒弟，叫他初次登臺演戲時，伶人吩咐徒弟道：「你自己唱戲要緊，戲臺下邊鼻孔像煙囪似的那班傢伙你千萬不要去理會他們。」他還說了關於寫文章的種種，我深刻記得的，就是「自己唱戲要緊」。周作人寫文章，完全是旁若無人唱「我」的戲，梭羅和懷特也是如此。

作為一個寫作者，從前我寫了很多廢話。應時，應景，應約，應名，應利，有時甚至什麼也不應，純粹是三天不寫手癢。有一天我讀到周作人的《談文章》，又想到梭羅和懷特，突然像大夢醒了似的，發覺做一隻廢話簍子，殺自己的頭髮、腦子和光陰很不划算，遠不如敞懷躺在石上招野風吹我痛快，也不如雪夜擁衾讀前賢著作來得自在。於是發誓要節字如節育。貓有九條命，人最多兩三條，我以為夢醒那一天我陡獲解脫，有如新生。

「自己唱戲要緊。」這話不僅適合唱戲、寫文章，也是做人處世的千金方，可當座右銘。

不如蹤跡前人

汪曾祺說：「大體上說，短篇小說散文的成分更多一些，而小小說則應有更多的詩的成分。小小說是短篇小說和詩雜交出來的一個新的品種。它不能有敘事詩那樣的恢弘，也不如抒情詩有那樣強的音樂性。它可以說是用散文寫的比敘事詩更為空靈、較抒情詩更具情節性的那麼一種東西。它又不是散文詩，因為它畢竟還是小說。」見汪曾祺《小小說是什麼》。

先生的文章，尤其是散文，我是極喜歡的，也一直是奉為宗師的。但他論小小說這一段，我以為很是不通。說短篇小說有散文的成分，倒也還算說得過去。因為認真計較起來，所有的文學作品，無論是哪種體裁，其實都有散文化敘事的成分。但說短篇小說散文的成分更多一些，則是誤識。而把小小說與詩扯成瓜與蔓的關係，以至說小小說「是短篇小說和詩雜交出來的一個新的品種」，「比敘事詩更為空靈」云云，更是荒謬。

汪曾祺先生所言，僅僅只是他一己的，抑或也是與他同時代極少數作家創作小小說的理論基礎。而這，是一個理論誤區。我以為，用詩的語言或者意境寫小說，特別是小小說，是不可能寫出佳作的。

小說的源頭大致有四：神話、寓言、史乘以及志怪筆記（外國的小說緣起也大致與之相似）。短篇小說和小小說，最早可以追溯到先秦《山海經》裡的《後羿射日》、《精衛填海》、《夸父追日》，莊子的《逍遙遊》算得上一個重要遠祖，干寶的《搜神記》、洪邁的《夷堅志》、蒲松齡的《聊齋志異》、紀曉嵐的《閱微草堂筆記》這些志怪筆記，則是典範之作。短篇小說以及小小說，已經被先秦到明清的古人寫到了極致，後來的多不堪。既然不能真正做到創新，倒不如蹤跡前人。

和尚摸得

在一篇小文《風車殺》中，稍稍冒犯了楊朔、劉白羽、余秋雨、劉亮程這幾位大家。其實我並非有意加以冒犯，所論也只是拾人牙慧而已，並不算新鮮。然而有論者指出，文章不如楊、劉、餘，有什麼資格加以妄評？還是先把文章寫得超過他們，再來評頭論足吧。

論者的指責似乎有些道理，又似乎有些強詞奪理，我如今腦子反映慢，一時語塞，不知該如何應答。過一兩天突然就想到了，我其實應當這樣答復：「這就好比男人喜歡對女人的胸部指指點點，其實男人無奶，有什麼資格說女人胸平胸鼓呢？」

依照論者所持觀點，孔子編《詩經》，椽筆一揮，三千首刪到三百零五，孔子的詩，如《去魯歌》、《蟪蛄歌》、《龜山操》、《盤操》，不是不好，但肯定不見得比前人的詩好，那麼他就沒有編纂《詩經》的資格，編其他五經也是一樣。劉勰一生僅有《文心雕龍》傳世，未見其他文章留存，或許他是「論而不作」，或許他的其他作品並不出色，如此他也就沒有資格當評論家。脂硯齋評《紅樓夢》，然而他本人並無小說作品傳世，即使有，也不可能超越《紅樓》，那麼他又有什麼資格對之批批點點呢？

當年，《百年孤獨》剛剛出版時，書評如潮。賈西亞‧馬奎斯曾經憤憤地指責那些批評者，說：「評論家都在踩西瓜皮。」所謂踩西瓜皮，就是滑得很遠，未能真正領會作者的用意，甚至嚴重曲解。馬奎斯這句話很有些不屑的意味，略等於說，那些評論家讀不懂他的小說，根本沒有資格評論。《百年孤獨》確實是小說中的翹楚，馬奎斯也是當今世界最偉大的作家，但他對待批評的這種鄙夷姿態我不很欣賞。他有他寫的自由，別人有別人評的自由，本是一樹兩花的事。別人姑妄評之，自己姑妄聽之，便好了。

月旦前輩和當代賢人的文章，其實並不需要什麼資格的。《阿Q正傳》裡，阿Q調戲小尼姑說：「和尚摸得，我怎麼摸不得。」他的話惹人笑，其實是有道理的。

漫讀東瀛

灕江社莫祺女士陸續惠贈新書十數種，並特別熱情推薦日籍作家陳舜臣著作《中國歷史之旅》和《長安之夢》。不忍拂其美意，略翻一翻，知為可讀可不讀的書，閒來消遣也可，束之高閣也可。

外邦人寫中國歷史，與中國人留洋學中文，一樣讓人覺得滑稽，前者有隔靴搔癢之嫌，後者有緣木求魚之愚。雖然，外國人著中國史，因全無「為尊者賢者諱」的顧忌，並因空間上的遠隔，而沒有定勢思維的羈絆，偶爾會有全新觀點全新思路，為國人所不及，有益於開拓視野，如《劍橋中國史》，但大體上是人云亦云，無甚新鮮，甚或是見蟹橫行而張大嘴，大驚小怪。

陳舜臣祖籍臺灣，上世紀九十年代才取得日本國籍，此前在日本一直只是擁有長期居住權，其間的身分大概是有些尷尬的。他以寫作中國歷史小說為業，估計是「故國之思、歸宗之念」使然。思量其名字「舜臣」二字，也似有「舜的臣民」的「認祖」內涵。

又，新星社秀秀女士前些年也曾惠我陳舜臣另兩部有關中國的作品，《秘本三國志》及《成吉思汗》。不曾一翻，據說寫得很好，並給陳舜臣帶來了在中國歷史研究方面的聲名。但據說到底是靠不住的，尤其是在這個毫無原則的時代。

等老了再讀吧，讀不完的和啃不動的書都等老了再讀。

文學無國界，文化卻是有國別的。日本文化的源頭是中國，在古代相當長的時間裡，日本人對中國文化有著刻骨銘心的崇拜。陳舜臣《長安之夢》對此也略有闡述，日本學者川合康三甚至說：「長安就是一顆歷史的種子，早已種在了日本人的文化基因裡。可以說，每個日本人都有一個長安夢。」但龍生九子，子子不同，同源同根文化衍生的兩種文化，結下的不是一般的仇恨，而是世仇。

以我這一代人為例，學課文《王二小放牛》、看抗日電影《地道戰》、《小兵張嘎》長大，以後又年復一年跟隨影視作品「大刀向鬼子頭上砍去」，對日本，無論如何也好感不起來，由釣魚島之爭引發的中國民間反日情緒之激烈，更可見「此恨綿綿無絕期」。

三年前，在小城舊書店淘得日人阪本太郎所著《日本史》，和英人屈勒味林所著《英國史》。原本只打算買《英國史》，於《日本史》則躊躇再三，及至翻到《近代卷之《侵略戰爭》，見作者持論公允，深自痛懺本國的侵略罪行，心中大快，速速解囊買回；可見我是一個很有阿Q精神的人。

阪本太郎是日本昭和時代的歷史學家，他在書中這樣寫道：「歷時四年的太平洋戰爭，和由滿州事變算起，長達十四年的帝國主義侵略戰爭，終於以慘敗而結束。它不僅使日本從一個世界大國跌落為一個遠東小國，而且對世界的人類、文化還犯下了累累罪行，必須永遠接受世界歷史的審判。」僅憑這兩句話，就可知他是一個有「史德」的史家。

唐代史家劉知己說，史家當有史才、史學、史識；清代史家章學誠又補充了一條，史家要有「史德」，補得極好。在日本，像阪本太郎這樣公允持平的史家卻是不多的。而日本人的軍國野心，更是如坡上野草，過些時日就會瘋長一回的。槍炮可以消滅肉體，但文化尤其是文化中的劣根，卻是難以剷除的，鞭屍三百也不行。

一直不太喜歡日本當代作家的作品，究其原因，憎惡以「菊與刀」這一對矛盾之物為象徵的日本文化是內因，外因則是大江健三郎、川端康成以後，以村上春樹為代表的當代日本作家的作品，確實纖弱縹緲，不敢過分恭維。稍合我胃口的，鹽野七生、渡邊純一、新井一二三，數人而已。

我曾在評論日本新生代作家湊佳苗（本名金戶美苗）小說《夜行觀覽車》中，這樣寫道：「日本作家的小說給我一個總體的感覺，就是大多數作品敘事節奏十分緩慢，以至故事情節像交際舞裡的慢四，有拖遝冗長之嫌。這或許算得上日本文學的風格之一。

而日本文學的另一個大體風格是文字唯美，即使是寫兇殺案的偵探小說，文字也清新如春風細雨。從紫式部到谷崎潤一郎、川端康成，從渡邊淳一到村上春樹，從殊能將之到青山七惠、湊佳苗，似乎莫不如此。」唯美與纖弱，是當代日本文學包括小說和散文，給我的基本印象。

唯美如菊，纖弱如菊，似乎可以這麼理解：日本作家或者說日本作家用其作品，展示和宣揚了日本「菊與刀」這一對矛盾的文化基因中「菊」的基因，也即愛美、尚禮、服從、恬淡、靜美的一面。日本是否也有宣揚「刀」即所謂武士道文化基因的作家和作品，因為種種原因，未曾譯介到中國？我識見淺薄，不得而知。

莫言獲諾貝爾文學獎，對中國文化尤其是中國文學，不啻是注射了一支強心針。而他的競爭對手村上春樹，估計是很失落的。坊間戲言，在釣魚島爭端正處膠著緊張勢態之際，這是中國對日本的一次完勝。不過是戲言，民眾借此宣洩對日本奪島這一強盜行徑的憤怒而已。

但如果瑞典方面之前開展網路投票，我肯定投莫言，完全不因為我是中國人，而村上春樹是日本人，假如村上春樹的競爭對手是別的國家的某位作家，我一樣不投村上春樹。我是僅就作品而言的，跟國籍毫無關聯。

近些年，經林少華諸人不遺餘力地推薦，村上春樹的書在中國賣得一直很好，我讀過的，就有《挪威的森林》、《且聽風吟》、《天黑以後》、《東京奇譚集》、《奇鳥行狀錄》、《1Q84》諸種。村上春樹的作品特別是小說，集中體現了當下日本文學的纖巧、柔弱、優雅、輕盈、華靡之風，美則美矣，失之飄浮無骨。並且我以為，村上春樹的小說有血肉而無思想，有技巧而無器局，在當代世界文學中絕對算不上一流。而林少華對他的過分推崇，也讓我很不以為然：譯者與著者，皮毛關係罷了，無它。

第八卷

花邊

名關難破

「如果我有五千英磅，我也會是一個好女人。」十九世紀英國作家薩克雷的《名利場》裡，出身寒苦卻又野心勃勃的漂亮女子貝姬•夏普如是說。五千英磅是利，好女人是名，所以她這一語其實道破了一個可與真理媲美的等式：利＝名。人生名利場，人不過是名的韁繩捆住了的螞蚱和利的鐵鎖囚禁了的蝗蟲。然而，世人知利祿之韁難脫，卻往往忽略了「名關難破」。

遠古時候的人大約是把名位、名望、名氣之類看得比較輕的。史前人類在隱秘岩洞裡遺留下來的那些精美壁畫上，都沒有標注作者的名字。並非時候沒有文字，考古學家從在中原地區發現的裴李崗文化和賈湖文化中，發現至少在七千年前，已經有了具有文字性質的龜骨契刻符號，這些符號與殷商甲骨文有類同相似之處。中世紀前六百年間的歐州，包括建築、音樂、繪畫、雕刻、文學在內的人類藝術，都是佚名的藝術，所有作品都沒有作者的名字。到了哥德式時代，藝術家和匠人才開始在自己的作品上署名。產生於西周初年至春秋中葉五百多年間的《詩經》，原有詩歌三千餘篇（後來孔子「取可施於禮義」者三百零五篇），這些詩也都沒有作者的名字。盎格魯—撒克遜的《貝奧武甫》、古日爾曼的《尼貝龍根之歌》、古法蘭西的《羅蘭之歌》和冰島的《艾達》這些中古歐洲不朽的史詩，人們同樣不知作者是誰。

遠古人類為何不重名？我以小人之心度測，除了當時政治氣候、風氣習俗之類的原因外，其時名和利之間還沒有劃等號是關鍵原因。而且，那個時候的人類是貧窮的，原始社會還實行真正的共產主義，文學家、音樂家、畫家、工匠乃至部落首領，都不能從自己的職業職位中獲取比其他人更多的利益。傳說中的三皇五帝時代，那些部落首領不僅不能從漁獵的成果中多分得一條大魚或一隻肥美的山羊腿，而且從打獵流血到打仗犧牲都要衝在眾人前頭。名既然不能帶來利益，要它何用？所以人們美譽無數年的堯舜時代的賢人許由，他的辭天下並躲進箕山，我以為並不值得崇敬：如果當首領能夠錦衣玉食妻妾成群，他還會逃避本當由他擔當的社會責任麼？

大約在西元一千年左右，當名和利穿一條褲子、有名就有利的時代到來，世間就沒有不好名之人了。沽名釣譽、欺世盜名者史上不知凡幾，也就不用多多舉例贅言了，明代高僧蓮池大師寫在《竹窗隨筆》裡的話就可以為證。

蓮池大師說：「人知好利之害，而不知好名之為害尤甚。所以不知者，利之害粗而易見，名之害細而難知也。故稍知自好者，便能輕利；至於名，非大賢大智不能免也。」他還記錄了一個很有意思的小典故，來說明名關難破之理：昔日有一老者說：「舉世無有不好名者」，並因此發出長歎。跟他同坐的一個人吹捧他道：「的確像您老人家所說的那樣，不好名的人只有您老一個啊！」老者一聽這話，受用得不得了，笑得鬍子扇風眉毛打擺子，卻不知道自己已經被人家大大地戲耍了。

然而，雖然千年以來人類「流芳千古、名垂青史」之心日熾，但二十世紀以降尤其是其末葉至今，卻恐怕可以算得上是人類史上最岌岌於名的時代。報刊、電視和網路的廣泛普及，也為成名搭建了無數快捷暢通的巴別塔，如今出名可比當年孔子歷盡千辛萬苦周遊列國才混了個臉兒熟容易多了。

有人在視頻上大露其肉順便扭扭肥屁股就可成名，有人在選秀場上翻唱幾首磨磨嘰嘰的歌就可成名，有人在講壇上把歷史當小說神神叨叨涮一把就可成名，有人大曬隱私比如豔情日記之類就可成名，有人找名人掐上一架罵上一場就可成名，有人自封大師或泰斗國寶就可名上加名。（當然，也還有人，比如最近很紅的那個煙草局長，原非聞達之人而且底心裡確實也不想名播四海，卻無意之中人名家喻戶曉。）出名之道何其多也！想出名之人又是何其多也！出名為何？實為圖利也！人間只要有利益在，名關就永遠不可破也！

《菜根譚》說：「君子好名，便起欺人之念；小人好名，猶懷畏人之心。故人而皆好名，則開詐善之門。使人而不好名，則絕為善之路。此譏好名者，當嚴責君子，不當過求於小人也。」這一席話說好名並不全然是壞事，話說得頗有些道理，卻早已不適用於今人了。觀今日諸多名公名婆在出名之路上的下作、下賤、下流之態，我實在是有些忍耐不住，趕緊找個WC乾嘔一場。

重瞳異相

作家潘軍寫過一部名為《重瞳——霸王自敘》的歷史題材中篇小說，後改編為話劇《霸王歌行》在首都舞臺上演。這部小說名字的靈感，當是出自項羽為重瞳子的相關記載。《史記·項羽本紀》文末，太史公司馬遷因項羽和傳說中的古之帝王舜一樣是重瞳子，因而發出「羽豈其苗裔邪？」的疑問，懷疑項羽是舜的後裔。成書於明代萬曆年間蕭良有之手，後經明人楊臣錚、清人李恩綬增刪校訂的蒙學書《龍文鞭影》，則明確地說太史公的話「誣矣」，反對項羽係舜後代一說。後來，錢鍾書先生在《管錐篇》裡也說，舜至項羽，年代已經久遠，僅以目為重瞳便以為項羽是舜的後代，見識淺陋。

什麼是重瞳或重瞳子？所謂重瞳和重瞳子，即目有雙瞳，也就是一隻眼睛裡有兩隻瞳孔。據《龍文鞭影》說，有的重瞳上下生如同一個8字，舜的就是；有的重瞳左右生如同一個∞字，西楚霸王項羽的就是。此書還記載，南北朝史學家兼文學家沈約、五代十國時期的南唐後主李煜以及北漢建立者劉崇、明朝文學家聶大年、隋煬帝時期的大都督魚俱羅、元末大夏政權創建者明玉珍等人都是重瞳子。並且說，重瞳子「皆主聰明過人」。除《龍文鞭影》所記錄的之外，歷史上著名的重瞳子，據說還有黃帝時期的「造字聖人」倉頡、春秋時期的晉文公重耳、五代十國時期的後涼建立者呂光等人。這些關於重瞳子的記載，或見於正經史書，或見於稗官野乘，或見於文學作品。

中國古人（或許也包括現代人）相信「天生異人，必有異相」，歷代歷史和文學典籍對諸如「伏羲氏人首蛇身、神農氏人首牛身、臯陶色如削瓜、伊尹面無須麋」、「劉備身長七尺五寸，垂手下膝，顧自見其耳」、「劉邦左大腿上有七十二顆黑痣」之類的奇人奇貌津津樂道。這些異相當然也包括重瞳。《史記》、《荀子》、《隋書》、《資治通鑑》、《新五代史》、《十六國春秋別本》、《論衡》、《蕉廊脞錄》、《玉壺清話》、《五燈會元》等書裡，都有關於重瞳子的文字記錄。

如上所說，有記載的歷代重瞳子不是才德全盡的聖人，就是威名赫赫的帝王將相，不是大文學家就是大學者，反正都是非同凡響的人物，千千萬萬個普普通通的草民百姓，是絕對與重瞳無緣的。真的是這樣嗎？我看未必。從某種意義上說來，史書以及其他典籍，都是帝王、世家、豪傑、俠客、造反派、名流、奇人、煉金術士之典，與販夫走卒芥茉微民毫不相干。那麼，即使歷史上民間有很多人是重瞳子，典籍也不會花費哪怕一句話的筆墨去記載。但典籍不載，不等於沒有。這就像無數草民曾在世上生活，未曾留下什麼尋得著的痕跡，但他們仍然曾經在世上存在過一樣。

古人把重瞳子當作奇人以至神人，但科學的進步一把揭去了籠罩在重瞳子身上的神秘光環。現代醫學研究證明：重瞳是早期白內障的現象，重瞳子的瞳孔發生了粘連畸變，從正常的O形變成了8或∞字形，由於眼珠顏色淺，所以看上去就像是大瞳孔套著小瞳孔。總之重瞳是一種病態，舜、項羽、倉頡、重耳這些重瞳子眼睛都有疾病。我從未見過重瞳子，但從這些醫學病理描述來看，猜想重瞳子應當與雙黃蛋差不多。

當神奇的雙黃雞蛋被扯去其奇異的外衣，被輸卵管、蛋白、殼膜、蛋殼這些冰冷的專業名詞精確描述；當重瞳子從當初被人高山仰止的異人異相，被還原成眼病患者，這些被打開的秘密不禁讓人感歎：科學，或者說真相，有時真是一件很煞風景的事情。

離騷的騷

嗜好擺弄文字的人，常被人不無戲弄意味地稱為「騷客」——尤其是在酒局裡。酒局乃歡場，可以玩笑、調情、撒野、逞口舌之雄。如有文人在座，則必多一「騷」的談資。攻擊文人的武器是現成的，那就是老祖宗傳下來的「文人騷客」一詞。「古人不是早就說了嘛，文人騷客。不就是說，文人等於騷客，騷客等於風流客，不就是說，十個文人九個騷，還有一個明騷不成只好悶騷嘛，哈哈。」開文人玩笑者，儘管遣詞造句各有不同，但意思大略如此。

從青澀年代寫文章起，一二十年來，在酒局裡我經歷過無數次類似的玩笑。一開始，面對人家善意的或者略帶毛刺的玩笑，初出江湖還是個嫩皮後生的我，笨嘴笨舌，面無耳赤，招架無力，只好乖乖地舉手投降。那模樣，彷佛自己真做過什麼「騷事」，不幸又被人發掘了出來。

過一、二年，讀了屈原的《楚辭・離騷》，略略懂得了「騷」的由來，於是逢人以「騷客」相調笑，總是要一本正經地向人家解釋：「騷，是《離騷》的騷，不是風騷的騷。」然後又頗費唾沫地解釋什麼叫「騷」，什麼叫「騷客、騷人」，什麼叫「騷體」。現在想來，人家開玩笑，不過是為了活躍酒局氣氛，讓大家都多浮幾大白，我那麼引經據典地與人家較真，破壞酒局的大好形勢，實在是迂腐乏味，幾乎與那教孩子茴香豆的茴字有四種寫法的孔乙己沒有什麼兩樣了。

再後來，成了皮厚如牆垛的老江湖了，歷經「騷」聲遍耳的酒局無算，於是慢慢練就了一身金鐘罩鐵布衫的功夫。往往人家剛剛起頭說到「文人騷客，十人文人九個騷」，我就立即從容反擊道：「文人騷客，說得好哇。今天我這個小文人，與你們這些大騷客一桌喝酒，真是三生有幸哪！」我此言一出，在座諸人必然一時錯愕，不知如何支招。在他們開動腦筋翻找應對之詞的那三五秒，我又徐徐道：「古人造字真是傳神哪，你們這些騷客，看看什麼是『騷』，其實就是叮馬屁股的跳蚤啊，哈哈，我今晚與一桌叮馬屁股的跳蚤喝酒。」於是關於「騷客」的玩笑偃旗息鼓，轉而扯到「李白鬥酒詩百篇，所以文人都好酒，所以你也必然海量」之類。

把酒局裡的「騷」字話題掛起不說了，還是說說「騷」字的本意，說說《離騷》的騷。

許慎在《說文解字》卷十這樣解釋「騷」字：「擾也，一曰摩馬，從馬蚤聲」。清代的段玉裁注釋道：「摩馬，就如同現在人的刷馬，引申為騷動」。所以，「騷」最初的意思是騷動，與風騷、風流、騷貨之類無關。

但《離騷》裡的「騷」則並非騷動的意思。《離騷》是戰國末期最偉大的浪漫主義詩人屈原所著《楚辭》的代表作和精華，後人給《離騷》戴上一頂「中國古代詩歌史上最長的一首浪漫主義政治抒情詩」的桂冠，並稱《楚辭》為「騷」或「騷體」。

關於「離騷」這兩個字的意思，古往今來，有很多種詮釋。最早的大概是西漢司馬遷的，他說：「離騷，就是離憂。」後來東漢的班固解釋說：「離，就是遭；騷，就是憂，離騷，就是遭受憂患。」東漢王逸則認為離騷是離別憂愁，說：「離，別也；騷，愁也。」等等。近世的學者一般認同班固的解釋。司馬遷、班固、王逸這些大家，對《離騷》裡的「離」字字義的解釋不盡相同，但都認為「騷」的意思是憂愁。也是，屈大夫的《離騷》滿篇苦悶彷徨、憤世嫉俗、愁腸百結，「騷」字解釋為憂愁當是不錯。

為什麼稱詩人為「騷人、騷客」呢？我想，一來，是由於詩人屈原及其名篇《離騷》對後世的深遠影響，所以人們用「騷人、騷客」來指代詩人；二來，詩人均神經敏銳、多愁善感，也就是很「騷」，很憂愁；其三，《離騷》裡的「騷」這種憂愁，並非屈原個人的小憂小愁，而是大憂大愁，是在憂愁國家、民族和國民的命運，因此，「騷」的延展意義應當是「憂國憂民」，「騷人、騷客」就是「憂國憂民的人」。中國古代「士」的代表——文人騷客，其中的傑出人物，也的確是些憂國憂民的人。所以，一些專家解釋「騷人」說：「泛指憂愁失意的文人」，我以為並不準確。

文人與賭博

以前曾讀過北京一知名文學期刊編輯寫的一篇隨筆，說她打京城風塵僕僕專程趕到大西北，向那裡的四位當代著名作家約稿。推開其中一位名家的門，令她萬萬沒有想到的是，她想約的四位名家竟然全在那兒湊齊了；更令她萬萬沒有想到的是，這幾位名家正蒼龍白虎朱雀玄武地圍著一張小方桌，興致勃勃地玩「雀戰」。

我當時讀那篇文章，也是吃驚不小：原以為，這些大名鼎鼎的大文人的聚會，應當是「我有嘉賓，鼓瑟吹笙」式的風雅，煮煮雪，賞賞梅，彈彈曲，喝喝酒，談談詩，論論道，酒過數巡，再來個同題作文什麼的，似乎這樣才符合他們的身分，也才是他們的本分，不想他們竟然與市井閒人一般無二，紮成一堆兒「叉麻將」（魯迅先生語）。一個字：俗！兩個字：特俗！並且暗自發願不再讀這幾位名家寫的文章：好賭的人能寫出什麼好東西來呢？

少時受教化兼流風蠱惑，以為世間三教九流各種行當，唯有如屈原一般「朝飲木蘭之墜露兮，夕餐秋菊之落英」的文人（也即「士」的代表）才是最值得敬重的，其品格操守、學識修養、志趣雅好、憂國憂民的人生大境界等等堪為萬民師。這當然是錯覺和誤解，前有宋之問、沈佺期之流，後有姚文元、胡蘭成之輩，且不多說。愛屋及烏的緣故，順便連一些文人的好功名、好酒、好吃、好閒、好多愁善感、好放浪形骸，乃至像袁子才那樣的好色（他聽人說廣東潮州的珠娘相貌豔麗，於是專門趕去，呼朋喚友「招飲花船」，並因所見珠娘醜陋不堪，大呼上當，並以詩諷之曰「青唇吹火拖鞋出，難近多如鬼手馨」。事見《隨園詩話・潮州行》）這些，都不成其為缺點，反而更添其風流韻致。

獨獨聽不得文人賭博。尤其是讀到了孔聖人在《論語・陽貨》裡說的一句話：「飽食終日，無所用心，難矣哉！不有博弈者乎，為之猶賢乎已。」夫子這話，聽起來好像是說賭博比無所事事的生存狀態要好，但實際上說的是反話，他是非常鄙視和反對賭博的。於是更覺得賭博為正人君子所不為，何況文人？那時候讀的書畢竟不多，且不讀雜書，以為文人與賭博是絕緣的。

後來，讀的雜書漸漸多起來，才深感自己孤陋寡聞：其實歷朝歷代的大文人裡，好賭善賭的不計其數。比如初唐的駱賓王，「好與博徒游」，盛唐的崔灝，「喜樗蒲」（又叫五木之戲，大概與擲骰子類似），中唐的杜枚，在文人聚會上向歌妓索取骰子來賭酒。更奇的是南宋的李清照，堪稱「古代女賭神」，不僅愛玩「打馬」（有人考證說即麻將的前身），而且還專門著有一卷名叫《打馬圖經》的介紹和研究賭博的文章。李清照在文章起首就說：「慧則通，通則無所不達；專則精，精則無所不妙」，文中又說：「自南渡來流離遷徙，盡散博具，故罕為之。然實未嘗忘於胸中也。」這些大文人，文章流芳百世，而又嗜賭若此，看樣子，文人好賭也不見得是什麼特別惡俗、惡劣、噁心的事。

又後來，讀到一則關於我的潛山老鄉、通俗文學大家張恨水好賭的軼聞。軼聞裡說，張恨水先生特別喜歡叉麻將，閒時叉，忙時也叉。有一個時期，他同時在三家報紙連載三部章回小說，但見他坐在牌桌邊，左手瀟灑叉麻將，右手從容寫章回，「兩不誤，兩促進」，常有神來之筆。後來，曾見張恨水的後人和研究者專門撰文，說實無其事。不管有無其事，好叉麻將總是真的。張先生這般酷愛叉麻將，仍有一百餘部總數三千萬言（一說二千萬）的通俗小說行世，真是讓我佩服得五體投地。這則軼聞幾乎徹底改變了我對文人賭博的陳見：別人賭得，文人怎麼就賭不得？

於是之前的發願全不算數，趕緊找西北那幾位名家的文章，細細一讀，覺得在名作家輩出、名作品寥寥的當代文壇，矮子裡挑長子，他們的作品確實還算比較優秀的。心裡也就嘀咕：這寫文章與賭博，可能的確並不是水與火的不相容的關係吧。

一輩子的情人

一天中，無論怎樣忙碌，我總要讀一點書。是興趣也是習慣使然，並無任何人來逼迫。古人說，三日不讀書，自覺面目可憎。於我則是一日不讀書，似是白過一天，心裡頗為貧弱和惶恐。古人又說，文章乃案頭之山水，山水乃大地之文章。公務繁忙，少有閒暇親近自然的山水，退而求其次，每日暢遊案頭山水，一飽眼色和靈魂，與古今賢者智者晤談，可謂人生之至樂。

讀書人最好有自己的書房，正如維吉尼亞・伍爾芙說的，得有一個「自己的房間」。雖然，歷朝歷代的讀書種子裡，頗多廁讀癖者、路讀癖者、廟讀癖者、枕讀癖者、紅袖添香讀癖者，乃至有青樓讀癖者，然而即使讀書專注且隨時隨地可進入書境者如毛澤東，也在臥榻之側積書如山，有了書房，人和書的靈魂才有所皈依。常在專供知識份子閱讀的雜誌「書房」欄目上，見到國內外一些讀書種子的城池。但見城牆高聳固若金湯，磚頭一樣的書籍層層疊疊擁擁擠擠，以至無處安置一隻小杌。它們的主人，那些卑微而驕傲的王，只好把屁股放在地上，盤腿而讀。流風所及，現如今不論城鄉，人們不論建房買房，都喜好分出一塊寶貴空間，精緻裝修一番，然後在牆拐處打個豪華書架，即名之曰書房。其實那些架子上，擺設的除了幾本花花綠綠的時尚雜誌，就是真花瓶假古董和價格頗昂的化妝品罐子。這樣的書房，有風雅之名，有附庸之實，不要也罷，不如典租出去，弄兩個現錢花。

我生在大別山深處的農家，幼時家裡只有鋤頭、糞箕、扁擔、羊叉這些農用家什，除了一本《語文》一本《算術》，書是斷然沒有的。我的父親雖然自己熱愛讀書，並且鼓勵他的子女做個讀書人，但迫於窘迫的家境，真叫他出幾毛幾分錢去買書，也是很難的事。我的「發小」國輝比我幸運，他父親的是村醫，也是個讀書成癖的人。他們家有個書櫃，裡面塞滿了醫書、兵書、文學書、哲學書、歷史書。這在一九七〇年代的山區農村很罕見。那個因潮濕總是散發著黴菌氣息的書櫃，是我和國輝汲取知識的寶庫，我的一點文學底子是那個時候打下的，對村莊以外博大世界的認知也是從那裡開始的。那是我和書最初的結緣。

有一個自己的書房，哦不，有一個自己的書櫃，是我年少時的兩個夢想之一（另一個是夢想是家裡開糖店，黑糊糊的水果糖隨便吃）。直到十六歲，這個夢想才隨著家境的逐漸改善美夢成真，父親請木匠給我打了一個四腳書櫥，我當時僅有的二十來本翻得殘破不堪的文學書終於有了安身之所。後來，這個書櫥慢慢壯大，將近二十年來我土拔鼠一樣往裡面搬書，才演化成今天我在城裡剛剛十平米的書房。其間，老家拆舊屋蓋新樓，父母把樓上最寬大的一間足足二十平米的正房慷慨地讓給我做了書房，幾年下來，裡面藏書也已稍有可觀。兔子三窟謂之狡，書蟲二房謂之富。平素居城，假日歸鄉，除工作生活應付日常瑣事，我基本上不出書房之門。或站讀，或坐讀，或踱讀，或臥讀，清風徐來，明月照窗，書香伴我，書房乃人生得大自在之所。

讀書人之愛書，決不亞於唐明皇之愛美人。一方面，江山可以不要，美人斷不可借與他人。忘了是哪個名家的作為，他倍受藏書外流之苦，不得已在書房門楣貼一告示，上書「書與老妻，均不外借」云云。其惜書之深情，頗可代表書蟲普遍心態。常有人向我借書，我支吾搪塞，一般人自然知難而退。但也有不達目的不甘休的登門索取者，徑往書房眼掃四方，東抽一冊西掠一套，然後凱旋歸去，直如八國聯軍進圓明園搶劫。知否知否，此時此刻，我的心在滴血。

並非我小氣，說起來那些書也值不了幾個碎銀子，可是書與朋友都是老的好，那些老書多與我耳鬢廝磨有年矣，美妙處我還都用筆做了記號以方便隨時溫習，這一去十之八九不再歸來，即使萬幸歸來也染他人氣味，豈不痛哉！行不得也哥哥，不如我買本新的送君留個完整人情。另一方面，皇帝老兒只有一個，後宮佳麗不妨多些。這正如辜鴻銘所言，一個茶壺可以配很多茶杯，一個茶杯卻不好配幾個茶壺。書蟲往書房裡搬書時之興奮，當不遜於玄宗之成功奪取壽王妃。

自從十八歲參加工作有了自己的錢，我生活中的頭等大事就是淘書。只要有閒，小城大小書店我必一一逛遍，遇上中意的書，不惜傾囊抱得美人歸。早先在一家供水企業上班，某日遇一老太找上門請我修水管，我本辦公室文員，不善用管子鉗之類的鐵傢伙，當時卻一口應承下來，腦子裡想的是一本《唐宋詞鑒賞詞典》。那天下午，我借得工具，鑽進老太家水池底下，胡亂撲騰足足三小時，弄得周身泥水，外加手指劃破三處，終於把漏洞修復。拿到工錢趕緊跑到書店，把那本詞典捧回家，心裡的快樂無法言表；又一年去京城，專逛北大周邊叢林一樣的書店，最後以區區六十七元扛回一摞品相一流的《資治通鑑》，雖則一路擠公車、趕火車、搭汽車，很是受了些皮肉之累，可是正如苦追美人終於得手，人書合歡之樂，世間有甚於此者乎?

近些年，我著意操練了一門手藝，為報刊寫書評，初衷是逼著自己多讀書、讀好書。不想，像古時候公子娶妻，娶一個小姐外帶順一個丫環，我竟然因此書源廣進，不少相識的不相識的作家、學者、出版社編輯，一個個爭著把書往我懷裡寄。文學的、社科的，財經的、政治的、軍事的、生活的、勵志的，林林總總。再加上固定訂閱的，從網上書城買的，從書店淘的，從路邊舊書攤上撿的，於是我的兩個書房裡的書飛速增加，看上去就像兩家袖珍書店。若是我心起貪念，把他人贈書都拿去換銀子，每月可得幾百大錢。但我寧願窮老書房，也決然捨不得情人外嫁，心心念念的，依然是「我的書怎麼這麼少」。書蟲之欲心無足，賽過吞蛇之象。

人生如朝露，去日總無多，所以我以為，讀書要讀好書。好書本無標準，但時間披荊斬棘，數千年流傳下來的書，譬如中國的《詩經》外國的《聖經》，是毫無疑義的好書。讀這種書一本可受用一生，可抵庸書百十本。當然，好書也有不被重視的，譬如梭羅的《野果》，問世一百多年而問津者寡，卻堪稱絕色，得之乃書蟲之幸。讀書還要讀前沿之書，也就是新出版的優秀作品，讀這類書可與時代共進取，以免唯讀「老書」導致閉目塞聽。只知有漢無論魏晉的讀書人，是書奴，是僵蟲，不能論世、入世、幹世，不能經世致用，讀書何益？如今網路暢達，讀書資訊在各大網站讀書頻道唾手可得，找前沿書極是方便。只是要練就一雙火眼，尤其要警惕過度誇大其詞和過熱炒作的書，那些本只適用於壯陽藥的廣告，以及真真假假的名家吹捧語，與書的品質毫無干係。讀書還要龐雜，雜書如雜糧，哪怕是上不得檯面的江湖傳奇、方士外傳，也都有營養成分。真正的讀書人，當端坐書房而知天下書，擇其善者而讀之。

天不生仲尼，萬古未必長如夜；但天若不生書籍，則今日之世必然仍是史前混沌未開之禽獸之世。人與禽獸的分野，我以為不在有無自己的語言體系（事實上禽獸是有它們的語言的，只是人聽不懂），也不在於會不會用石頭咂核桃（鷹隼最善於將海貝叨到高空，然後丟在岩石上砸開），而在於人有書籍（文字）而禽獸只會「泥上偶然留指爪」。即使人世有千般辛苦萬般磨難，我也甘心情願做一個憂勞終生的人，而不願意做一頭快樂的駝鳥，只因人間有書香。書是我一輩子的情人，讀書是我一輩子的賞心樂事。今生今世，我願與書，海枯石爛，不離不棄。

讀書者不賤

喝了點酒回來，頭顱裡像塞著雲，輕飄，綿軟，索性脫了衣服，靠在床頭讀書。民國小橫香室主人編的《清朝野史大觀》，輯錄的是有清一代宮廷內外數千條遺聞軼事，稗官筆記，微言大義，很合胃口，只是醺醺然之中，翻了不到幾頁，就轟然睡去了。醒來時床頭燈還亮著，才十二點半，窗外人跡稀稀，腦子裡清澈如一泓秋水，於是爬起來接著讀書，直到凌晨四點，才神倦目怠，放下書重入夢鄉。記得讀到的最後一條是《聰訓齋格言》，錄康熙朝名臣桐城張英家訓，其詞云：「讀書者不賤，守田者不饑，積德者不傾，擇交者不敗。」

我不喜歡酒，甚至還有些厭惡。但人生有時實在是寂寞的，用瓶中物澆一澆，半醉半醒之間，也別有一番糊塗況味。古人說，生年不滿百，常懷千歲憂。人實在是一種渾身長滿了缺陷的低級動物，內心的欲壑尤其難以填平，穿腸藥也只能偶爾領人進入太虛幻境，遠不如清香的書籍能給人帶來持久的安寧。

近來托龍門書城的張願青兄買了一些書，從特價書店淘了一些，出版社又寄了一些，計有清人趙爾巽總纂《清史稿》四十八冊、宋人《太平廣記》十冊、南宋洪邁《夷堅志》四冊、民國小橫香室主人《清朝野史大觀》三冊、清人袁枚《子不語》、唐人段成式《酉陽雜俎》，今人張大春《小說稗類》、張昌華《故人風清》、白先勇《紐約客》、史景遷《前朝夢憶》，等等。疊放床頭小幾上，如蒼蒼小山一座，閒時輪流翻閱，左手執書，右手握鉛筆一枝，圈點眉批，信口月旦，覺得自己如同廟堂告老退隱湖山的江南富家翁。居鬧市而清靜自守，陷瑣碎而廁身書頁，得人生之大自在，未嘗不是人間一樂。

我從前讀書，以一年一百本左右的速度挺進，如飛蝗過野，又如餓殍搶掠，純粹是胡亂殪食。而今年近不惑，一朝猛然自醒，發願不再趨時附眾，非對胃口的書不讀。生而有涯而知無涯，以有涯之身去蹈那無涯書海，本身就是一場註定要馬革裹屍而歸的冒險，不如擇一荒徑，專撿那些少人問津的書讀，比如野史和志怪。於是今年花三個月時間研讀《夷堅志》，並與干寶的《稽神錄》、蒲松齡的《聊齋志異》、袁子才的《子不語》、今人欒保群的《捫虱談鬼錄》相對照，比較揣摩，偶有領悟，隨手筆記，書讀完，已是汗漬斑斑，邊卷頁毛，可是心中已然隱隱有丘壑了，筆下也有兩萬餘字的箚記了。野史不野，志怪不怪，其實有大義存焉，其中的掌故、知識、學問，更是如在玉山緩走，俯拾皆是名器。照這種讀書速度，終生過眼估計不過數百卷，但所得定然遠勝於胡亂讀書。

初秋時經由霍山去金寨的天堂寨，路上結識一位商人，喜喝酒，善吹牛，而對眾多文人，座中豪言其讀書極多，沒有他不認識的字；然而喝酒時把「酗酒」說成「凶酒」，落為笑柄，其人學問與品性之淺薄由此可知。畢業之後，我從無間斷整整讀了二十年書，直到現在，讀清代以前的古籍，身邊總會放著一本字典，因為幾乎每讀兩三頁，必然會遇到一兩個生字，其他完全不懂的或者半通不通的詞語、引語、典故，更是不可勝數。讀《史記》、老子、莊子、孔子，更是必須依賴於注釋和翻譯，否則幾至不知所云。

老子的《道德經》，全文不過五千言，古今發微、疏注、考證、闡釋原文的文章，可裝一火車，追溯老子生平的文章又可裝一火車。又如《紅樓夢》，從清朝到民國到現在，僅僅研究此書的紅學著作就蔚為大觀，而陳維昭所著研究紅樓夢研究歷史的《紅學通史》，就有上百萬字。所以讀書有時也是一件極可怕的事，越讀越意識到自己不過是汪洋之上的一葉浮萍，偶沾水澤罷了，即使修練成一隻老狐仙，活上個三千八百歲，日均讀書一冊，也不可能把前賢文章一一讀盡。想到這一點，就不禁有些氣餒，兀兀窮年，日耕夜耘，也不過拾得古人牙慧之萬一。然而讀書上癮，這也是重要的誘惑力之所在。

文章，古人寫過千千萬，今人寫過萬萬千，讀書尤其是讀古人的書，越往深了讀，自己越不敢動筆。無論是遣詞造句、結構鋪陳，還是思想立意、風度器局，說到底都是在重複前人。我以文人自命，寫作二十來年，無論寒暑忙閒，從來都不曾長時間停筆，這個秋天，卻有將近一個月未著一字。越發覺得寫作是一件很神聖的事，不可率爾操觚，否則就是對漢字的褻瀆。暫停寫作，讀讀書也很好，養養氣與器。張愛玲說「同學少年都不賤」，說的極是，但張大學士說得更好，讀書者終生不賤。

後記

文章有氣，有脈，如同山川勝概。

中國文章浩浩沛沛如大江河的氣脈，到晚清事實上就已經斷了，只在臺灣、香港、國外華人中還綿延一線。這個觀點我很早就提過，至今仍然堅持。

文化有一個特別奇怪的「冷凍現象」：某種文化在其發源地和核心區域曾經十分繁榮，但若干年後，因為時代變遷、世事沖涮，它慢慢地稀釋、淡化了，反而在邊緣地帶，因為受到的干擾和衝擊相對微弱，就像被冷凍了一樣，反而比發源地、核心區域保存得完好，甚至還能繼續傳承和弘揚。

即如中國文章的氣脈，數十近百年來，作為文學核心區數千年的大陸，早已於晚清之際如絹帛一般生生被拉裂撕開了。大陸的文人當然還以古人、古籍為師，但已經是喝罐裝牛奶而不是直接啜飲母牛的乳汁了。隔，疏離，作小兒女語，這是我讀大陸今日文人學者的文章，再與古籍比較，所得的明顯感受。文章之氣脈，漢語之美感，文字之風神，只能芒鞋竹杖於古籍中去蹤跡了。

反而，在港臺及其他海外華人的作品中，還能一睹中國文章的古風古貌，雖然也淡了許多，畢竟聊可慰藉。沿著他們的文章溯洄溯遊，由明清傳奇話本出發，歷經元雜劇散曲、宋雨唐風、六朝風流、魏晉風骨、兩漢散文、《楚辭》《詩經》、先秦民歌，一直到《山海經》和《神農經》，中間還有浩瀚二十五史、諸家野乘、歷代筆記、神話傳說……就是一幅完整的《中國文章山川形勝圖》了。想像一隻書魚，慢騰騰從晚清往先秦啃食，它應當活多久？

於文章，於讀書，我確實很懷舊。從前讀書我饑不擇食，如稻田泥鰍吞噬泥沙，誤了多少光陰，而今深悔焉。與其喝罐裝牛奶，不如抱母牛轟飲。這幾年，我沉緬古籍，自先秦以降到晚清以前，凡被人遺忘的書都儘量找來讀。我曾說過，每一本古籍都像張岱的《琅嬛文集》、沈三白的《浮生六記》，都是一個經歷了無數兵燹、祝融、風蝕、蟲蛀的傳奇，是寶中之寶。

書如夜色染人衣，讀著讀著，自我感覺身上有了一些古氣、舊味、林下風。但我嫌還不夠古不夠舊，最好舊成宣德爐、元青花、漢鼎、秦銅，乃至舊成史前粗陶或者石錛。

歲月漸蒼矣，吾醒也晚，所幸不算太晚，也幸而滚世一遭，風塵已將名根一點掃蕩殆盡，我可以清靜自牧潛心讀點老書了。有一天溘然於書齋，墓誌銘可以這樣寫：「書魚×××之墓」。足夠了，其他都是多餘。

讀書可以養氣，古書如同古押衙、虬髯客，更是氣脈充盈。洛書河圖、三墳五典、九丘八索、十三經、諸子一百八十九家這些自然不用說，自《山海經》發脈源源而來的歷朝歷代的筆記，也是玉山翡翠，讀來不單長智識，也可以悅性怡情。但凡朝章制度、江湖風煙、地理人文、文學考古、圖緯方技、天文星占、律曆推步、草木禽獸、仙狐妖鬼人、天堂人間地獄……筆記無所不包無所不記，「美哉！彬彬乎可以觀矣！」坐在密林野壑灑落陽光銅斑的樹蔭裏，或者蹲在清風徐來的山牆根腳下，執一卷筆記在手，但覺襟抱蕭散，河清海宴，如野人，如落葉，如倦鳥，如臥舔小崽的母獸。

我有較嚴重的野書、野史癖。在近來寫的文章《閒書散葉》裏，我這樣寫道：

> 野史如野食，有乾蠶豆香。民國初年小橫香室主人的《清朝野史大觀》，清朝上至歷代帝王朝政家事，下至江湖野老逸聞掌故，無不詳細記載，洋洋灑灑數千則，真正配得上大觀之名。說典章流變，褒貶世事，得史家筆法；記士林逸聞，餖飣人物，得《世說新語》三昧。只是其中明顯錯誤不少，不知是原著錯了，還是後來輾轉流傳中馬化為鹿。家居時以書中故事佐茶，但覺茶水有乾豆香，也有風雲之氣。在舊書店初見此書，尚且猶豫著要不要買，後來讀《清史稿》，嫌過於簡略，也煩矯飾隱晦過度，於是買來比較著讀。金聖歎曾說：「豆腐乾與花生米同嚼，有火腿滋味。」其間樂趣大致如此。

近年我很是醉心於野史，兼及媚狐惡鬼、正神散仙、木魅花妖、魑魅魍魎一類歷代筆記。癡迷於野書，當然為真正的讀書人所笑。然而古來野書，幾乎無一不是士大夫的作品，廟堂高官、民間智者如東方朔、段成式、洪邁、沈德符、蒲松齡、紀昀、袁枚、魯迅，也都拳拳於山海傳說，我這江湖草民，自然也可以用來消遣人生無聊。太平治世，最宜於蹲在山牆根下，曬著太陽捫虱談江湖。國是非草野所知，還是莫談吧。

又寫道：

我在冬陽裏讀《卻掃編》和《賓退錄》，書中有刀劍氣，也有山林氣，但覺胸次洞開，眼目曠達，胸中有幽綠山林一座。從前有個鐵腳道人，愛赤腳走在雪地裏，興致來了就高聲朗誦《南華•秋水篇》，同時口嚼梅花，以雪下嚥，說「吾欲寒香沁入心骨」。閱讀滋味與之略似。我讀古書並非為做學問，做學問太苦太實，與做磚瓦匠有得一比，遠不如做文人自由自在，而是以為讀書可以養氣，讀古籍尤其讓人氣完神足。古人說「腹有詩書氣自華」，氣華不華不敢說，但起碼可以讓自己的心如秋水一脈。積貯一股真氣再寫文章，文章才會有秋水之味。

周作人作文章喜歡大段大段地摘抄，不僅摘別人的，也抄自己的。我也學學。

從前佛家不留文字，孔子「述而不作」，固然有其深層緣故，然而古人高致，也是今人學不來的。讀然後思，思然後作，其實作作文章是挺不壞的一件事。我是越來越喜歡作文章了。人生寂寞，讀書可以安心神；人生無聊，作文可以抒牢愁。

少年時作文章是給親友看的，僅為虛榮心，得人一二片讚語，內心即雀躍如春草萌發。三十歲時作文章是給編輯看的，為半屑名丁點利，得稿費單大如席，購車買屋酒兵茗戰特別有成就感。而今惑也不惑，作文章純粹是給自己看的，古人如明代沈德符著《萬曆野獲編》是壓於竹簏，我寫文章則藏於電腦文件夾，燕閒時翻翻，權當溫習舊時光。作文章，我是少時不知味，後來不曉味，現在終於有一點得味了。

說到底，著述多少，文章好壞，干人底事？譬如風雪夜獨自登高，風吹我，雪打我，不關風雪的事。自適就好，自守就好，自在就好，自以為氣脈聚集丹田就極好。當然，有編輯青眼，把我這村夫野老的閒言碎語付諸雕板，好比娶員外家的美麗小姐為妻另外還順了一個嬌倩丫鬟為妾，就是好上加好了。

在文章氣脈仍在的臺灣出一本集子，於我是一件很樂呵也很鄭重的事。此事一說便俗，但穀填人肚，無法不俗：謹向秀威公司、林泰宏主管、黃大奎先生以及為此書付出勤苦勞作的素昧平生的秀威諸師友，致以一只書魚純白的敬意。山中無所有，聊贈一枝春。

儲勁松

二〇一四年元月二日

於古皖挽雲樓

文學視界50　語言文學類　PG1134

書魚紀：
漫談中國志怪小說‧野史與其他

作　　者／儲勁松
責任編輯／黃大奎
圖文排版／詹凱倫
封面設計／陳怡捷

發 行 人／宋政坤
法律顧問／毛國樑　律師
出版發行／秀威資訊科技股份有限公司
114台北市內湖區瑞光路76巷65號1樓
電話：+886-2-2796-3638　傳真：+886-2-2796-1377
http://www.showwe.com.tw
劃撥帳號／19563868　戶名：秀威資訊科技股份有限公司
讀者服務信箱：service@showwe.com.tw
展售門市／國家書店（松江門市）
104台北市中山區松江路209號1樓
電話：+886-2-2518-0207　傳真：+886-2-2518-0778
網路訂購／秀威網路書店：http://www.bodbooks.com.tw
國家網路書店：http://www.govbooks.com.tw

2014年3月　BOD一版
定價：360元

國家圖書館出版品預行編目

書魚記：漫談中國志怪小說・野史與其他 / 儲勁松著. -- 一版. -- 臺北市 : 秀威資訊科技， 2014. 03
面； 公分. -- (語言文學類 ; PG1134) (文學視界)
BOD版
ISBN 978-986-326-224-4 (平裝)

1. 中國古典文學 2. 文學評論

820.7 103001291

讀者回函卡

感謝您購買本書，為提升服務品質，請填妥以下資料，將讀者回函卡直接寄回或傳真本公司，收到您的寶貴意見後，我們會收藏記錄及檢討，謝謝！如您需要了解本公司最新出版書目、購書優惠或企劃活動，歡迎您上網查詢或下載相關資料：http:// www.showwe.com.tw

您購買的書名：＿＿＿＿＿＿＿＿＿＿＿＿＿＿＿＿＿＿＿＿

出生日期：＿＿＿＿年＿＿＿＿月＿＿＿＿日

學歷：□高中（含）以下　□大專　□研究所（含）以上

職業：□製造業　□金融業　□資訊業　□軍警　□傳播業　□自由業

□服務業　□公務員　□教職　□學生　□家管　□其它＿＿＿

購書地點：□網路書店　□實體書店　□書展　□郵購　□贈閱　□其他

您從何得知本書的消息？

□網路書店　□實體書店　□網路搜尋　□電子報　□書訊　□雜誌

□傳播媒體　□親友推薦　□網站推薦　□部落格　□其他＿＿＿＿＿

您對本書的評價：（請填代號　1.非常滿意　2.滿意　3.尚可　4.再改進）

封面設計＿＿　版面編排＿＿　內容＿＿　文／譯筆＿＿　價格＿＿

讀完書後您覺得：

□很有收穫　□有收穫　□收穫不多　□沒收穫

對我們的建議：＿＿＿＿＿＿＿＿＿＿＿＿＿＿＿＿＿＿＿＿

＿＿＿＿＿＿＿＿＿＿＿＿＿＿＿＿＿＿＿＿＿＿＿＿＿

＿＿＿＿＿＿＿＿＿＿＿＿＿＿＿＿＿＿＿＿＿＿＿＿＿

＿＿＿＿＿＿＿＿＿＿＿＿＿＿＿＿＿＿＿＿＿＿＿＿＿

請貼
郵票

11466
台北市內湖區瑞光路 76 巷 65 號 1 樓
秀威資訊科技股份有限公司 收
BOD 數位出版事業部

（請沿線對折寄回，謝謝！）

姓　　名：＿＿＿＿＿＿＿＿＿＿　年齡：＿＿＿＿　性別：□女　□男

郵遞區號：□□□□□

地　　址：＿＿＿＿＿＿＿＿＿＿＿＿＿＿＿＿＿＿＿＿＿＿＿＿

聯絡電話：(日)＿＿＿＿＿＿＿＿＿＿＿＿(夜)＿＿＿＿＿＿＿＿＿＿＿＿

E-mail：＿＿＿＿＿＿＿＿＿＿＿＿＿＿＿＿＿＿＿＿＿＿＿＿